诗
想
者

H I P O E M

生　　活　　，　　还　有　　诗

这不是手艺，
这是生活

Zhe Bushi Shouyi,
Zhe Shi Shenghuo

赵 勤 著

广西师范大学出版社
·桂林·

这不是手艺，这是生活
Zhe Bushi Shouyi, Zhe Shi Shenghuo

策 划 人 / 刘　春
责任编辑 / 郭　静
助理编辑 / 吴福顺
责任技编 / 王增元
内页插图 / 堆　雪
装帧设计 / 尚世视觉

图书在版编目（CIP）数据

这不是手艺，这是生活 / 赵勤著. --桂林：广西师范大学出版社，2022.6
　　ISBN 978-7-5598-4869-7

　　Ⅰ.①这… Ⅱ.①赵… Ⅲ.①散文集－中国－当代 Ⅳ.①I267

中国版本图书馆 CIP 数据核字（2022）第 050339 号

广西师范大学出版社出版发行
（广西桂林市五里店路 9 号　邮政编码：541004）
　网址：http://www.bbtpress.com
出版人：黄轩庄
全国新华书店经销
广西广大印务有限责任公司印刷
（桂林市临桂区秧塘工业园西城大道北侧广西师范大学出版社集团有限公司创意产业园内　邮政编码：541199）
开本：880 mm × 1 240 mm　1/32
印张：8.5　　字数：190 千
2022 年 6 月第 1 版　　2022 年 6 月第 1 次印刷
定价：66.00 元

如发现印装质量问题，影响阅读，请与出版社发行部门联系调换。

目　录

001　　　安顺的回家路

　　　　先看酒的颜色，好的白酒应该是无色透明的，不带一点杂质，晶莹剔透；有些陈年酒颜色微黄，那也是好酒。再看酒挂杯的程度，好酒应该挂杯均匀而且长久。然后是闻酒香，师父说好酒一倒出来就香气四溢，芳香扑鼻。

019　　　带刀的老范

　　　　也许是因为下雨，来吃烧烤的人少了许多，店里空荡荡的。老范闲坐着看报纸，见我来了，拿出他刚做好的牛肉干让我品尝。牛肉是煮过再切成细条，接着放了佐料干煸，里面有红辣椒丝和白芝麻，麻辣味的，越嚼越香。

032　　　伴随一生的竹篾条

　　　　这个茶篓，竹条粗细相同，竹条和竹条的间隔也完全相同，弯转处流畅自然，接缝处光滑密实，编制手法老成持重又不失活泼灵动。我好奇：那是怎么样的老人，可以编出如此细致精巧的竹器？

048　　　"乐器王"艾依提·依明

　　　　艾依提·依明不识谱，也不认识字，做琴全凭感觉。从一截桑木开始，凿、雕、刻，每一道工序都仿佛有种神秘的力量支配着他掌握分寸，把握尺度，过了不对，不及也不对。那种力量引领着他，直到将一把琴做完，弹起来，音高合适，音色纯美。

059　　足浴技师阿霞

　　一般做足疗的时间都在一个小时以上，长的两个小时，这个不只是做做动作那么简单，是讲究"内劲"的，要不断练习积累。在这么长的时间里，既要综合运用各种手法刮、拔、按、捏，还要一直保持住脚上的温度。阿霞使的是巧劲，自己不是很累，客人还舒服。

075　　那个"开脸"的女人

　　其实以前都是结婚前开脸，开脸人须是父母子女双全的妇人，多半是婶娘和嫂嫂来做，也有叫家里的奶奶辈做的，开脸后，要给开脸人赏钱。开脸人用新镊子、五色丝线或钱币等，绞掉大姑娘脸上的汗毛，再将辫子散开，在后脑壳上绾成"转"（发髻），再插上簪子及各种饰品。

089　　奢华的技艺，骄傲地编织

　　用绳子将木棍固定在毡房的木架上，把缠绕好线的双石放在木棍上的凹槽内，解开双石之间的活结，把一根芨芨草放在木棍上，再借用双石的垂力交叉编织。将第二根和第一根芨芨草头尾颠倒进行编织，依此类推，直至所需要的图案编完，再用斧头等工具砍齐两头，这样一个琼木其就编好了。

099　　你懂那双布鞋吗？

　　伺妹做鞋是花了心思的。她曾经整天琢磨，怎么做布鞋脚穿了才会舒服？她说，人的脚有二十六块骨，十九块肌肉，三十三个关节，大量的韧带、血管和汗腺，鞋子穿不好，脚会受罪，走不了远路，干不了大事。

　　伺妹做的每一双布鞋，都要经过十五处精工细作，三十二层纯棉叠加，一百八十一道线阡陌纵横，六千四百次飞针走线。

113　读诗·点卤

压豆腐前，先将压大豆腐的木框摆好，把大豆腐包，即极为宽大的方形豆腐包放在木框之中，将豆腐花一瓢一瓢地舀到木框里，水哗哗地从下边流出来，豆腐花沉积在木框里。等到木框里的豆腐花积满了，就将豆腐包的四角翻过来，将豆腐花包住，上面用木板压好，再用石头压实。

127　建平的泥塑世界

姑娘围着他，看他和泥，一堆发黄的土，倒点水搅拌搅拌，揉过来，揉过去，一直要揉到土发黏，揉到泥巴"熟了"为止。再开始捏，左捏一下，右捏一下，上边抻一下，下边拉一下，再挨着捏一圈，还没有等姑娘看清楚，一个京巴狗狗的轮廓已经出现了，再在细节处修整修整，小狗就可以站在桌上了。

142　从一把破旧的卡龙琴开始

家里只有那一把破旧的卡龙琴，弦还是阿不都卡德尔自己装上去的。他喜欢鲜艳、亮闪闪、新的东西，就自己着手研究卡龙琴的制作，拿块桑木挖、雕、推、刨，经过几次试验，居然真的做了一把卡龙琴，装饰得很好看，弹起来音色还是很美好、清越的。

150　私房菜：慢生活

彭敏又不单单是个厨子。在彭敏的内心，自有一个小世界，从每一道她做出的菜品中，都可以窥见她内心那个精彩的小世界。她对生活的热爱，对食物的思考和坚持，最后都通过她做的食物传达出来了。只要你见过、吃过，就不会忘记，或者只要你握过她消瘦的手，就能感受到温暖而久违的力量。

166　**桂子和梅梅的简单梦想：美美美甲**

　　美甲技艺看着简单，其实是个技术活，想学好不容易，要根据客人的手形、甲形、肤质、服装的色彩和要求选择美甲，对指甲进行消毒、清洁、护理、保养、修饰美化，要懂配色，要懂绘画，要有耐心。就在指甲盖的方寸之间，弄出造型，做出花样，难度可想而知。

186　**出逃的鞋匠**

　　修鞋时，她的眼神不离开手里的鞋，神情专注得像是在做一件精致的工艺品。鞋子修好，她会认真地检查一遍，看看鞋里鞋外，探摸各处是否有影响穿用的缺陷，比如鞋垫是否一直垫到鞋头，不长也不短，再比如鞋里是否平整，是否有钉尖，然后她会用绒布仔细擦拭一遍，打上鞋油，擦得锃亮，递给客人的时候宛如新的一样。

203　**秘密酿造——沉默的穆塞莱斯**

　　阿布都热西提做穆塞莱斯的方法和别人也是一样的，以前村里有人来观看过他做的全过程，据说和别人也没有啥区别，一样是葡萄，一样的烧煮，一样的封存，可口感和色泽就是比别人的好。再不懂喝酒的人，也可以喝出阿布都热西提酿的穆塞莱斯，那种醇厚、干爽的独特口味，别人家的没有办法达到，这真是令人百思不得其解的事。

212　**业余的专业银匠**

　　小银匠不只会做苗族的传统首饰，银角、银冠、银花、银簪、银梳、插针、耳环、耳柱、耳坠、项圈等，也会做现在城里女人喜欢的那些时尚的样式。尤其小银匠做的蝴蝶胸饰，两扇薄如蝉翼的翅，头上两根细银丝做的须，颤悠悠的，像随时要飞出去的样子。

231　手工调色，不简单的刷

那油漆匠的工艺最复杂，原料和现在的也不一样，一件家具做好以后，先刮灰，用砂纸磨平后就打底色上漆，然后用金粉或其他颜色描金、彩绘，最后上漆。单说油漆就有好多种，过去油和漆是两种不同的东西，油是指桐油，是从桐树果实里榨出的油，多产于南方，主要用于建筑、兵器、车船的防腐、防水、防锈。漆也有好多种类，自然漆、化学合成漆，主要用于家具。

247　手工皮匠的愿望清单

植物鞣法，行之已久，是使用从植物萃取的鞣质来鞣制。以植物鞣法制成的皮革，一般称为涩皮或是光面皮。这种皮质地比较牢固、坚韧，染色前呈现鞣质本身的浅褐色。这种皮革较容易吸收油分，使用后会因氧化或日照等因素变成黄褐色，即使燃烧也不必担心会释出有毒物质。皮皮送他的那个钥匙扣就是植鞣皮做的。

260　后　记

安顺的回家路

　　山上下雪了。纷纷扬扬的雪落下来，门前的小路，远处的山峦，不一会儿就淹没在白茫茫的雪海中。冬天的时间漫长，动物都躲了起来，村里人也不再到外面闲逛。三五个人围着炉火，喝着古法酿制的粮食酒，炭火的灰烬一明一灭，铜火锅里煮着的肉汤"咕嘟咕嘟"冒着热气，香味弥漫开来。几个人说着闲话，夜深了，师父笑着看他。突然，屋门被大风刮开，一股冷风夹杂着雪花刮进来，刮得安顺一脸湿冷，回头望去，师父的脸陡然间也变得冷若冰霜起来……

　　这个时候，他总是被惊醒。一伸手拿过手机，看了一下时间，凌晨四点多。屋外天还没有亮，黑黢黢的。此刻正是南方湿冷的冬季，躺在潮乎乎的被单上，他又梦见大山深处的老家，梦见了师父……

　　最近不知怎么了，他总是做这样的梦，总是梦见和师父在山里的那些日子。再也没有一点睡意，他斜靠在床头，点燃一支烟，深深吸一口。

不知道谁说过，夜晚人都是脆弱的。如果这个时候，肖敏在身边，或者给他打个电话说，我们结婚吧，也许他就不再犹豫，下定决心在深圳定居。

这些年他去过很多地方，哈尔滨、西安、成都、南宁等等，但都是短暂停留，深圳是他逗留最久的地方。

离他第一次在深圳过冬，已经七个年头了。他是在来深圳的第一个冬天认识的肖敏，和她确定恋爱关系也有四年了。肖敏人很好，懂事、体贴，人也长得好看，尤其是她那一头披肩长发，总能勾起他内心最隐秘的记忆。他仿佛看见小月的脸，影影绰绰的，肖敏笑起来的样子，也像小月一样安静。安顺看着她，总是想起从前，那些在山里和小月、师父一家一起劳作的日子。安顺有时候会暗自想，如果没有那件事，他的人生也许是另外一个样子，他会毫无悬念地成为一个手艺人，也许现在还在那个山里酿着酒，他和小月会结婚，会有孩子，会和师父一样平静地过着日子吧！

肖敏是深圳本地的客家女子，生在一个书香门第，父亲是小学校长，母亲和她一样都是小学老师。肖敏性情柔顺，可他就是下不了结婚的决心。他总觉得心里惦着什么，隐隐地勾着他。肖敏只知道他的老家在山里，以前学过酿酒，从事过白酒的销售工作，并不知道他和师父一家的渊源和恩怨。那是他心里的隐痛，不曾告诉过别人。

深圳一年四季的绿色，最初惊喜过后，便是熟视无睹，然后就只有麻木和淡漠了。秋天，树叶为什么不黄？冬天，为什么不下雪？这满眼满眼的绿色，让人绝望。也许是肖敏，让他待在深圳这么久？也许正是这让人绝望的绿色让他留在这里，他说不清，自己究竟是爱这样的绿色，还是恨这样的绿色。

抽完一支烟，摁灭烟头，安顺翻了个身，漫漫长夜，还是躺下睡吧。他迷迷糊糊中想着，不能再等了，无论是和肖敏，还是去留，都要在这个春节前做个了断。

安顺出生在大山深处，从成都一直往南，直到四川和贵州交界的地方。这里全是崇山峻岭，海拔在一千米以上，在这找块平地可是不容易。一条赤水河把两省分开，一边是贵州，一边是四川。"四渡赤水"就发生在这里，这里是红军长征的转折点。安顺不知道这里是否也是自己人生的转折点。安顺家在赤水河边上，他是老小，上面有一个姐姐和一个哥哥。姐姐比安顺大十一岁，早早出嫁了，逢年过节才回来住几天，安顺和她不是很亲近。安顺刚上小学，哥哥安民就出门打工了。爸爸说外面的花花世界绊住了他的脚，那些年安民很少回家。家里就剩下少不更事的安顺，陪着年老的父母在山里过日子。

安顺很聪明，学习也好，放学回家后早早把作业写完，天黑之前还能扯一筐猪草回来。爸爸没上过多少学，可他知道好多有趣的事情。山里天黑得早，农家过日子是不点灯的，长长的夏夜，干了一天农活的父亲总要喝上两口，喝到微醺就给安顺讲故事。父亲的口才很好，三侠五义、隋唐演义、荆轲刺秦等英雄故事，被他讲得回肠荡气，常常撩拨得安顺心里痒痒的，他朦朦胧胧地知道山的外面还有一个更大的世界。

山中的时间是漫长的，又是迅疾的。那时候安顺从来没有为未来的日子担忧过。长长的时间，好像都是在蓝色天空下，晒着太阳，看爸爸吸着纸烟，说着闲话过去的。

好日子总是过得快，安顺高中毕业了，尽管他学习好，可也没有考上大学。他们那个学校从来就没有出过一个大学生。

未来的空茫就在眼前，安顺不想和父亲一样在山里当一辈子农民。但他不知道自己要做什么，可以做什么。他想和哥哥一样出门去打工，见识一下山外面的世界，可是从来没有出过门的他，总有点气短。

那个夏天，父亲带他去省城看望一位亲戚，其实是想托亲戚给他找份工作。他们走了两个小时的山路，才到镇上坐上通往外地的班车，班车在山里绕啊绕，盘山的道走了一圈又一圈，五六个小时才走出大山。大清早出门，傍晚才到省城。一下车，扑面而来的空气中，带着一种说不清的腥臊浑浊的味道，让安顺的脑袋晕晕乎乎的。街上的嘈杂声，来来往往的人，都让他心里莫名地有点烦躁和无助。

好容易找到亲戚家，已经是晚饭时间了。亲戚一家坐在餐桌前吃饭，问父亲和他要不要吃点。父亲赶紧说吃过了。他只好忍着饿，不停地喝水。他看着父亲点头哈腰地给人说好话、递烟，心里生起说不出的难过和别扭。

第二天，亲戚要上班，嘱咐家里的小姑娘带他们父子去街上逛逛。那是安顺第一次去省城，那些高楼大厦，车来车往，没有让他感到快乐，才出来两天，他就开始想家了。他想起家中院子里枝头盛开的苹果花，墙角那棵长了很多年的石榴树，躺在墙根晒太阳的老黄狗……

亲戚说自己也只是普通人，并没有什么好出路，安顺没有学历也没有手艺，找不到什么好工作，也只能是到工地上搬个砖，当个小工什么的。父子俩在人家家里住了两个晚上，第三天就回家了。

那个夏天快过完的时候，父亲说，小顺子，去学酿酒吧，有个手艺，在山里也可以安稳度过这一生。安顺不是很甘心，可好像也没有其他的出路，也就只好如此了。

父亲把家里的老母鸡杀了，母亲用柳条筐装上，父亲带上他和那只老母鸡，翻过屋后的那座山，又往东南方向走了三四里路，把他送到一个老酿酒师家里拜师学艺。

他们远远就闻到一股酒糟味，闻着味儿又走了一小会儿，还没有到房门口，就看见地上摊晒的酒糟，屋内青烟袅袅，放在土灶上的木甑冒出腾腾热气，散发着一股股醇厚的酒香。土灶旁，有位个头不高、身体壮实的中年男人正在忙着。阳光从青瓦房檐的缝隙中投射下来，穿透氤氲着的白色蒸汽，酿酒师忙碌着，刻满皱纹的脸透着古铜色的光泽，时光仿佛逆转回到数百年前，安顺看得有点呆了……

父亲推了一把安顺，示意他还不快去帮忙。安顺走上去，却不知道该干什么，只是好奇地看着……男人拿着木勺，接了半勺酒，递给安顺，示意他喝下去。安顺看看父亲，父亲也鼓励安顺喝上一口。安顺于是端起木勺，放在嘴边，闭着眼睛，抿了一小口，一股辛辣的火线蹿下肠胃，刺激得大脑晕晕乎乎的。父亲和男人看见他五官扭在一起的痛苦表情，哈哈笑了起来。安顺心里有点埋怨父亲，又有点懵懂的难为情，咂了咂舌头。

男人又忙了一会儿，接着安顿了女人一番，这才领着父子俩来到正屋坐下。那天父亲没有走，和师父喝酒聊天至深夜。女人把父亲带来的老母鸡炖了山里的野蘑菇，还炒了花生给他们下酒。父亲和师父说着闲话喝着酒，间或师父也叫安顺喝上一杯。安顺一杯下去，面红耳赤咳嗽的样子，让师父多看了他两眼。

第二天，父亲走了。师父给安顺说了两句话：醉里乾坤大，壶中岁月长。安顺知道这两句是施耐庵在《水浒传》中写过的句子，只是在此刻听起来，好像其中有了更深的蕴意。

师父说酿酒的关键是要有好水，其他说起来很简单，大家都差不多，什么样的人酿什么样的酒，这就要靠心性了。安顺感觉师父说得玄妙，可是到底玄在哪里，他又说不清楚。

师父首先教了他怎么鉴别酒的好与不好。先看酒的颜色，好的白酒应该是无色透明的，不带一点杂质，晶莹剔透；有些陈年酒颜色微黄，那也是好酒。再看酒挂杯的程度，好酒应该挂杯均匀而且长久。然后是闻酒香，师父说好酒一倒出来就香气四溢，芳香扑鼻。闻香的时候先把酒杯靠近鼻子浅吸一口气，这是轻闻，过一会儿再深吸一口气，这是深闻。先不要摇杯，闻酒的挥发性，然后轻晃酒杯闻它的香，最后摇动酒杯，仔细辨别空气进入酒杯里震动后的香气。一般越陈的酒越香，刚做出来的酒香味儿淡。最后是品酒，要慢慢地把酒喝进口中，含在嘴里先接触舌尖，再接触两侧，最后接触舌根，感觉一下是否柔和、醇甜，有没有刺激感，然后才把酒咽下，感觉是否刺喉，有没有异味儿。咽下之后，仔细感觉回味是发甜还是发苦，这叫"后口"……师父一高兴就说了很多，安顺听得混混沌沌的，夜里做梦都是在喝酒。

　　第二天师父却并没有让安顺跟着他学酿酒，说是先磨磨他的性子，让他去后山砍柴。师父的女儿小月带着安顺出门，小月比安顺小几岁，瘦瘦的身形，像个还没有长开的毛丫头，脸上总挂着笑，但仔细看去又不是特意在给你笑。小月的眼神单纯，表情淡然。安顺想搭话，可又不知道说什么。小月也并不怎么说话，他只好一路沉默地跟在她身后走。山里长大的孩子，虽然瘦，动作却敏捷，小月走起山路来比安顺还要轻快。山上是杂树林，多有折断的树枝和树干。小月干起活儿来很麻利，她取下腰上的砍刀，砍断已经折断的大树枝。安顺这才知道要干啥。他去拿小月的砍刀，说这样的活儿还是男人来干吧。小月听他这样说，只是笑笑，把砍刀给了他。她去揽地上的树枝，拖着大一点的树干，用绳子把理顺的树枝捆在树干上，示意安顺可以拖着走了。安顺虽然在山里长大，但干起这些事情居然不如一个小姑娘。他有点羞愧地低着头，拖着一大捆树枝往回走。小月手里拿着一根长长的芨芨草，在手里把玩着，摇摇晃晃地跟在后面。有几次安顺偷偷回头看她，刚好遇上她看他的目光，他连忙装作不经意地擦擦汗，眼睛看向了别处。

师娘告诉安顺，小月已经十六岁了，可是因为一场高烧，智力永远停留在了十岁的时候。师娘说这些话的时候，有点伤感。安顺想安慰一下师娘，可他嘴笨，张了张口，最终什么也没有说。

安顺跟着小月学会了砍柴、烧火、摊谷，这些是酿酒最基础的工作。小月干活时不怎么说话，脸上总挂着笑。她好像不知道累，一天到晚都在忙，只有师娘叫她吃饭时，才会停下手里的活儿。

有时候师娘会在晚饭时炒两个菜，师父就会喝上两口，喝了酒的师父话就多了起来。他说相传很久很久以前，在这山中有一个地方叫古蔺，是块平地，四川人叫"坝子"。坝子里有两个小孩，男孩叫李二郎，女孩叫赤妹子。两家住得很近，可谓是青梅竹马。时光荏苒，李家二郎长成了帅小伙，赤妹子也出落成俊俏的大姑娘。小伙儿爱上了姑娘，姑娘自然也爱上了小伙儿。李二郎家就托人去赤妹子家提亲。赤妹子从小就没爹没妈，是在舅舅家长大。一块玩儿没什么，可是提起婚事来，赤妹子的舅舅和舅妈就嫌李家太穷，提出要二郎家送一百坛美酒做彩礼，想让李家知难而退。可是二郎非常认真，他拜师学习烧酒的技术，师父说好酒要有好水才行，让他去找水，于是他每天去放羊时，都带了锄头、铁锹，东挖挖，西刨刨。有一天，他在一块山坡前看见石缝中有水的迹象，终于挖出了一股清泉。二郎就开始在泉边搭棚子，支起锅烧酒。烧了数日，这一天终于出酒了。此时不知从何地走来了一个身穿白色长衫的老人，闻见酒香，上前讨酒喝。二郎把自己刚烧出来的酒舀给他喝，老者喝后摇了摇头说，你这水还不够好，你从这里往下走个三里路，那里的水好。二郎听后就拿着锄头去了，按老者说的果然挖出一股清泉。水一露头，就能闻见清香味儿。二郎就用这口泉水酿，终于酿出了一百坛美酒，找来车，拉到了赤妹子的舅舅家。闻见这么香的美酒，赤妹子家再没有话说了，一对有情人终成眷属。从此，二郎也不再放羊了，和赤妹子搬到泉水边专心烧酒，在两人的努力之下，他们烧的酒越来越好，远近闻名。后人把这一片山坡地起名为"二郎滩"，把那口泉叫作"郎泉"。再后来，人们管他们烧的酒叫"郎酒"。

师父说在这赤水河边，有不少的酒坊，用的水都属于赤水河水系。所以他们的酒有一个共同的特点，就是都有一股酱香味儿，但是味儿和味儿也还是有细微差别的……

安顺在师父家待久了，知道了好些过去的事情。师父今年四十九岁，酿酒的手艺是跟一个和尚学的。早年山里来了一个和尚，师父那时候年龄尚小，跟着和尚看他给村里人做法事，和尚见他心地纯良，临走的时候，教给他酿酒的技艺。据说和尚早前是酿酒师，因为婚姻不幸，后来又因为种种因缘出家了。

师父能娶妻生子，日子比村人富裕一些，是因为这酿酒的手艺。村里也有其他人酿酒，但要数师父酿的酒最好，入口有劲道，滋味绵长，很多人都来订酒。可是师父每天只做十斤，不多不少，做好就装坛放到岩洞里封存起来，再从洞中搬出以前做好的十斤酒，卖完了事。师父说他酿了二十九年的酒，一直采用和尚教的纯手工酿酒方法。他给安顺说，酿酒没有秘密，首先酿酒的谷质要好，谷要干燥，不能有霉谷，要洗干净。出锅后，要把谷摊晾，冷却到一定的温度后再装缸发酵。

在师父家房子后面的山脚下有个天然的溶洞，里面都是钟乳石，潮湿阴森。这个溶洞很大，面积大概有二三百平方米，洞里既没有白昼，又不分四季，常年恒温。师父把生产出来的原酒储存在这个天然溶洞中，他说这样的环境特别适合存酒，出酒的时候是热的，酒在洞中不容易挥发。挥发出来的酒分子也都存活在洞中的石壁上，跑不出去，日积月累就形成了一层厚厚的绿苔，各种微生物生存的条件更加优越了。它们在洞中不断繁衍，催发了酒中的香气。师父做的酒在出酒之后，都要窖存三年以上，让酒水中的微生物充分发挥醇化作用，等酒液变黄以后再装瓶，这样的酒更醇香。

转眼间安顺在师父家待了两年，这期间他只在过春节时回去了两次，春天和秋天农忙的时候又回去了两次，其余时间都在师父家干活。

师父没有儿子，看着安顺，他心里高兴，想把女儿许配给安顺，经常有意让小月和安顺一起干活。这些安顺都能感觉到。安顺是喜欢小月的，小月笑的时候很好看。

安顺在师父家的第三个年头的冬天特别漫长，已经过了四月，一早一晚天气还是有点冷。春天里慢慢苏醒的小草，院子里刚刚长出新芽的树，透明的风，芭蕉叶上一尘不染的阳光，阳光下黝黑发亮的老宅，这些都让安顺感到安心、妥帖，可是他心里还是有些不安和着急。

安顺把师父酿酒的过程看了不知多少遍，说起来简单，但因为纯靠手工操作，只能完全凭经验，如蒸煮时间、冷却的温度、发酵程度等只能靠口尝、鼻嗅、眼看和手摸，其中微妙的差别，只能悉心体会，别无他法。师父告诉安顺，就是他自己在不同的季节，酿出的酒也会有细微的差别，因为水的温度、谷物的成熟度不同，还有身体的状态也会影响人的味觉和嗅觉的敏感度。

无论安顺怎么努力，他酿的酒和师父比起来，就是欠那么一点点后味，要说到底欠什么，又说不清楚。安顺觉得师父留了一手，没有全教给他。

师父干活时，他就注意看，是不是师父放了他不知道的东西。他就这样悄悄留心观察着，还真让他看出了点名堂，师父在蒸煮酒糟的时候，会亲自翻一翻锅里的酒糟，最后一下，他的手总要扬一下，似乎是有意的，好像是放了点什么，又好像没有。安顺总也没有看清楚，可是他感觉这里好像有玄机。师父有秘诀不肯教给他？师父对他就像家里人一样，可是为什么就是在最后的秘诀上留一手呢？

有一天还是让他看清楚了，师父手里有个小瓶子，在一扬手之间，好像有一些透明的液体滴进了锅里。师父动作很快，他看得不是很真切。安顺为这个发现莫名兴奋，可是转瞬却发了愁，怎么才能拿到师父手中那个小瓶子呢？瓶子里究竟是什么呢？如果偷了出来，师父发现了一定不会饶了他；如果不偷，什么时候自己酿的酒才能和师父的一样好呢？那些天安顺都是在恍恍惚惚中度过，思来想去，他都拿不定主意。

那天中午小月来找安顺帮忙糊风筝时，他正在发呆。他还在想着师父手里的小瓶子到底装着什么，小月无忧无虑、单纯的样子，让安顺灵机一动。

那是个初秋的下午，晚饭吃得早，安顺吃完饭，帮师娘刷过碗，小月便缠着他讲故事。他就翻着一本旧的《故事会》给小月讲上面的故事。那些故事小月早已经听过了，她缠着他讲新的。安顺附在她耳朵上，嘀嘀咕咕了几句话，小月笑着点了点头。

第二天中午午睡时，小月来找他。不知道小月是用了什么法子找到的，当她拿着那个小玻璃瓶得意地给安顺看时，安顺的心狂跳起来。一时间他的喉咙有点涩，他小心翼翼地接过瓶子，在手里把玩着，他想看看里面到底装着什么神奇的药水。然而还没有等他打开，一个影子挡在了他的眼前，师父叫他：你在干啥，安顺！

后来的事情是他始料不及的，师父当着他的面打开了瓶子，说里面只是泉水，叫他自己用舌头尝尝。他尝后发现确实是水。师父是故意用这个瓶子试探安顺的心性，但没有想到，安顺居然会利用小月的单纯。

他可以感觉到师父看他时那种痛心疾首的眼神，像看儿子一般恨铁不成钢。那天晚上，师父喝了很多酒，却没有像往常一样和他说话。他陪着师父坐着，师父却一杯一杯地喝着酒，没有理他。夜深了，最后师父说话了，却是让他走。师父说自己已经没有什么可以教给他了，他可以出师了。安顺不想走，他跟师父说自己已经知道错了，他慌忙中给师父磕了个头，语无伦次地说想给师父养老送终，希望师父可以原谅他。师父看了他一眼，没有再说话，直接进内屋去睡觉了。

安顺不想走，他喜欢小月，也喜欢和师父一家在一起。第二天他起得很早，拼命地干活，想用行动向师父认错。师父一直不理他，打定主意让他走。师娘看他们师徒都很倔，也不好说什么，只能叹气。只有小月还是那样单纯和快乐，她在草窝里找到了母鸡下丢的几个蛋，拿着跑来给安顺看，就这么个小事情也能让她开心好一会儿。

师父还是让他走，但他看得出师父的不舍。

天渐渐凉了，冷得厉害。安顺在房子后面的那条小径上来来回回地走着，好像这条路是架在半空中的，如果停下，下边就是死神。他一刻不停地走着，直到天完全黑下来，直到筋疲力尽，安顺用最后一点力气走回房子，倒在床上就睡着了。这一夜，无梦。醒来后，他就离开了师父家。师父送他到路口，临别时，师父背着手，望着大山，叹息道："心坏了，啥都坏了，任你有再高的手艺也做不出入心的东西。"安顺的心抖了一下，他知道，他真是伤到师父的心了。

当他走过山梁回头看时，他知道，从此他要过一种和师父不一样的人生。回过头来，再朝前走，过去的生活就消失了。

安顺离开师父家，至今已经十几年过去了，他再也没有回去过。

深圳是国际化的大城市，街上的嘈杂声，直到深夜也不会停下来。安顺在这里从一个手艺人变成了工厂的管理者，每天看着工厂门前，下班铃声刺耳地响起，巨大的人群涌出铁栅栏门，沉默地走向饭堂，像一出哑剧。管理者这个身份给了安顺衣食无忧的生活，给了他足够的金钱，他可以给父母寄钱，他可以养家，可是他并没有成立一个自己的家。他的家还在大山里。

从什么时候开始，安顺爱回忆了，山里草滩，山谷，垭口，每一道河湾，每一片灌木丛，每一块油菜花田，甚至一根甘蔗，一颗枇杷，一丛青草，那些曾经迎风走来的陌生人，都让他怀念。

临近春节，就在工厂最忙的赶工期，家里来电话了。母亲沙哑着说："回家吧，儿子，你爸爸想你了。"接完电话，安顺心里像是着了火，一刻也不愿意耽误，他请了长假，把工作交代给别人，放弃了年底的分红，在合伙人诧异的表情中离开了工厂。他打给肖敏的电话说得含含糊糊，好像这一走再也不会回来似的，肖敏笑着说不过是回老家过个春节，怎么说得像生离死别一样。他也只是笑笑，他自己也不知道还回不回来。此刻他一心想要回到那个山里的家，其他的一切都不重要。

那些山路还如原来一样崎岖，坑坑洼洼的土路一直绵延到大山深处。山中，泛着绿宝石光亮的矮树丛，寂静的树林，略带潮气的空气清洗着心肺。

不知道小月嫁人了没有，不知道师父还在不在酿酒，一想到马上就可以回到家里，回到大山深处，安顺的心就平静下来。他不再想着订单的事情，也不再想着完成任务，这些曾经让他日思夜想的事情，现如今好像是上辈子的事情，想到这几年在外面的生活，竟然有种恍如隔世的感觉。他甚至想在山里守着一院房子，种菜、养鸡，闲了酿酿酒，如此度过一生，也是好的。

安顺的回家路　堆雪/绘

师父说酿酒的关键是要有好水,其他说起来很简单,大家都差不多,什么样的人酿什么样的酒,这就要靠心性了。

父母已经老迈，见他回来很是高兴，拉着他的手，想要说话，可是一时又说不出什么话来。他每天陪父亲喝两杯，陪父亲在村子里走走，看见邻居就停下来说说家常，人家夸他出息了，父亲就一脸骄傲地笑笑，他像一件值得父亲炫耀的宝贝，在村子的角角落落展览。一晃眼，在家已经过了十几天，他说要去师父家看看。

母亲欲言又止。怕你在外头作难，你师父师娘过世了也没告诉你，她说。

你师父和师娘是相隔着去的，给小月找好婆家，小月出嫁不到半年，他俩就前后脚走了，没有什么病痛，就是无疾而终，也算是喜丧了，母亲又说。

可是师父也就六十多岁吧，还没有到七十古来稀的年龄啊，他说。

唉，谁说不是呢，母亲叹息。小月嫁的是隔壁村子一个种药材的后生，听说小月机敏了不少，也胖了，两年前生了个健康的女娃娃，小日子过得恩爱。

安顺还是觉得应该去看看。他觉得隐在心里的事，总要有个了结，给自己一个交代。走了半天的路，他气喘吁吁。一路上，过去的事情一幕一幕地在眼前闪过，像是放电影。正月的阳光打在脸上，安顺心里莫名地就有一种感动，好像日子可以很长很长，万物原本久远。他觉得太阳的光芒是有情意的，草地是有情意的，河里的鱼是有情意的。

远远就看见师父家的院子，安顺的脚下慢了起来。他心里有点委屈,又有点激动,泛起酸楚的味道。像是看不清脚下的路,他用手揉了揉眼眶……

一院的房子,矮小、破败,院子里杂草长得很高,房檐被雨水冲刷得露出了茅草,应该是好久没有住人了。

安顺跪在师父和师娘的墓前,不由失声痛哭。时间总是很残酷,不让他找到一条回去的路,只有在这里,他觉得自己还是个孩子,那个师父一瞪眼睛就手足无措、一喝酒就脸红心跳的少年……安顺在师父的坟前,好像把他一辈子的眼泪都哭了出来。

哭完,安顺打问到小月住的村子,临到了院门口,他又踌躇起来。他从门缝里看见小月抱着个小孩坐着,一手还在裁着布片,可能是预备给小孩的尿片子吧。他最终还是敲响了院门,却没有推门进去。他找了张纸把口袋里的钱包了起来,最上面的那张一百元纸币折成了一只鹤的形状,那是小月以前折给他的好多好多纸鹤的样子。他放下纸包后,就躲到一旁看着。小月推开院门却没看到人,捡起地上的纸包,有点惊讶,她愣怔地左右望望,猛然像醒悟似的,叫着他的名字,急慌慌地寻过来了。他却三步并作两步,走到一户人家的墙角藏了起来。最终他看着小月神情黯然地返回自家的院门。

他不是不想见小月,只是再见了又该说什么呢?一切都太晚了,一切都来不及了,就让她好好过自己的日子吧。看着小月的背影,他的心一下安静下来,这些年没有放下的,现在不得不放下了。

回家的路上,安顺心里五味杂陈。自己是不是也该有自己的生活了？他想起了肖敏，两天没有给她打电话了，回复的短信也很简短，想到这里，他觉得有些对不起肖敏。

天黑了好久，他才回到家。第二天他头重脚轻的，难受。母亲摸了摸他的额头，很烫，他发烧了。在家躺了三天，迷迷糊糊的，一会儿醒了，一会儿又睡过去，浑浑噩噩。

等他好了，十五已经过了。村里回来过年的年轻人，都陆陆续续回城市继续打工了，他知道他也要走了，回到深圳去管理他的工厂。

火车在向南开，离深圳越来越近了，日子总要继续，他知道肖敏在等着他。没有必要让肖敏承受他过去的经历，人不能总是做错事情，有些事情过去了就让它过去吧，放在一个高处，封存起来，那是他一个人的过去……

带刀的老范

不到六十岁的老范,已经是死过两回的人了。

街上一度流传着他二去"鬼门关"的种种传奇故事。说得有鼻子有眼,说话的人仿佛亲眼看见了似的。我去老范的烧烤店吃过几次饭,每次聊天,转来转去都想问问他,可他自己倒什么也不说。问得急了,他只说都是年轻不更事,又穷,胡作呢,没有啥好说的。

黑黑的脸,眼睛不大,却有精光,老范长着一张很常见的发福的中年男人的脸,看着实在是普通。身材不高,但壮实,好像也没有啥特别。但仔细看他,真和别人不太一样,可是又说不出具体有什么不一样。再仔细看去,他的左手小指指尖像是曾经断了,又接上的,弯曲变形。他的腰上总别着一把带鞘的刀,在如今的太平盛世,随身带刀,是有点怪怪的。可他说,那是用来削肉的。

南方的夏天,说下雨就下雨。午后,一场大雨冲刷着街道,雨水像是泼下来的，激起水雾，周遭一片白茫茫的，窗外能见度很低。这场豪雨越下越热烈，黄昏时，雨势小些了，但完全没有停止的迹象。房间里潮潮的，摸哪儿都是湿漉漉的，衣服仿佛可以拧出水来，黏黏地粘在身上。对这样的天气，我这个北方人总是有点烦躁。我打了伞，出门找吃的，不知不觉来到了老范的烧烤店。

也许是因为下雨，来吃烧烤的人少了许多，店里空荡荡的。老范闲坐着看报纸，见我来了，拿出他刚做好的牛肉干让我品尝。牛肉是煮过再切成细条，接着放了佐料干煸，里面有红辣椒丝和白芝麻，麻辣味的，越嚼越香。看你吃得满嘴直吸气，就知道你喜欢这个味，老范说。

我是新疆人嘛，能吃辣子，要是再有瓶白酒就更好了。

咦，看不出你这个女人，像个儿子娃娃。

老范说的"儿子娃娃"是我们新疆的汉语方言，夸赞之词，大多时候用在男人身上。

在新疆，"儿子娃娃"是耿直义气、豪爽热情、有胆有识、敢掏心窝子、敢于担当、敢于奉献、大气忠诚这一系列词汇的总名词，几乎囊括了新疆人的所有优秀品质和精神风貌。

我如今暂居在常州，被人这么夸奖，很难得。

老范，你也是新疆人吧，要不你怎么知道"儿子娃娃"这个话？

嗯，和你一样，新疆人。我们那里的羊肉好吃，店里的牛羊肉都是从我们县里空运来的。

怪不得你们家的烤肉好吃。这么好吃的牛肉干，还遇上了老乡，看来不喝一点都过不去。小二，拿酒来！我大声喊着。还没有喝，我就已经有了醉态。

小二回家了，今天就我陪你了。老范说着，从柜台后面拿出一瓶伊犁老窖，又吩咐后堂弄两个凉拌菜，这才在我对面坐下来。

雨还在下，我们就着小菜对酌。大约是酒的缘故，老范今天兴致有点高，说起家乡的旱田，层层叠叠，一眼望不到边，一到五月，站在山梁上放眼看去，一块绿色的是麦子还没有成熟，一块黄色的是油菜花开了，一块紫色的是榨油的紫苏，大地像是一块一块色彩鲜明的油画卷……老范说着高兴，我听着亲切。那是新疆啊，我出生长大的地方……

我正想着趁他高兴，问问有关他的传奇故事，他的电话忽然响了。他接电话的表情有点阴沉，末了说有点事，失陪了，就匆忙出去了。

不多大会儿，他又回来了，看我还没走，"咦"了一声，一副怒气未消的样子。

我这一辈子颠沛流离，幸亏有我这个老婆给了我个家，所以我最恨为难我老婆的人，你对着我，咋都行，为难我老婆，不行！说着话，他的左手在我面前一挥。他见我盯着他左手看，就势把左手伸到我面前，你看，这就是我打了老婆，觉得对不起她，自己把手指切了一刀，就长成现在这个样子了。

你还打老婆啊，这也太野蛮了吧？

他咧嘴笑了一下，我就打过一次。老婆比我小十几岁，是我从河南"骗"来的，十七岁就跟我跑出来了，东跑西颠地过了这些年，受了不少罪，从没埋怨过我啥。那时候我们住在县城的出租房里，已经有了第二个孩子，我开出租车，她在家带孩子。我妈不待见我，连带着也不喜欢我老婆和孩子。我老婆那时候年龄也不大，带两个吃奶的孩子，没有老人给搭把手，手忙脚乱的。

那天我开了一晚上出租车，早晨才回到家。她因为孩子闹腾，还没有做好早饭，我埋怨了她几句，她也向我抱怨。我一气之下抬手打了她一巴掌，她抱着个孩子，坐在地上，抽抽噎噎地哭了起来。那是我第一次打她，也是最后一次。看着她哭得满脸是泪，我一下内疚得不行，又不知道说什么好，我跟她说，老婆，我错了，我以后再也不打你了。还是没有止住她的伤心，瘦弱的她还是抽抽噎噎地在哭。

那时候她也就是二十岁左右，自己还是个孩子，却要带个小婴孩，又为了我离开了父母，去到那个西北小县城。她在新疆举目无亲，我和孩子就是她最亲的人。你说，我不对她好，我还是人吗？我是个粗人，那时又年轻，不知道怎么表达感情，就拿起菜刀赌咒发誓：如果我再打你，就如这个手指一般！说着就砍了下去，手指没有断，但是残废了……

他拿起酒杯，给自己斟满，一扬脖子喝了，展开蒲扇似的大手，在嘴上一抹。接着他又给自己满了一杯酒，眼神悠悠地盯着门外的细雨，说，人这一辈子，谁能说得准呢？她是我第二个老婆，给我生了两个孩子，现如今我也是儿女双全的人了。在遇见她之前，我已经是死过两回的人了。

我好奇那是怎样的一种经历，一个人怎么会死两回？老范今天好像特别有说话的欲望，我觉得他就要讲一个传奇故事了。

果然，他缓缓道出了那些过往——

我出生在新疆一个偏僻的山区小县，是家里的老大，下面还有四个弟弟妹妹。家里孩子多，我母亲身体不好，干不了重活，全家就靠我父亲一个人的收入，日子穷得可想而知。那时候想吃顿饱饭都不容易，更没有怎么上过学，早早就出来混社会。

二十五岁那年，还没有找上老婆，整天在街上混，死皮赖脸地缠着一个姑娘。终于把姑娘"骗"到手了，我高兴地领回家给父母看。他们能有啥意见啊，家里这么穷，有姑娘愿意跟我，高兴还来不及，还有啥好挑的。

姑娘那时候已经怀孕两个月，看着生米煮成熟饭，我心里那个高兴啊，赶紧哄着姑娘和我领了结婚证，搬家里来住了。家里没钱盖新房子，就腾出一间房子给我们做新房，房间不大，三分之二都是炕，炕前架着个炉子取暖，同时也是烧炕用的。我们那地方，冬天外面零下三十摄氏度，家家都睡土炕，房子里烧炉子，房子暖和了，顺便也就把炕烧热了。

可能是老天爷看我高兴得癫狂，嫉妒我了，就让我过了二十一天好日子。你不知道这二十一天的好日子对我意味着什么。可好日子就这么过完了，老天爷把我媳妇带走了，还连带着把我最要好的朋友也带走了。

我朋友叫王喜，是我的小学同学，虽然我们在一起也没上过几天学，可我俩比亲兄弟还亲。他家也是牧场的，在后沟里，比我家还远。那时候，吃不饱，我们又正是长身体的时候，王喜就经常从家里给我带些吃的。每星期他从家里来学校时，我就跟过年一样，可以好好吃上一顿。他们家人少，吃食上比我家宽松得多。

我家人多，吃的就不够。我妈生我的时候难产，受了大罪，我父亲死得早，我妈说是我命硬，把父亲克死的，所以不待见我。后来我妈改嫁了，我现在的父亲是后父。我把媳妇领回家，我妈也没有显得多高兴，我还听到她说，不知道我咋祸害人家丫头了。我妈的话真是毒，但结果是我真的把我第一个媳妇祸害死了。

那天王喜来找我。冬天天黑得早，吃过晚饭，我俩就着酸白菜，喝着从合作社打来的散酒，有一搭没一搭地说着话。我们喝着喝着，渐渐就有点上头，晚上他没有走，就住在我家。农村人，条件差，没有办法讲究，一条土炕上，中间睡着我，一边是我媳妇，一边是王喜。这一觉睡得我差一点没了命，等我再次看到太阳已经是七八天以后的事了。后面的事情都是我醒来以后别人告诉我的。那天一大早，我妹烧好了糊糊，也没有见我们起来，就来喊，推开门，看见王喜歪斜着靠在门边上，人都僵了。我和媳妇还躺在炕上，也都被煤烟打了，没了呼吸。家里人听到妹妹惊呼的声音，都跑了过来，七手八脚把我们抬到院子里，希望发生奇迹，人能缓过来。折腾到中午，三个人一点反应都没有，家里人这才接受我们三个死了的事实。剩下的事情，就是通知王喜家人，搭建灵堂，找人去挖墓地，订棺材，再将人停在灵堂，等着发丧。

据我妹妹说是停了三天灵才发丧。那天清早他们把棺材抬到半路时，有人听到棺材里响了一声，听到声音的两个人，互相觑了一眼，都没有说话，继续往前走。走到大概离坟地二百米处的时候，棺材里又响了一声，大家面面相觑地听了一会儿，然后放下棺材，还是决定叫我父亲来，问问要不要开棺。我父亲匆匆从后面赶上来，盯着棺材，愣了好一阵，咬咬牙，开！棺材打开后，人们发现我侧卧在里面，依旧没有知觉，我父亲还是决定把棺材先抬回家。灵堂没有拆，他们也没有把我搬出棺材，只是打开了棺材盖，时不时让人来看一眼。直到日头偏西，据说我长长地呻吟了一声，右臂挥动了一下，碰着棺材板有了响声。人们这才把我抱上炕，大家七手八脚地揉胳膊揉腿，有人去找了赤脚医生，忙活了半晚上。我总算醒过来了，阎王爷一撒手把我放了回来。我就像是做了一场长长的梦，梦里有挣扎，也不知道为什么挣扎，醒了后浑身酸痛，没有力气，脑袋是混沌的。唉，活是活过来了，但也就是个半死人。

这是大难不死，必有后福啊，怎么就是半死人呢？我说。

福个啥呀！唉，你说得也对呢，我现在是挺有福的，不过当时我真觉得活着没啥意思，老婆死了，还是一尸两命，连带我最好的朋友也死了，我活着还有啥意思？

这件事对我的打击太大了，日子一下没了奔头，整天无所事事，脾气也变得暴躁，经常在媳妇的坟头上把自己灌得烂醉，天天和一群混混在一起闲逛，看谁不顺眼，就去搭讪找碴。一言不合，挥拳就打。因为我打架狠，不惜命，我成了混混们的头儿，喝酒打架是常事，家里人都拿我没有办法，村里的人都害怕我，街上的小孩子见着我都躲着走。

有一天,我又在媳妇的坟头喝多了,摇摇晃晃往家走。刚走到院子门口,我妈站在房门口,指着我骂:"你就是祸根,克死了你亲爹,克死你媳妇,连你朋友也不放过。你看看,你看看你现在的样子,孽障啊,我咋生了你这么个祸害!"

我妈的话,像钉子一样,一根一根往我心里戳。我站在我妈面前,看见她嘴一张一合的,我听不到她在说什么。我也说不上在想啥,觉得浑身凉透了,连头顶上的日头,都觉得冷森森的。我啥也没有说,扭头进了房子,躺下睡了一会儿,又醒了,头疼得厉害,胃里也不舒服,看见屋顶上的灯泡孤零零吊在那里。

可能也是喝多了吧,觉得活人太苦,没意思,一把就把电线扯下来,缠在身上,等着让电把我电死,不知不觉又睡着了。谁知道一觉醒来,身上的电线都烧焦了,我却毫发无损,唉……我也算是死过两回的人了。那天我想了很多,什么事都不容易,连死都不是一件容易的事,既然老天爷不收我,那我就得活着。活就要活出个人样来。我要再给自己找一个老婆,成个家。

第二天,我扒上一辆去乌鲁木齐送货的汽车。一路上都没有人发现我,就这样到了乌鲁木齐。我在碾子沟车站附近给人扛包,晚上睡在车站的候车大厅里,饿了就到附近的餐馆里,捡些别人吃剩下的。有时候,帮餐馆老板干些活儿,人家也给我一碗饭吃。我就这样干了一个月零三天,挣了三十八块六毛钱。

我买了一张到河南的火车票,跑到河南打工。在河南,我不挑挣钱多少,专往姑娘多的地方去,姑娘多了我就有机会。我和第二个老婆就是那时候在一家砖厂碰到的,一个姑娘家家的,力气小得抓不住只鸡，活儿干得慢，再说了，打砖坯哪是姑娘家干的活儿。每天，我早早把自己的活儿干完，就去帮着她干。干完活儿，下班了我再送她回家。日子久了，她看我的眼神也变了。

有天下午，我送她回家，快到她家门口了，远远看见她爹提着根棍子站在家门口。她爹看我们走近了，就冲过来骂我，我再看见你跟在我丫头后面，我就把你狗日的腿打断！

第二天姑娘没有来上班，第三天姑娘也没有来上班，一连好几天姑娘都没有来上班。我忍不住了，跑去她家附近，远远地望着，也不知道该咋办。那时候也没有手机微信啥的，一点消息也没有，我实在没有办法了，就在她家大门口喊她的名字，她爹就冲出来了，我扭身就跑，她爹就追。我在前面跑，边跑边喊："叔，你把丫头嫁给我，我一辈子都把她捧在手心里。"她爹追得气喘吁吁，看追不上我了就停下来，拿棍子指着我骂："狗日的，我就是把她剁巴剁巴喂了狗，也不会把她嫁给你。"

我没有办法，只能悄悄躲在她家附近，等着她出门。过了好几天，终于看见姑娘出门了。我悄悄跟上去，问她，你敢不敢跟我跑？起初姑娘不同意，可架不住我三哄两骗，到底答应了。嘿嘿，你不要看我没有上过学，我的嘴可巧得很呢！

姑娘和我一路向西，跑回新疆，回到我们那个小县城的农村。虽然出去一年多，但家里还是那样，看不出有啥变化。那天，我带着媳妇回到家的时候，我妈正站在院门口眯眼望着空荡荡的戈壁，看我又带回个丫头，鼻子里"哼"了一声，说又骗了谁家倒霉的丫头，而后一转身，进屋去了。

那天晚上，我妈对我说，家里人多，住不下，让我赶紧找房子，搬出去住。我没办法，第二天早饭后，就想出去看看，不知不觉地就转到了王喜他们家那里。自从王喜死后，我再也没到王喜家去过，我害怕看到王喜他爹妈，害怕想起王喜。那天，我在王喜家不远的土坡上站了一会儿。王喜他爹看到我了，问我咋不到家里去。我说我是来看看这里有没有空房子，我想找个住的地方。王喜他爹思谋了一阵，说，房子倒是有一处。那房子的主人搬到城里去了，房子放在那里没人管，都破烂得不成样子了，一下雨，外面下大雨，屋里下小雨，门、窗子到处都漏风跑气的。王喜他爹带我去看了看，我觉得挺好的，拾掇一下就能住。于是我用了几天时间拾掇那房子，王喜他爹也来帮忙，好歹拾掇出了个住的地方。我带着媳妇搬出来的时候，都走出好一截路了，我妈又撵上来，递给我个芨芨草筐子，里面是两副碗筷、一个馍和小半袋面粉。日子都是自己过的，你就好好过自己的日子吧，她说。

住的地方有了，可人穷啊，没有钱，出去打工也找不到活儿。那天，离我们家不远的一个邻居家，来了一个维吾尔族小贩，赶了一对毛驴，驮着从南路贩来的杏子。正是五月底六月初，天气已经变得很热，杏子捂在柳条筐里，很快就捂出水来，邻居看我成天也没个正经营生，逛来逛去的，就说五块钱一筐杏，赊几筐给你拿去卖吧。反正也没事干，我就背了一筐杏子去街上叫卖，一天下来一筐杏子卖了七块六毛钱。黄昏时我正要回家，看见有人拿着一张羊皮，我问他卖不卖，他说卖。我就跟他磨，结果用四块几毛钱把他的皮子买了下来。我妈家周围，住着好几个靠贩卖羊皮过日子的人,虽然我没有钱,也从没有收过皮子,但和他们厮混得久了,也多少知道一些小窍门。那天我把那张皮子拿去找我认识的贩羊皮的人,以挣一块五毛钱的价格卖给他。给完钱,他说我的皮子收贵了,还可以再低点。我就缠磨着他给说说收皮子的窍门,我看他说三句停两句的,咬了咬牙出门花了三毛八分钱,给他买了一盒"红山"烟。他看我还算机灵,又给我说了很多收贩羊皮的窍门。那天晚上我没有回家,就和这个收皮子的人混了一晚上。

第二天我又跟上他出门,看他收皮子,给他打下手。下午的时候,我离开他,独自在村上晃悠,运气挺好的,收了三张皮子。我拿回去卖给那个教我收皮子的人,这次挣了四块多钱。

离开县城路过一家小饭店,我买了两个油糕,揣在怀里。晚上回到家,媳妇埋怨我昨晚怎么不回来,我笑嘻嘻地把她揽过来,撑开衣领,让她闻闻。她嗔怪地瞥了我一眼,转身就要走,我一把拽着她,把油糕递到她手里,她瞪大了眼睛看着我,咬了一口,又送到我嘴边,我扭过头去,示意她去端饭。她转身去灶台给我端来一碗苜蓿蒸面,我接过来扒拉了两大口,看着媳妇一小口一小口咬着油糕,比我吃着还香,还甜。那天晚上睡到炕上了,我一手搂着她,一手拿着挣来的五块钱在她眼前晃,给她讲了这两天卖杏子、收皮子挣钱的经历。我给她算了一笔账,除去还邻居赊杏子的钱,以及买烟买油糕的钱,还挣了五块三毛钱。这五块三毛钱是我起家的本钱,就此我也做了几年收皮子、卖皮子的生意,攒了些钱,在县城租了个房子,把老婆孩子接来,我替别人跑出租,她在家带孩子。

她怀孕的时候才十八岁，我每次出门做生意的时候，白天还好说，一到晚上，她吓得裹在被子里缩成一团，我回来了她又高兴得像个小羊羔一样围着我撒个欢，再撒一个欢，咯咯地笑，像个孩子，让我心里生出怜爱。我知道她不想我出门，就想和我厮守在一起，可是有什么办法呢，我总要出门去挣钱啊。

那年冬天，我们几个人商量好去山里收淘汰羊，可是我知道她这两天就要生了，我把她送到我妈家，开始我妈不同意，我好说歹说都快要给我妈跪下了，我妈才勉强同意照顾我老婆。出门的事情不好说，我们赶到山里，第二天就下起了鹅毛大雪，被大雪封在了山里。

雪下下停停，我们好些天没有回家，我心里着急，可也没有办法。到了第十一天，我实在担心得不行，不顾同伴阻拦，冒着大雪赶回了家。我妈说她已经生了，人和孩子还在医院里。

我妈说生孩子是个女人都会，不用去医院，她一辈子生了六个孩子，没有去过一次医院，都是在家产婆给接生的。我顾不上和我妈计较，赶到医院里，她虚弱地躺在床上，孩子在一旁睡着。没有人照顾她，是同病房的一个女人每天帮她买的饭。

后来我跑出租车的时候，她一个人带着两个孩子，两个孩子相差一岁多，都没有到上学的年龄，她每天忙忙碌碌，洗尿片子、被单什么的，还要给我做饭，我就是那一次犯浑，打了她，那是第一次，也是最后一次。她这一辈子跟着我，受了不少罪。

如今两个孩子都大了，一个在北京工作了，一个还在西安上大学。

劳碌了一辈子，老婆说没有去过南方，要我带她去海边看看,我就带她来南方旅游。我们去了成都、上海、南京、杭州、苏州,转了一大圈。她很喜欢南方,我们在苏州租房子待了一段时间,她不想回新疆,想在南方定居。我们就在周边转转,常州房价比南京、苏州低得多,城市的规划和基础设施做得好,我们商量了一下,就在这里买了房子定居,我们年龄都不是很大,就开了这家烧烤店,也有个事情干。

我这一辈子啊,什么罪都受过。年轻的时候我很怨恨我妈,她去世的时候,却只有我在跟前,其他的子女都在忙,等他们来的时候,我妈已经咽气了,没有见上她最疼的小儿子。她一辈子也很难,我是自己做了孩子他爹,年龄渐长,才慢慢理解了她。

半辈子过去了,早年为了吃上一口饱饭,受了多少罪,遭了多少白眼。没有我老婆,也就没有我的今天,她就像我的定海神针,只要她在,我就心静了,人也安稳了。如今对我来说,挣钱不是最重要的,尽量活得舒服一点、好一点才是要紧。

老范的话让我感慨万千,谁能想到这么个粗壮的汉子,还有如此细腻的情感。他经历的那个吃不饱的年代我没有经历过,但活得舒服一点、好一点是我们甚至是每个人共同的愿望,只是这个舒服和好,每个人的理解不同。

说着话,时间过得飞快,不知不觉天都快要亮了,雨已经停了好一会儿。我也准备回家睡觉了。外面的空气潮湿,干净,天空中还可以看见星星。

伴随一生的竹篾条

快要四十岁的时候,我突然惶恐起来,觉得时间过于残酷,衰老太快。一切还没有开始,我就老了。

一直想让生活变得更有意义一些,因此,我从中国西北偏西的新疆来到岭南。这里的人和事都像南方的天气一样,高温,黏稠,一时安定不下来,也不能很快地斩断。

这年夏天我因为生活琐事滞留在南方,既不能安心看书,因为有所图,又不能一走了之。南方的湿热像一种酷刑,考验着我的耐心和毅力。

雨后的天空,蔚蓝如洗,太阳像悬在人的头顶上,晒得脑袋发晕。我在东莞可园路的文学院住着,等着所谓的一些希望,心里烦躁,有时会出门沿着老街溜达。

顺心竹器店就在老街的拐角上。

说来奇怪,我在老街上也溜达好多遍了,可就是一直没注意到它。那天，不知怎么眼神就落在竹器店的门脸上，就像有什么东西牵着我往前走。那店面实在是太小了，难怪我没注意到。二十几平的屋子，里里外外摆满了竹子编的各种物件，竹席、竹帘、竹编的坐垫什么的。我随手拿起一个双层圆形的小茶篓。细细的竹篾密密实实，光洁柔韧，还带个盖，既美观又实用。旁边放着一个方形的工夫茶茶具收纳盒，既可做干果盘、面包盘，又可做日常桌面收纳。

天气太热，席子好卖，其他的不怎么有人问，年轻的老板无事，正在打盹，见我摸摸这个竹筐，拿拿那个竹篓，便和我闲聊起来。我夸他家竹器编得好，品种多，他说我刚才看的那几件竹器都是街后面一个老人编的。他是老人的亲戚，老人不愿意抛头露面，编好了，就放在他这里让他代为销售。

这个茶篓，竹条粗细相同，竹条和竹条的间隔也完全相同，弯转处流畅自然，接缝处光滑密实，编制手法老成持重又不失活泼灵动。我好奇：那是怎么样的老人，可以编出如此细致精巧的竹器？竹器店老板说老人是重庆大足人，定居东莞已经二十来年了，经历曲折，无儿无女，靠编竹器生活。

夏天的太阳很毒，但烦乱总被不期而遇的大雨一洗而尽，雨后的天蓝得不那么真实，为了找到内心的平静，我又去了那条老街。

老街的后面是曲曲折折的巷道，我没费什么劲就找到了那个小院。敲门进去，院子不大，左边靠墙摆放着一些做好的竹筐、竹篮，一层一层码放得整整齐齐，只留出一条走道，屋子的后面是作坊，里面是些竹篾、竹片和几个加工竹子的简单器械，也都摆放齐整，收拾得利落、干净。

老人正在干活，看我进门，招招手，指指身旁的小板凳说，没见过你呢？她又低下头，专注于手里的活儿。老人六十来岁的样子，额上几道很深的皱褶，眼角的鱼尾纹刀刻一般。她手里是个小篓的半成品，两根竹篾上下翻飞，左盘右绕，这里拽一下，那里拉一下，我还没有看清到底是怎么编的，就已经快要完工，开始收边了。

南方的下午，闷热、潮湿，我坐着不动，脸上、脖子还是感觉到有汗在渗出。老人安然地编织着竹器，沉静又从容，好像她生来就是编竹器的，可以一直这么编织下去。

我就住在那边的小区里。我坐在老人身边的小板凳上，和她说起话来。前两天在店里看到您编的竹器，您的手艺真好。

老人抬头睃了我一眼，就会这点手艺了，还是跟我妈妈学的呢。

我有一搭没一搭地和老人闲聊，老人的话慢慢多起来。

老人说她叫李淑芳，重庆大足人，来东莞二十多年了，住在这个小院也已经十几年了，算是半个东莞人了。老人说话带着浓重的四川口音，声音不大。她说自己年轻的时候好风光呢，去过好多地方，如今就在这样一个小院里，编些竹器讨生活。

前面街上竹器店的年轻老板李生，是她本家的侄子，娶了东莞本地人家的女儿，开竹器店也有好多年了。店里的大件是批发市场进的，那些小的物件，大多是李淑芳老人编的。

李生说过好多次,让李淑芳到店里编,这样可以招揽生意。可是李淑芳不愿意,她说在店里干活太招摇,她喜欢一个人静静地待在自己这小院,再说编竹器的时候必须集中精力,一会儿来客人了,一会儿又有别的事情了,总不能静下心来。老人说你看这个盖子,要和竹筐扣得严严实实的,做这活儿不用尺寸,就靠手上的感觉,用眼睛数着行数也没用,到头来还是要靠手的感觉,不安心,哪能做得好活儿呢?

说得也是,当一个人处于身心协作的状态时,一种神奇的力量会贯穿其全身,这种力量会赋予其劳作成果一种特殊的品质。这种状态也许是当下的时代所缺乏的。这也是当下手工劳作被珍视的一个原因吧。

我坐在李淑芳编的竹子马扎上,看着她一面轻巧地编着手里的竹篾,一面随口和我说着话——

我的手艺是小时候跟妈妈学的,为了赚钱养家。我们那里的人都穷,也没啥来钱的路子,再说,我们那里就竹子多,房前屋后都是,砍来竹子,编出各式各样的竹器就能换钱。那时候家里还没有通上电,晚上就在煤油灯下编。竹器的用处也多,用它盛各种东西,豆子呀,谷物呀,葵花籽什么的,大小都有,最大的有磨盘那么大,用来摊晒粮食,最小的只有碗口那么大,摆在桌子上,放个针头线脑什么的。

那时候,村里没有用钱买卖东西的,都是拿东西换。用一个竹篓换一升豆子,或是一升小豆换一条鱼。逢到赶集的时候,我经常被妈妈打发去集市上用妈妈编的竹器换大米。

妈妈编竹器都是在晚上，一家人都睡了，她才得空编，或是在下雨天，因为天气晴的时候，要去地里做活儿。我们那里的人家，都是这样做活儿的。

那时候，我就跟妈妈学编竹器。我喜欢下雨天，下雨的时候，雨水打在竹叶上，沙沙作响，一阵风吹来，竹叶上的雨珠都落下来，窸窸窣窣……听着雨打竹叶，还能想好多心事呢。老人说着，忽然觑我一眼，眼神里生出一丝羞怯。我心里一动，那时候，她到底是因为喜欢编竹器才喜欢下雨天，还是喜欢下雨天才喜欢编竹器呢？这样的下雨天，到底隐藏着一个姑娘多少的秘密呢？我往老人跟前凑了凑，低下头，笑嘻嘻地盯着老人的脸。老人像个小姑娘似的，有些忸怩。我们那儿，十里八乡的姑娘中，我编的竹器最好看，她说。

编法啊，那就太多了。六角形的筐最难编了，花形的筐也很难编。店里有人要这个货，你来告诉我样子，我就能给你编出来。老人咯咯笑两声，一副得意的样子，显出憨态来。

她说，以前很多人都羡慕我说，你多好啊，什么时候都不受影响，我就说那你也学吧，我教你。他们马上问，学这个需要多长时间，我就告诉他们：只是自己用的话，一天就能学会，光编个形状是很容易的，但是要想学到编成的东西可以卖钱，那最少也得学两年，这还要看悟性的呢。

过去也有人找到我，说你教我编竹器吧，我说好啊，可是学了没几天，就不再来了，我在这里住了十几年了，没有遇见过一个人可以坚持做下来的。只有我，现在还在编，不仅仅是因为

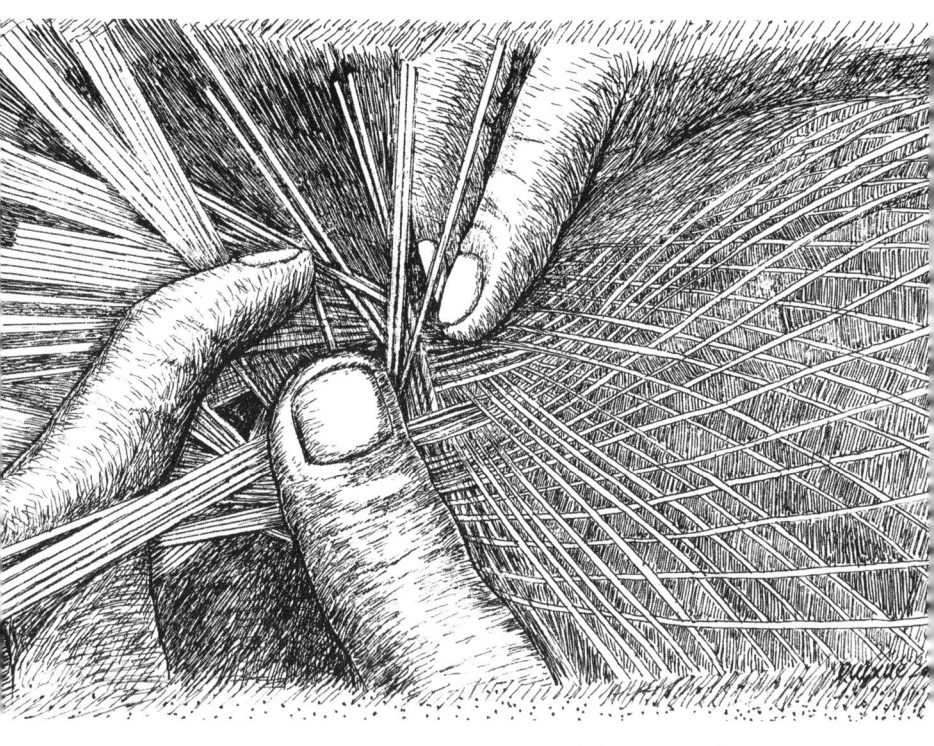

伴随一生的竹篾条　堆雪/绘

　　她手里是个小篓的半成品，两根竹篾上下翻飞，左盘右绕，这里拽一下，那里拉一下，我还没有看清到底是怎么编的，就已经快要完工，开始收边了。

要挣钱，也是因为干了一辈子了，不干心里不踏实。哪天老得做不动了，就不做了。不过现在也不好做了，啥塑料盆啊，钢精锅啊，花花样样的，啥都有，稀罕竹器的人越来越少咯。

那怎么会到东莞来呢？

我这辈子哦，编的竹笼、竹筐、竹篓少说也有好几万个了，去过的地方也很多，年轻的时候走到哪里算哪里，漂泊久了，人到中年以后总想停下来，不在东莞，也会在其他地方住下来。说着话，她停下手里的活儿，抬起头，目光越过院门。人呐，年轻的时候想得多，现在一无所有了反而不想了，反正啥子都没有，也就啥子都不想了。

如果一直不出来，就在那个小山村过活，生活也许会是另一番境遇。世事沧桑，谁又能看透以后的日子呢。

李淑芳没有上过多少学。她家在村头，姑姑家在村尾，姑姑家有三个孩子，老二叫何永明，比她大一岁。他们一起上的村里的小学、初中，两个人算是青梅竹马。后来，何永明去镇上上了高中，而李淑芳回家跟着妈妈学竹编。

那年夏天的假期里，何永明去找李淑芳玩，李淑芳已经是一名熟练的竹器编织匠人了。何永明看着羡慕，就让她教他。李淑芳从选材开始教起。如何砍竹子，如何把竹子劈开，如何编形状，她一边讲给何永明听，一边给他示范。在何永明的眼里，时隔半年再见李淑芳，她俨然已经是个手艺人的模样了。也许就在这个一教一学的过程中，何永明喜欢上了自己的这个小表妹，也许很久以前他就喜欢她了。

其实李淑芳也是喜欢何永明的，只是妈妈说他是她的表哥，他们不能在一起的。少女总是羞涩的，她藏着她的感情，只是在干活的间隙想起他来，还不能跟家里人讲。

编织竹器的时候想得最多，一串一绕之间，手下的竹条仿佛有了知觉，变得柔软缠绵，细细地织起了女孩的微涩的心事，仿佛表哥就在身边看着她。她干活的时间更长了，总是坐着编竹器，几乎不出门，也不怎么和村里的其他女娃子嬉耍，一坐就是一天。有时候她会自顾自地笑起来，有时候又莫名其妙地叹气，妈妈知道她是恋爱了，可是怎么问她，她都不说。

寒暑假，何永明都跑到她家来，给她帮忙打下手，帮她砍竹子、劈竹子。他也会编竹器了，他照着她的样，编好一个小箩，和她编的摆在一起。一眼就能看出她编的那个竹条间距粗细均匀、紧实，他的那个大面上看过去还行，仔细看松松垮垮的，显然没有她编的好。他给她讲学校里的事情，讲英语老师戴着厚厚的眼镜片，一生气就不由自主地抽鼻子，眼镜片就抖起来，滑稽的样子让人忍不住发笑；有个胖胖的男同学，饭量很大，肠胃又不好，经常在上课时放屁，奇臭无比，声音还很大，没有人愿意和他同桌；还有一个教历史的年轻女老师，北方人，皮肤有点黑，总爱给脸上扑厚厚的粉，不知道谁给她起了"七五面"的绰号……日子就在两个人编竹器时的絮絮叨叨、欢声笑语中一天天过去。假期很快就结束了，他又要去上学了，她纵然有万般不舍，也是无可奈何的。

后来妈妈还是知道了她的心事，家里自然是不同意。爸爸为此还打了她一顿，那是爸爸第一次打她，也是最后一次打她。

家里托媒人给她找了邻村的一个泥瓦匠。媒人说那家人日子殷实，那个男子是独子。爸爸妈妈已经答应人家，立冬就要把她嫁过去。她是真的慌了，她让邻居家的小孩送信给表哥何永明。何永明就从学校回来了，他们背着父母在村子外的树林里见了面。

何永明问，敢不敢，跟我走？她说，敢。

人生的大事就这样决定了，没有一丝犹豫和害怕。第二天一早，两个人在约好的村口碰面，像出了笼的小鸟，一路汽车、火车的往前奔。那时候只想离家越远越好，也没有想那么多。好日子没几天就过完了，带出来的钱花完了，咋个办呢？就靠自己的手艺讨生活咯，他们开始编竹器卖，走一路卖一路竹器。他们走了很多地方，都往有竹子的地方走。到了一处先找个地方住下来，然后何永明去找竹子，再把它们劈成竹篾，然后拿着这些竹篾到热闹的集市，找一处空地安顿下来，李淑芳现场表演编竹器的手艺，何永明一边介绍竹编的技艺，一边展示李淑芳编好的竹器。卖掉竹器，他们就有钱去住店、吃饭。就这样，在八年时间里，他们走过了河南、浙江、江苏、福建、广西、广东等省份的各个市镇，原材料好找、竹器也好卖的地方就多住一阵，不然就少待几天。

说起当年的情形，李淑芳停下了手里的活计，眼里浮上了一层笑意：年轻的时候真好啊，什么也不怕，说走就走。

因为一直在路上，所以那时候编的东西多是小尺寸的，杯垫、小篓、手巾托等小玩意儿，即使卖不掉，也好带着走。

那时候一天能编一百多个手巾托，像手巾托这样的小东西有两根竹条就够了，一根用来编主体，一根用来包边，不需要太多材料，所以在卖的时候，人家总说便宜一点吧，便宜一点吧。她就不忍心了，也就卖了。她是想，本来这些竹子也是不花钱的，自己不过就是花时间编了编。

有的时候，一连几天都没有卖出去一件东西，兜里一点钱也没有了。他们住过火车站、医院大厅，一天就吃一个饼子，渴了，就喝点自来水。

那时候是真穷啊，也就什么都不怕。记得在贵阳，一连下了几天雨，没有钱住店，就在火车站的候车室里待着。李淑芳看着人来人往，人家都是奔着一个目的地去的，可是他俩没有目的地，也没有什么人等着他们回家。好几天都没有收入，已经三天了，没有吃过一顿像样的饭，没有睡过床。她转头问他，后悔吗？他伸手捋了捋额前的头发，看着她，摇摇头。他问她，你后悔吗？她说，跟着你，怎么样都是愿意的。她是真的愿意，只要跟着他，再多的苦，都是甜。

那时候的日子虽然清贫，但是人容易满足，快乐也多，有一点点钱就很开心。如今大半辈子过去了，回忆起来，竟然是那些年东奔西走的日子快乐多，那时候人好像不知道累，白天再辛苦，晚上睡一觉就好了，那时候总有希望在前面，日子总有盼头。

何永明和她去西湖看苏堤春晓，给她讲苏东坡的故事；他们在福建武夷山爬天游峰，看大红袍古树，那些有关岩茶的知识也是何永明告诉她的；在珠海普陀寺他俩一起烧香拜佛，祈求佛祖给他们一个健康的孩子……说着这些过去的事情，李淑芳的脸上有了神采，她说也记不得那些年到底去过多少个地方，砍了多少个山头的竹子，编了多少的竹器，是那些卖出去的竹器，支撑了他们所有的幸福时光。

后来，他们在广西南宁的一家竹器店里给人家编竹器，教人家手艺，她那种编法他们不会，店主管吃住，再计件给工资。何永明和她计划，挣些钱找个地方，自己也开一家竹器店。

生活一旦稳定，她还是想家的，倒不是他对她不好，而是她想妈妈。出走前她给家里留了一封信，说她跟他走了，说她会好好的，让妈妈不要担心她。她就这样走了，一走就是五年。

那是第六个年头吧，她有了身孕，给家里写了信。妈妈很快就回信了，自然是原谅了她，不原谅又能怎么样呢，生米已经煮成了熟饭。妈妈叫她回家，也好照顾她。她想回去，可他不肯，男人都好脸面，他想混出点名堂再回去。她不忍心让他一个人在外面漂泊，也没回去。

李淑芳喜欢孩子，她想要一个他俩的孩子。没有人知道他们是姑表亲，他们也没对谁讲过。但真说到要孩子，她心里又不踏实，何永明也害怕孩子生出来会有什么问题，一会儿担心会不会生出来个呆子，一会儿又想生出来缺胳膊少腿的咋办。夜里睡不好，白天就没有精神。两人都担心，但李淑芳想当母亲的愿望让她更坦然一些。还有什么比一个小生命在自己肚子里孕育更神奇的事情呢？

流产是谁都没有想到的事情。

怀孕都已经四个月了,她都感觉到孩子在动了,感觉到孩子的小胳膊、小腿在一下一下地捅她、蹬她。那段时间,两人既兴奋又害怕,天天盼着孩子早点生出来,又怕孩子生出来。何永明天天趴在她的肚子上听。

那天没有下雨,路也不滑,她吃过饭走在去竹器店的巷子里,好端端地就跌了一跤。平常何永明都和她一起走,那天吃过饭,何永明说他抽个烟再过去,她就一个人先走了,谁知道怎么就跌了一跤呢。她好容易爬起来,还没走出几步,肚子就疼,是那种钻心的疼,像要疼到骨头里去。等何永明赶来,她已经什么都不知道了。那一跤到底是咋跌的,到现在李淑芳也没有想清楚。这都是命,事后她这么给自己解释。

何永明倒是没有她那么悲伤,他觉得他们还年轻,孩子以后还会有的。他还是原来那样乐观、开朗,爱说爱笑的。见她伤心,他总能给她讲个笑话,看着她笑起来。虽然孩子没有了,但是他们的感情经过这一件事后,更加深厚了。那时候,她觉得老天爷让她遇着何永明,就是上辈子做的善事,这辈子给她的福报。可是人生中的甜怎么会长久?

日子一天一天在编织中过去,距离那次流产已经过去两年多了,她却再也没有怀孕。

不知道从什么时候起,孩子成了横亘在他们之间的一道魔咒。他们谁都不说有关孩子的话题。不说不代表不想啊,尤其是看到街上跑来跑去的孩子,或是孩子们大声嬉闹的声音传进院子时，两个人就不说话了，都难堪地沉默着。那样的沉默，会把人憋死的，你知道吗？

李淑芳在心里想孩子，她常常想如果她没有跌那么一跤，如果孩子顺利生下来，该有多大了，会走了，会跑了，会叫妈妈了……想着心事，竹子是会扎人的，不知道什么时候，手里的竹篾就会扎到手。有一次不小心被扎到骨头里，血流得止不住，何永明只好送她去了医院。以前在家的时候，她天天编竹器也不会扎着手。也不知从什么时候起，他们之间有些东西慢慢变了，变得小心翼翼。

后来，他们辗转到了东莞。东跑西颠的日子过够了，他们开始在这里定居。那时候东莞还没有现在这么多高楼，可是有很多外地人。有纸扎一条街、竹器一条街、电器一条街，反正啥都有。他们一开始给别人编竹器，后来自己开了店，何永明在前面看店、进材料，她在家编竹器。挣了一点钱后，他们就买了这个院子和房子。

日子是越来越好，也有了积蓄，两个人却越来越没有话说了。他不像以前那样爱说爱笑了，常常沉默着干活，一坐就是一天。他也越来越不爱待在店里，就是店门开着，他也总出去溜达，和左邻右舍的店老板出去喝酒，喝醉了回来倒头就睡。第二天起来他也不说话，又去店里了。

她其实挺想和他说说话的，可是每一次话到嘴边又咽回去了，她不知道说什么，也不知道怎么说。这样的日子一过就是好久。她常常发呆，她在想他终于是后悔了吧，他每天这样不说话,在想什么呢?

每天想来想去,不过就是那么些事情,最后她释然了,还没有来的事情,为什么现在就拿来烦扰自己的生活呢?她想,如果有一天他告诉她,他后悔了,她就放他走。

他终于还是抛下她,走了,很不体面地走了。他是跟一个河南女人走的,走的时候女人已经怀了他的孩子,都已经七个月了,挺着个大肚子站在院子里。她看着心里难受,她不知道他和那个女人是什么时候好上的,自己不能给他的,总不能阻止别人给他吧,既然他们都有孩子了,还是让他走吧,心都不在了,留着人又有什么用呢?

他走了以后,她一下苍老了好几岁,有些心灰意懒。没过多久就把店盘给了也在东莞开店的本家侄子。她回了一趟大足。村里的房屋更破败了,年轻人很少,都出去打工了,只剩下些老人。

看着熟悉的房屋和院落,妈妈花白的头发,颤巍巍的身影,自己也经历了这么多世事,走的时候还是一个不谙世事的小姑娘,现在已经是人到中年,她不禁悲从中来,不由就哽咽了。

爸爸过世一年了,妈妈身体也不太好,兄妹几个都已经成家自己过了。妈妈跟着哥哥过,哥哥和嫂子都出去打工了,只留下侄儿在县城上中学。第二天,她去给爸爸上坟。她带上铁锹,把坟头的杂草拔了拔,又培了培土。最后,她坐在地上,抚着爸爸的墓碑号啕大哭起来。没有人知道,她到底是在哭自己,还是哭爸爸去世得太早。在爸爸的坟头,她也问自己,后悔吗?谁知道呢，哭过一场也就好了，心也不那么痛了。

她在家里住了两个月，每天给妈妈做饭，陪妈妈晒太阳，和妈妈唠嗑，她想补偿自己当年的鲁莽。妈妈问起他的下落，她说没有打听过，不知道。妈妈说她傻，当初不应该放他走，她笑了笑，没有说什么。她也是有骄傲的，既然心已经不在了，留着个空壳又有什么意思呢？

回到东莞后，她再也不愿意抛头露面去招揽生意，她更愿意坐在院子里编竹器，编好了，就拿到前面店里卖，侄子给她钱。

又是多少年过去了，他跟那个女人的孩子如今也有十三四岁了吧？她有时候干着活儿也会想起他来，不知道他现在过得好不好，但她已经不怨恨他了，毕竟他最好的年纪是和她在一起，他们有过那么多的过去，这些都是最好的回忆。

现在再说起这些事情，李淑芳像是在说别人家的陈年旧事一样淡然。她说，那么多路都走过了，那么多艰难的事情都一起经历过了，终于有了自己的房子和店面，终于可以安稳过日子了，可最后还不是说散就散了。人这一辈子啊，没有受不了的罪，只有享不了的福。

如今，她终日坐在作坊里干活，所有的东西都在伸手可及的范围内，仿佛她终于可以掌控自己的生活。现在的竹篾都是加工好的，只要打一个电话，马上就有人把材料给送到家里来，她只需要编就可以了，不用操心原材料的问题。

经过这么多年，她恍然发现，这么多年陪着自己的，原来一直是身边的竹篾，是少年时妈妈传给她的手艺。他喜欢她的时候，她编着竹器；他们在一起的时候，竹器养活了他们；他离开她了，她还是靠着编织竹器的手艺养活着自己。她说，我这一辈子啊，也没有什么好后悔的，都是跟着自己的心在走，没有谁可以看见后面的路。如今身体还算结实，以前瘦，一阵风来仿佛都可以吹倒，现在胖多了，女人到了岁数，体重就一年一年往上增，从前人们老开玩笑，你比你编的笼子还轻吧？现在，你看看，我哪里还有个瘦的样子哟？她笑了，眼睛眯成了一道缝。

  天晚了，闷热的湿气依然未散，黏黏腻腻地缠绕着。我掩上了身后的院门，李淑芳已经开了灯，继续在灯下编着竹器，编织着她的生活。我想，能跟着自己的心走，也是一种幸福。生活本没有意义，意义都是人自己赋予的，我也不必再纠结什么，没有什么是永恒的。那我，明天也该离开这里了。

"乐器王"艾依提·依明

还没有走进加依村，南疆春天特有的尘土气息就已经嗅到了。早春三月的阳光不强烈，照着人暖暖的。

村里树多，还没有到抽青的季节，但仔细看去，芽眼的地方已经有一点想要绿的意思。院落都在树下，村里只有一条马路，两侧是居民的房屋，短短的路走到头，也就走完了整个村子。

大路边上的小路上，有两只鹅一扭一扭地走着，在虚土上留下两行歪歪扭扭的脚印。

路边一家院门前支着个打铁的铺子，一个中年维吾尔族男人挥舞着铁锤，一下一下地敲打着。他不懂汉语，我不懂维语，我们比画着，连带着手势和表情，然而谁也没有弄懂谁的意思，但他笑得很明亮，极有感染力。那块他敲打着的铁，现在还看不出轮廓，我最终也没有弄明白打的是镰刀还是菜刀。几步路外，两个脸上挂着鼻涕的小孩子在玩土，大一点的小男孩把面前的土堆起来，小一点的男孩子一把给扒拉开了，那个大一点的并不恼，接着再堆起来……

时间走到这里慢了下来，人们依照节气过着日子，打铁或者耕种。

这里是加依村，新疆南部靠近渭干河西岸的一个小村子。村里的男人大多会制作乐器，女人大多会跳舞、唱歌。这里的乐器销往新疆各地，以及河南、北京，甚至远销德国、法国、韩国、日本等。

艾依提·依明在这里出生，长大，也将在这里老去。

五十多岁的艾依提·依明一生大部分时间都在和乐器打交道。小的时候是听别人弹唱，看爷爷制作乐器；少年跟着爷爷学习制作乐器的技艺；青年的时候自己制作乐器，拿着做好的乐器到处游走，去兜售；现在带徒弟，把制作乐器的手艺传给别人。

从十五岁开始学习制作乐器，到如今四十几年过去了，艾依提·依明也记不清他做过多少个乐器了，只要是维吾尔乐器，他就都会做，都会弹。

艾依提·依明不识谱，也不认识字，做琴全凭感觉。从一截桑木开始，凿、雕、刻，每一道工序都仿佛有种神秘的力量支配着他掌握分寸，把握尺度，过了不对，不及也不对。那种力量引领着他，直到将一把琴做完，弹起来，音高合适，音色纯美。

虽然艾依提·依明已经被人们称为"乐器王"，但究竟一块桑木怎么样才可以最大限度地用到做琴上，不浪费，共鸣箱做多厚才可以发出美妙的声音，琴弦要多长才恰到好处，这些都是不确定的。

因为一截桑木和另一截桑木有那么多不同。干燥程度，木质的紧实程度，甚至桑木的生长环境、承受的阳光多少都决定了做成琴后音色的细微差别。这些奥秘艾依提·依明可以感觉到，却说不清楚。他像一个掌握了神谕的智者，却被神限制着不能泄露秘密，一切玄机只可意会，不可言传。

相传，三百多年前，加依村就有人开始制作乐器了，从艾依提·依明用来做乐器的那些工具来看，三百多年前的技术很可能原封不动地保留到了今天。

制作乐器，最关键的是琴弦的音定得准不准，再就是共鸣箱的厚薄合适不合适，音色够不够好。别人做好的乐器，艾依提·依明拿起来弹弹就知道做得好不好，哪些地方需要改进。因为艾依提·依明是先会弹乐器，再学会做乐器的。

如今每次家里来了买乐器的人，艾依提·依明并不吆喝和推销，他只是拿起自己做好的萨塔尔或者都塔尔，弹上一曲，有时候他弹的是轻快的曲子，有时候弹的是忧伤的曲子，至于究竟弹什么，那就看当时的心情。大多数情况下，他自弹自唱一曲终了，人家还在音乐里神游，许久才醒过来，而后当即就掏钱买下了。

如果是光算做乐器的材料钱，大约只需要一百块钱。但做起来很费时间和精力，光是乐器上的装饰花纹就有几千个，要把那么多的装饰片片割下来，再插花一般地粘在乐器身上，粘好的黑白装饰物要形成花纹，那是些维吾尔民族喜欢的菱形和花形等图案。那些装饰物多的，需要裁剪、粘贴一万个左右，光是这一项，就费时费力，没有耐心是做不到的。一般是艾依提·依明的妻子做这个烦琐的工作，她却并不厌烦，把装饰片片一个个割下来，再按照花纹的样式一个个粘在琴身上。她是娴静、温和的，多少个有阳光的上午，她坐在窗前，低头认真地劳作着，细碎却快乐。别人都是用电脑刻花，或是把带花纹的纸贴在乐器的表面。但艾依提·依明坚持用手工雕花，坚持将那些装饰用的黑白塑料一个一个贴上去，虽然费时费力，但他说这样看着心里踏实、喜欢。以前这些工作都是他自己做，自从娶了妻子后，这些细致的活儿就交给她做了。她也是喜欢的，可以和丈夫一起完成一把琴，虽然烦琐，但也是一件快乐的事情，这个从她看他的眼神中不难体察到。

艾依提·依明和三个徒弟一起做琴，再加上妻子专门为琴做装饰，一个月的时间最多也就只能做四把琴。现在手工做的琴，最贵的一把卖到三千五百元钱。一个月下来，除了给徒弟的工资、买材料的钱，艾依提·依明可以剩下三四千元，这样的收入在城市不算高，但在加依村却是让人羡慕的。

只要是村里有点文化，又喜欢乐器的小伙子来找艾依提·依明学习制作乐器，艾依提·依明都收下了。教的时候，他并不多说，只是做给他们看，一招一式自己琢磨。艾依提·依明就是这样跟着爷爷学会的。方法虽是一样的，但并不是每个来学习的人最后都掌握了制作乐器的技艺。很多人，也看了，也做了，但就是音品不准、音色不好听，也就自暴自弃了，不再来了，对于这样的人，艾依提·依明也不勉强。

村里前前后后来了四十几个人跟着艾依提·依明学习，学成的有二十几个，其中有六个到外地去了，其余的十几个已经在村里独立门户了。说起来，他们现在都成艾依提·依明的竞争对手了，但有些顾客还是认艾依提·依明，买乐器一定要到他家来买。他们认为艾依提·依明做的不是商品而是艺术品，为此他们愿意出高的价格，等着艾依提·依明慢工出细活。艾依提·依明有好些年都没有像年轻的时候那样，带着琴去四处游走兜售了。现在要买他做的琴，还需要提前预约。

艾依提·依明的家在村子的中间，从外面看不出有什么特别的。木头大门，门上雕着花纹，花纹的凸起和凹陷部分刷着不同颜色的油漆，一些边角经过日晒雨淋，有点斑驳，这个门是维吾尔族特有的"彩门"，看着有点年头了。大门左边围墙上方钉着一小块金属牌子，上面写着"文化专业户"五个字，落款是"新和县文体广电局"。村里有这样牌子的人家有一百多户，都是制作乐器的。

进门来，才发现三面都是房子，围成了四合院的样子，一面依次是果树、菜地和羊圈。果树前是去年冬天埋起来的葡萄藤，天气还没有完全暖和起来，没敢挖开，害怕挖出来早了，倒春寒会冻死刚发芽的葡萄藤；不远处的果树下有三只胖胖的鹅一扭一扭慢悠悠地晃着走，院子一角拴着一条小狗，好像见惯了生人来，并不叫，摇着尾巴，瞪着眼睛看看而已。

一进院门，右手边的两间房子是主人的起居室，院内其余八间都用于做乐器和摆放乐器。

"乐器王"艾依提·依明 堆雪/绘

在艾依提·依明的眼里,那些木头的秘密一览无遗,他拿起来看看,敲敲,甚至只是摸一摸就知道它适合做什么,它该是个鼓面,还是个琴弓,它做成琴后音色沙哑还是清越。

那些做好的乐器被一个一个挂在房梁上，很多，有点壮观，看着像个充满了玄机的密室。墙角堆着些做到一半的琴，或琴的部件，有的能看出是弹拨尔，有的看不出是什么。屋外的门边堆着很多木头，一节一节地堆放着，那是些等着被做成琴的木头吧。那些木头哪一块会被做成琴弓，哪一块会被做成共鸣箱，这些可能早已经注定了，只是我们这些外行人不知道，在我们眼里，它们没有任何特别之处，只是一些普普通通的木头，好像和那些用于取暖、烧水的劈柴一样。但在艾依提·依明的眼里，那些木头的秘密一览无遗，他拿起来看看，敲敲，甚至只是摸一摸就知道它适合做什么，它该是个鼓面，还是个琴弓，它做成琴后音色沙哑还是清越。这也许就是乐器王和我们不同的地方，我们一群人热热闹闹地来了，也将热热闹闹地离开。我们走过了很多的地方，听过了很多的歌，可是我们却永远无法洞悉一块木头的心事。

艾依提·依明住着的那两间房子加起来也不过四十多平方，外间一个炕就占掉了一半，脚下是火墙和炉灶，做饭的时候顺便也就烧热了火墙和炕，农村人是这样节俭过日子的。火墙边上开着一扇小门，隔壁一间房相对凉快一点，放了些食物和杂物。就是这个储藏室里，梁上也是挂满了乐器，人在里面只能猫着身子，躲着挂下来的乐器走，要不就碰着头了。

起居室里的墙角摆着台二十一寸的彩色电视，落满了灰，旁边的机顶盒、VCD上也是一层灰。艾依提·依明说自己年龄大了，晚上不做乐器了，就看看电视。艾依提·依明过着和南疆任何一个农民一样的生活，但他和他们又是不同的，毫无疑问那是因为木头，因为乐器，因为他拥有的技艺。

年轻时候的艾依提·依明喜欢和邻居聚在一起弹唱，那是一段很放松的时光，他弹曲，有人唱歌，有人跳舞，多好。那时候的人虽然穷，但都喜欢唱歌跳舞，都喜欢举行麦西来甫（维吾尔语中意为"集会""聚会"，是维吾尔族人民集取乐、品行教育、聚餐为一体的民间娱乐活动）。有时候听到一阵鼓声，就有人拿着热瓦普循着声音加入，不一会儿就聚上一堆人，一场小型麦西来甫就开始了。现在都是一家一个院子，农忙的时候都去干活了，闲了的时候就看电视了，看 VCD 了。麦西来甫没有以前举行得那么多了。

艾依提·依明家的屋顶都是纯木头做的，那是维吾尔人祖辈传下来的手艺，把许多杨树修整成一样粗细的四方形的木头，用作梁。杨树上粗一点的树枝，也修整得一样宽窄，一样长，做屋子的椽子。这些树木的处理，都是艾依提·依明和他的徒弟亲自做的。维吾尔族男人好像天生就可以把木头摆弄得很好，无论是做乐器还是做椽子。用艾依提·依明的话说，那么精细的乐器都可以做好，这些木工活儿自然是不在话下的。

艾依提·依明没有出过远门，最远就是去过库尔勒、和田、伊犁和乌鲁木齐。他没有去过的地方，没有看过的风景，他的琴以音乐的方式帮他到达了，很早以前，他做的琴就卖到了乌鲁木齐、广州、北京、上海，有一些还漂洋过海去了别的国家。

守着加依村，守着妻子、孩子，制作乐器，艾依提·依明感到满足幸福。他的愿望很实在，就是把乐器做得再好一点，卖出好价钱，多培养一些徒弟，让自己的手艺可以传给更多的人。

在艾依提·依明年幼的时候，爸爸就去世了，他是跟着爷爷过活的。新疆和平解放前，爷爷就在做乐器了，后来村里来了一个阿克苏人也会做乐器。那时候艾依提·依明家的邻居会唱《十二木卡姆》，爷爷做好乐器后，弹奏起来，邻居便和着唱，一群小孩子就在一边玩耍。

在艾依提·依明的记忆里，爷爷是个快乐的老人。尽管白发人送黑发人让他沉默了一段时间，但他更多的时候是快乐的，至少看起来是这样。他经常哼着《十二木卡姆》里的调子，干着繁重的体力活儿。回到家里，也不闲着，用手边的木头做个手鼓、艾捷克什么的，细细打磨好几天，完工后，就弹起来，他不由自主地唱着歌，有时候可以把自己感动得掉泪。那时候艾依提·依明还小，他不明白爷爷一会儿笑、一会儿哭是为什么。

1973年的时候，正值"文化大革命"，不能公开制作乐器，可还是有人找上门来买，他们喜欢艾依提·依明爷爷做的乐器。爷爷是害怕的，只能偷偷地做，艾依提·依明那时候已经懂事了，跟着偷偷地学，打个下手。锯木头、凿共鸣箱等粗活，爷爷就交给艾依提·依明干了。一个乐器完工了，想试试音色怎么样，又不敢白天弹，爷爷就和艾依提·依明半夜起来弹，声音还不能太大。当时一切和音乐有关的事情，都得偷偷地干，可那却是艾依提·依明最深的记忆。

当时一件乐器才卖四五块钱，村里只有一两家会做。艾依提·依明爷爷做的乐器，给那么多人带去了欢乐，可是他们家里还是很穷，自己一辈子过着勉强能吃饱饭的日子，没有余钱让艾依提·依明上学，到现在艾依提·依明也不识谱，不识字。

爷爷能做的也只是教艾依提·依明做乐器，他是想给艾依提·依明传下一个谋生的手艺吧。也许他想，会做就会弹，人这一辈子总有不如意的时候，到时候可以弹弹琴，打打鼓，有个排遣的方式。不能给孙子留下钱财，能留下些依凭也好啊！

艾依提·依明也是在长大成人以后才知道，爷爷教会他做乐器，教会他弹唱，是给自己在漫长的人生路上找了一个庇护所。当现实生活不如意、受到打击和挫折时，他可以躲进音乐的世界里，暂时忘了俗世烦恼。爷爷不知道，这个技艺却让艾依提·依明过上了梦想中的幸福生活。

那些苦难的日子终于过去了，人们又可以自由地唱歌跳舞了，来加依村买乐器的人越来越多了。这些年加依村的名气尤其大了起来，那些村里人手工制作的乐器有些竟然漂洋过海到了外国。报纸上、电视上称加依村里那些制作乐器的人为艺术家，称艾依提·依明为"乐器王"。

村里人觉得手工做乐器也不是啥难事，艾依提·依明会做，我们也会做。再说，不会做，可以学啊！农闲的时候做些乐器，可以增加收入，补贴家用，就都做起来，不会的也学起来。就这样，从七八年前开始，制作乐器这个事情在加依村变得很流行，越来越多的人家加入进来，现在村里已经有一百零五户人家在做乐器了。

村里的人不觉得制作乐器是在创作，在他们眼里，这不过是一个增加收入的活计，他们在春天耕种，夏天浇水，秋天收获，冬闲了，做做乐器，可以卖些钱，即使卖不出去他们也不担心，在麦西来甫上会用到。而冬天，正是举行麦西来甫的好时间。

世界是公平的，给你关上一扇门的时候，就会为你打开一扇窗。加依村的人是幸福的，虽然他们生活的物质条件不如很多大城市，但是他们有制作乐器的技艺，有唱歌、跳舞的天赋，他们懂得木头的秘密，他们安适的生活态度就是一笔财富。

足浴技师阿霞

阿霞又一次没有地方可去了。这是她第几次逃离,她已经记不清了。逃离似乎是她命中注定的劫数,她已经习惯了,这些年她一直过着漂泊的日子。

南方的冬天,下过一场雨后的那种湿冷,是可以渗入骨头的冷。这两天已经是最冷的日子了,阿霞却因为失业,得省钱,还没有买御寒的冬衣。她衣着单薄,上身一件薄薄的黄毛衣,下身一条半旧的牛仔裤,衣服和裤子都有种潮潮的、不干净的样子。

此刻她沉默地站着,脚边立着一个黑色的大箱子,里面是她全部的家当:被子、衣物、用剩下的卫生巾、喝水的杯子、洗漱的用品……离开得太频繁,已经无须为了出行而特地去把衣物洗干净,就让它们带着脏,带着颠沛流离的气息。

她有点茫然,站在路边发愣:要去哪里呢?其实去哪里都一样,哪里都停留不下来。阿霞累了,她想停下来,可是她不知道哪里才是她的容身之处。

阿霞已经不记得自己到底换过多少份工作，十几年来，阿霞在南方游荡，不断地迁徙。她知道自己注定是停不下来的，过去的经历像一道魔咒，怎么也摆脱不掉，仿佛只有不断地离开，开始新的生活，才可以找到一点内心的安宁。但其实从来没有新的生活，不过是换了一家厂子，换了一个工位。她是什么时候成了洗脚妹的？这也已经有好几年了吧，每天都是前一天的重复，没有什么好纪念的，她也没有刻意去记，不过是从工厂到了足浴城，换了一个地方打工罢了，她的生活并没有一个实质性的改变。

阿霞想到自己的命运和漂泊无依的生活，就有些空茫。

有那么一小会儿，她想，如果那次自己不是那样对待阿明，现在是不是和小姐妹芳芳一样，已经结婚生子了呢？芳芳现在应该和小亮结婚了吧？小亮虽然没有钱，但他对芳芳是真的好。芳芳有痛经，小亮便在芳芳经期时替她灌热水袋，帮她洗衣服，每逢节假日或是什么纪念日，小亮就带她去玩，海滩、动物园，甚至很贵的摩天轮……他在尽可能地对一个女人好，这些阿霞可以看出来，也可以感觉到，她是真的为芳芳高兴——有一个男人真心真意地对她好。两个人相爱着，这样颠沛流离的打工生活也有一些温暖。

在广东，像阿霞和芳芳一样打工的人很多。他们在陌生的城市，在单调的流水线上劳作，辗转在一个个工业区的工厂，不停地迁移，不知明天将在哪个工厂，哪个工位。对于未来，他们也有自己的梦，想过更好的生活，然而现实往往不遂人愿，他们一年或者半年换一家工厂，换一个工位，甚至换一个行业，不知自己要什么，也不知自己能做什么，只能在工业区的工厂里转来转去，直至老去。只有爱情，让他们偶然在某个工厂待得久一些，当有了相爱的人，他们似乎就找到了留在某个地方不再漂泊的理由。

然而，阿霞仿佛对爱情是有些恐惧的。那些还没有怎么开始就结束的感情，能不能叫爱情呢？

十多年前，芳芳带着阿霞挤上了南下广东的绿皮火车。那是老式的绿皮火车，车速慢，哐当哐当，一路走一路停，老也走不到头。她们没有买到坐票，只能挤在车厢连接处。冷风飕飕地从缝隙往里钻，往人的骨头缝里钻，人被裹在无处躲藏的寒冷里。车厢过道到处挤满了人，南腔北调地说着阿霞听不懂的话。

芳芳是李叔家里的老大，是村里最早出去打工的那一批年轻人，过年前回到村里，穿着时髦，脸也白了很多。那年的春节，阿霞天天去芳芳家，问东问西，她要芳芳出门的时候带上她，家里太闷了，她也要出门去打工挣钱。

阿霞紧挨着芳芳站着，芳芳一副见怪不怪的样子。阿霞紧张地盯着来回穿梭的人流，她睁大眼睛，盯着一个个人的脸，她从没见过这么多人，这要放在村子里，怕是附近几条山沟里都盖了房子也住不下。好不容易，列车在一个大站停靠后，人群像泄洪一般，涌出车门。芳芳带她在车厢里找到一个空位，但座位的主人很快拿着车票来了，是一对中年夫妇。芳芳大哥长大姐短地说了一堆好话，中年夫妇才勉强答应，她们可以借用那个座位底下的地方。芳芳教她把纸铺在座位底下，人再躺进去，蜷缩在下面。座底下气味难闻，脚臭味儿熏得阿霞睡不着觉，可还是有点兴奋，这是她第一次坐火车呵。火车一直向南开，未来看不到，过去她也不想回忆，她只是想离开村子，离开山里……

阿霞的家在河南辉县的一个村，七岁的时候，爸爸上山采草药失足跌落山崖死了。母亲很伤心，奶奶更伤心，她已经六十多岁了，白发人送黑发人，那种悲哀是双重的。

因为贫穷、偏远，没有哪个姑娘愿意嫁到这里。村里有好多娶不上媳妇的光棍儿，阿霞的奶奶害怕儿媳妇守不住寡跑了，偷偷问阿霞让她的小叔叔给她当爸爸高兴不高兴。阿霞的脑袋摇得像个拨浪鼓。奶奶瞥一眼阿霞，没牙的瘪嘴咕哝着，小声地咒一句，气哼哼地走开去。

阿霞不喜欢小叔，小叔的脑子不太灵光，还影响到走路，听说是小时候，发高烧烧的。小叔走路时左摇右摆，手舞足蹈的，像跳舞。村里的孩子经常在小叔后面有模有样地学他，小叔看到了，嘴里骂骂咧咧，弯腰捡起什么就用什么，狠狠地砸向孩子们。这时候孩子们就一哄而散，偶尔有被打中的孩子龇牙咧嘴、又哭又叫地跑开去。小叔似乎还不解气，一颠一晃地撑出几步，孤零零地盯着跑散的孩子，眼神直愣愣的，有种含混不清的仇恨，看得人心里发毛。阿霞当然不喜欢小叔来当她的爸爸。

后来阿霞就经常看到奶奶跟妈妈在一块嘀嘀咕咕，有时候，妈妈坐在那儿抹着眼泪，听着奶奶絮絮叨叨，她隐隐约约知道奶奶是要妈妈嫁给小叔。妈妈闷头坐在那里不说话，边赶着手里的针线活儿，补衣裳或是纳鞋底，奶奶说得急了，妈妈就抹一把鼻涕，哭着跑出门去。

奶奶老了，小叔天天在外面晃荡，不着家。家里家外，连地里的庄稼都靠阿霞的母亲一个人打理。

在农村，一个女人没有男人，生活是不方便的，很多农活女人干不了。邻村有个叫小丁的男人经常来家里，帮母亲干农活，夏天的时候帮忙收麦子，秋天的时候帮忙收玉米。只要小丁叔叔来的那几天，奶奶经常拉着个脸，小声地咕哝着，一脸怨愤地骂骂咧咧。妈妈装作听不见，也看不见，她忙着干活，家里家外都等着她一个人去忙活呢。

阿霞喜欢小丁叔叔。小丁叔叔比妈妈小两岁。春天翻地、播种的时候小丁叔叔就来了，也不怎么说话，神情温和，有时候也会和母亲小声地说着什么，神情暧昧地窃窃笑着，看见阿霞走过来，二人都不由得整了整脸，接着干活去了。有时候他心情好，也会给阿霞抓个蝴蝶、花大姐（七星瓢虫）、蚂蚱什么的逗她玩，但更多的时候他都在干活，他总是很忙的样子。

小丁叔叔家的村子是妈妈出生长大的地方，妈妈小时候和小丁叔叔一起挖过野菜，小丁叔叔帮妈妈打过柴，这些都是阿霞悄悄听他俩聊天时知道的。小丁叔叔在收麦子的时候来帮妈妈割麦子、晒麦子、打场，干活那几天住在柴房，干完活就走了。

那年夏天，在夏收之前短暂的农闲间，一连好几天，晚饭后就有长辈来家里，二爷爷、二奶奶、大姑妈，还有舅爷爷，陆陆续续都来了，他们坐在堂屋里，嘀嘀咕咕说着话，神神秘秘的样子。妈妈不让阿霞在跟前听，让她去后屋里写作业。阿霞坐在桌前，装模作样了一会儿，看着妈妈走了，她就趴在门后从门缝里偷听偷看。阿霞隐约知道，他们是在说让妈妈嫁给小叔的事，阿霞害怕妈妈答应，她可不想让小叔当她的爸爸。她觉得要是让小叔做她的爸爸，她在同学面前都抬不起头，她每次看到那些孩子跟在小叔后面学他走路，她都是远远地绕过去，她害怕别人说，她的小叔是个傻子。

她看到妈妈闷头坐在一旁，一边纳着鞋底一边时不时抬手抹一把眼睛，吸一下鼻子。屋子里静静的，没有人说话。爷爷和二爷爷还有舅爷爷，都在闷头抽烟，间或，声音很响地咳一声。纳鞋的麻绳很长，刺啦刺啦地扯过鞋底，显得屋子里更静。阿霞做完作业，就上了床，她不安心，竖着耳朵，可她什么也听不到，不知什么时候就迷迷糊糊地睡着了。

快到秋收的时候，妈妈还是没有答应嫁给小叔。好多次，奶奶发狠地对阿霞说，要把妈妈撵出去，问她要是把妈妈撵出去，她咋办。阿霞说，要是奶奶把妈妈撵出去，她就再也不叫她奶奶了。奶奶就气哼哼地说，都不是好东西，没有一个好东西。阿霞才不管呢，只要不让小叔做她的爸爸，咋样都行。

秋天，地里的庄稼黄了，天气也没有那么热了，老师有时候会早早放学，让孩子们早点回家，可以帮着家里大人干点农活。

那天一放学阿霞就往家里跑，学校离家不是很远，也就是二里路的样子，她气喘吁吁地跑回来，只见院子门虚掩着，屋子的门却是紧闭着的，阿霞扒着门缝往里看，影影绰绰的，看不真切,好像人没穿衣服,在床上扭作一团,可以听见粗重的喘息声。阿霞的心跳得咚咚的,憋得她喘不过气来,心里无端地涌起一股恐惧,却又说不清楚害怕什么,一瞬间,她的脑子里空荡荡的,什么也没有,她隐约知道发生了什么,她窥破了一个大人的秘密。这个秘密一下砸在她的头上,她蒙了,慢慢后退,忙乱中撞倒了立在门边的铁锨,咣啷啷,她也一下跌坐在地上。过了一会儿房门打开了,妈妈冲出来搂过阿霞,她看到妈妈两颊绯红,一脸尴尬。阿霞,妈妈……你咋——你咋这么早就回来了?妈妈的语气里充满了讨好的意味,一边说着,一边回头看看立在门边的小丁叔叔。小丁叔叔无措地搓着手,衣服扣错了纽扣,两片衣襟一高一低的,一副狼狈样儿。阿霞轻轻地抖着,她怎么也管不住自己,她一把推开妈妈,转身跑出院子,她听到妈妈在身后无力地喊了她一声。

事后很长时间,这个场景都缠绕在她脑子里,怎么也甩不去,黑乎乎的房间里,扭在一起的身体……这像一团梦魇。她再看到小丁叔叔的时候,就有点害怕,有点别扭,还有点恶心……

阿霞曾经学习很好,老师经常把她的作文当范文念。后来,不知什么时候开始阿霞就学不进去了,经常是人坐在教室里,心却不知道去了哪里,整天恍恍惚惚的。回家写作业也是三心二意的,光出错,有时候眼睛看着书,看了很长时间,也没有看进去一个字,脑子更是记不住东西。

一个夏天过去了,阿霞好像突然长大了,变得不爱说话,像个腼腆的大姑娘了。她不再经常围在妈妈身边,她的沉默寡言与她的年龄不相称。她和妈妈的话越来越少,有时候妈妈和她讲话,她还当作没有听见,妈妈知道她心里硌着那件事,可是母女俩谁也没有再说起那天的事情。

初二那年夏天,阿霞早恋了。学校里的孩子早恋的多,老师也管不了。开家长会时,老师给阿霞的妈妈说阿霞早恋,学习成绩下降得厉害,再这么下去高中都要考不上了。妈妈好言说过她几次,也不见什么成效,问她那个男孩是谁,阿霞紧抿着嘴,一声不吭。妈妈管不了阿霞了,气急了就打阿霞,舀水的塑料瓢都打烂了,打完了又搂着她哭,哭得很伤心,苦口婆心地劝她,可是阿霞还是辍学了。

阿霞的妈妈不想让她那么小就出去打工,怕阿霞在外面吃亏。这时候,妈妈已经和小丁叔叔公开在一起了,只是还没有办结婚。妈妈不是不想办,阿霞隐约感到可能是因为顾忌她。奶奶整日苦着脸,有时候气哼哼地咬牙跺脚,可也无可奈何,她日渐一日地老了。阿霞的妈妈一直都有主见,现在奶奶更管不了她了。

芳芳带着她,先到深圳,后来到东莞,在东莞换了七八个工厂后,进了一家制衣厂,一天上十个小时的班,不出次品的话,一个月有一千八百块钱。第一次拿到工资时,阿霞很兴奋,这么多钱啊!她请芳芳吃火锅,还给自己买了新衣服。芳芳倒显出一副老成持重的样子,看着她还水嫩的小脸,说不要把钱一下花完了,要留一些积蓄,以备不时之需。

工厂白夜班交替,长期昼夜混乱,没多久,阿霞就如同所有流水线工人一样，疲倦、面色暗黄，完全没有了刚来时的那种活力。工厂的流水线工作，大多是站着，一站就是八九个小时，阿霞的腿受不了，年纪轻轻的，站一天下来，都不会走路了。

阿霞又一次辞职了，是因为她新认识的男朋友。原本，阿霞已经不是第一次恋爱，她早在初二时就有了第一个男朋友，但那时她还不明白男朋友对她意味着什么，后来，她明白了，就从心底生出一种说不清的恐惧。

阿霞的男朋友是和她一个厂的，是个机修工，叫卯顺。卯顺人很实在，老家在离阿霞家不远的另一个县里。一开始，阿霞觉得很好，两家离得不远，乡里乡亲的，相互也有个照顾。随着关系的进一步发展，两人越来越亲密，阿霞心里的不适却越来越浓，越来越重。她开始惧怕和卯顺单独在一起。每次他们在一起时，卯顺把她拥入怀中，她都会想起很多年前看到的那一幕，她会想起她的母亲。最初，她还能勉强忍受卯顺的亲密举动，渐渐地，她无法正常面对卯顺了，尤其是卯顺想进一步和她亲热的时候，她会忍不住轻轻地浑身战栗，不是羞涩，是心里克制不住的恐惧和厌恶。

她只有选择逃离了。她不在工厂打工了，可是又没有什么手艺。看见超市在招聘理货员，她便去应聘，倒是成功了。这工作不难，就是往货架上摆货，走走停停的，不是很累，但挣的钱也很少，一天做十个小时，每周休息一天，工资才两千一百元。阿霞从工厂的宿舍里搬出来，和一同在超市里打工的小姑娘共同租了一间民房，一千三的房租，两个人各掏一半，可以省一点，但工资去除房租和吃吃喝喝后就剩不下几个钱了。

小姑娘也是从外地来东莞打工的，看起来是一个很朴实的姑娘，可不多久，那姑娘就辞职不干了。姑娘说，她受不了这么高强度的工作，挣的钱还这么少。

有一天很晚了，一辆很酷的车送那姑娘回来。姑娘身上满是酒气，一进屋，就倒头睡在床上，也不搭理阿霞。渐渐地姑娘打扮得新潮起来，花钱也开始大手大脚。阿霞很好奇，姑娘刚开始不愿意说，后来禁不住阿霞再三追问就说了。

阿霞第一次跟着那姑娘去她工作的地方，是因为阿霞的工作丢了。这次不是她辞职，是真正丢了工作。那天，下班后加班，阿霞在往货架上摆货。正是七月最热的时候，整个世界就像个大蒸笼，虽然超市里的两个大功率空调，整日不停地嗡嗡响，仍然不解溽热。汗水不停地往外渗，轻薄的T恤贴在身上，显出阿霞窈窕的身体，她浑身流溢出青春活力。突然，老板从背后抱住了她，她在一瞬间的愕然之后，想都没想，就甩了老板一个大耳刮子。

姑娘抽着烟，跷着二郎腿，叫阿霞把玻璃杯里的啤酒喝掉。她对阿霞说，先要练好酒量，再出来混。阿霞睁大了眼睛，看着这个光怪陆离的世界。她惊异于竟然还有这样一个地方。之前，她隐约听别人说起过，她只是想，这样的地方不过是一个让人休闲娱乐放松的场所，无非是喝喝酒，唱唱歌。她怎么也不会想到是这样一个污浊之地。她看着年轻的姑娘坐在那些男人的腿上，说话嗲声嗲气，像水蛇一样缠在那些男人身上。那些老的、年轻的男人，手在女人身上摸来摸去，阿霞又想起，很久以前在家里看到的那一幕，那一幕像刻在她脑子里一样，这么多年过去，时而清晰，时而模糊，阿霞忍不住就跑了出去……

阿霞没收入，不多久就交不起房租，被房东撵出来了。房东黑着脸把她的东西往一个蛇皮袋子里塞，然后放在门口，阿霞就没地方住了。

那天晚上，阿霞花几块钱去看了一场夜场电影，半夜电影散场了，她又没地方可去，只好提着蛇皮袋子在空旷的街道上踟蹰着。她打电话给芳芳，芳芳让她来自己工作的足浴城。芳芳也是受不了工厂的三班倒，已经在足浴城打了一年工了。

足浴城装修得富丽堂皇，干净，整洁。阿霞成了这家足浴城的一个洗脚妹。阿霞第一次听到别人喊她"洗脚妹"时，心里很是别扭了一下。她又听到一些洗脚妹或是男的工作人员被称为"技师"，她喜欢这个名称。技师？卯顺好像就是技师，机修技师。现在，她也要成为技师，不管是干什么的技师，总是技师，也算是一门手艺。

阿霞很勤奋，白天记各种穴位，晚上找人对对。阿霞在经过十数天培训之后，记下了脚底的穴位，学会了摁、压、揉、搓、点、敲、剥这些基本手法，成了一名初级技师。原本，培训是要一个月的，听说有些手笨的人培训的时间还更长。领班说她心灵手巧，领悟能力高，力量均匀，天生是做足浴的，让一位老技师又带了她两天，就出师了。阿霞可以独自上岗了。

她的名字出现在一进大堂的一块很大的展示牌上，最初是在最末一排的初级技师里，没有客人点她的钟，只能等着轮到她。可是客人一经阿霞按脚，就说她按得好，疼也疼，却伴随着酸，还有胀，又有无法言说的舒坦，不像有的技师那么刺戳戳。通常女技师力道不足，就使蛮劲，技师一使蛮劲，自己累，客人的感受也不好，会喊疼。师傅教阿霞推拿讲究巧劲，柔和，深入，不能蛮按，要顺着穴位，力道要均匀。

做技师很讲究的一项就是要有耐力。一般做足疗的时间都在一个小时以上，长的两个小时，这个不只是做做动作那么简单，是讲究"内劲"的，要不断练习积累。在这么长的时间里，既要综合运用各种手法刮、拔、按、捏，还要一直保持住脚上的温度。阿霞使的是巧劲，自己不是很累，客人还舒服。就这样，阿霞很快晋级，她的名字已经在展示牌的最上面一层，是高级技师了。

店里有八十八元、一百二十八元、一百三十八元的足浴套餐，大部分的客人会选八十八元的套餐，阿霞给客人做完，可以得到二十五元的提成。有时候阿霞一天做六个八十八元的足浴套餐，提成就有一百五十元，若是有客人点了她的名，她还会有一份额外的提成。

中午十二点，吃完午饭后，一天的工作正式开始，大约在次日凌晨一点结束。每天工作超过十二个小时，阿霞刚开始觉得累，适应了之后觉得还好，夏天有空调，冬天有暖气，不用风吹日晒，比在工厂上班也好多了。虽然每天工作那么长时间，但客人也不是一个接一个，没活儿的时候技师可以在房间里看看电视，跟姐妹们聊聊天。

闲暇时，别的姑娘都在嬉闹、玩手机，阿霞却在手机上看有关按摩的知识。她还利用工休，跟懂中医的阿明学了一些针灸和推拿的知识。阿明也是店里的高级技师，四川人，比阿霞大个三四岁，祖上是中医，自己懂一些养生保健的常识，会针灸。阿霞跟着他了解了中医经脉，还有穴位，如心俞、肺腧、肾腧、天中、尾中和足三里等。后来，在给人按脚前做全身放松的时候，她触摸着客人的身体，通过所掌握的关于骨骼、系统、脏器和肌肉的知识，阿霞对人体一下子就有了一个结构性的把握。中医是好的，它是浅入的，却深出，越走越深奥，越学越玄妙，动不动就把人体牵扯到天地宇宙和阴阳五行上去，说到这些，阿霞的思维显然不够用，但就这些知识也够她和顾客聊的了。技师要把散客聊成贵宾，把贵宾聊成常客——就是要顾客掏钱办卡。聊天也是一项技术活，夸别人的身体好啦，气色好啦，夸的同时指出别人身体上的小毛小病，要不然生意还怎么做？接下来就是推荐一些保健知识了。比方说，人老腿先老，常按涌泉、足三里胜吃补药啦，提拉耳朵可以降压啦，每天走路一万步有助于气血的运行啦，热水泡脚啦，女人对自己要好一点，男人对自己也要好一点。运动是必需的，实在没时间动，也有办法，那就让别人替你动。洗脚嘛。一洗脚、按脚，身体就通泰了，要不怎么说"保健"的呢。关键是"保"。就这些。既是严肃的科普，也是和煦的提示，还是温馨的广告。这些知识并不复杂，客人们也不会真的就拿他们的话当真。但是，交代和不交代则不一样。在这个问题上他们向来是不厌其烦的。阿霞在这方面的领悟能力也显得很突出，不需要别人怎么教她，她看看别人怎么做，怎么说，自己再琢磨琢磨就会了。

那天，她接待了一位醉酒的客人。她给客人按摩肩背的时候，客人手脚不老实，像是不经意的，手在她胸前摸来触去。她耐着性子，请客人自重，结果，客人骂开了，说她在这种地方工作，还装什么圣女。这话她就不愿意听了，就起了冲突，阿明听见吵闹声就赶来了。阿明站在她的面前，盛怒之下，差点打了那个客人，为此，阿明受到主管好一顿训斥。

因为阿明的仗义执言，也因为阿明教了她好多东西，她不讨厌他。阿明对阿霞很好，工休的时候，他俩也会一起逛个街，看个电影什么的。情浓的时候，两人也会拥抱亲热一下，但她总是不让阿明再进一步，无论阿明怎么痴缠，最后都被她态度坚决地拒绝了。每次事后想起来，她也觉得自己有些不近人情，可是她内心是真的抵抗那种接触，她觉得那是不洁净的。有时候她想也许时间长了，阿明可以理解她，或者她可以真的接纳阿明。

因为阿霞手艺好，又会聊天，很多客人都点她，所以她的收入逐步升高，有时候一个月可以拿到七八千元的工资。对于这份工作，阿霞是心存感激的，累是累了点，但一想到收入不菲，还有阿明也在这里，其他的不如意也就可以忍受了。

去年过年前，阿明和她一起回了河南辉县的老家，妈妈对阿明是满意的，阿霞也老大不小了，妈妈希望她能有个好归宿。他们计划今年过年去阿明的老家，如果老人不反对，阿明想过完年就领结婚证，这样两个人在外面打工也可以有个照应。阿霞知道阿明想早一点结婚，而她对于结婚这件事情有点害怕，又有点欢喜，总之是很复杂的感情。

那件事情发生后，阿明再也没来找过她。她知道她和阿明走到头了。那是夏天的一个晚上，下班回到宿舍还不到九点，这算是回来得早的。她在冲澡，就听到阿明来喊她去看电影，他们说好今天一起去看电影的。芳芳告诉阿明，阿霞在洗澡，让他等一下。芳芳不想吃食堂的饭，要和小亮去小区门口的超市买方便面，就先走了。阿霞穿上衣服从冲凉房出来的时候，头发还滴着水，她站在洗手台前，叫阿明把吹风筒递过来。接下来发生的事情，阿霞怎么也没有想到。阿明突然狂躁起来，他一把抱起阿霞就往床边走，他的鼻息粗重又不舒畅，像是有什么东西堵着他，他的嘴在阿霞脸上狂乱地拱着。阿霞本能地尖叫一声，两手死命地护着衣裤，挣扎中，她摸到了床头柜上的剪刀，慌乱中捅向了阿明。幸好剪刀不算锋利，但还是伤了阿明，在他的肚子上划了一道血口子，血不断地渗出来。阿明捂着肚子，惊讶又委屈地瞪着她，她怎么能拿剪刀捅他？

阿霞知道是自己不对，按理说，他们已经谈婚论嫁了，结婚是早晚的事情，亲热一下也没有什么大不了的。现在的年轻人，有很多是谈朋友的时候就住在一起的，这都不是什么事了。可她心里还是排斥，她不知道怎么向阿明解释自己的过去，她说不清楚自己内心的感受，她也是喜欢阿明的，可她就是害怕那样。每次想着阿明要和她那样的时候，她就禁不住地浑身战栗，像是身上爬满了毛毛虫。

阿霞想找个机会向阿明解释一下，可是阿明不理她，看她的眼神像是看个陌生人，她也就不好再说什么了。两个人同在一个店里，碰面是难免的。这样下去，阿霞自己先受不了了，于是她辞职去了另外一家足浴城，这段感情就算是正式结束了。

阿霞一直是堂堂正正地工作，堂堂正正地挣钱。可是在足浴城工作，很多人会把她与色情、"特殊服务"联系起来。足浴城里的客人大都是这个城市的中高收入者，他们的层次确实有高有低，有人进门就要特殊服务，有人乱摸乱碰不检点。阿霞有时候也会遇到一些客人喝得醉醺醺，对她动手动脚，她总是在不能忍受的时候就辞职了，为此她在很多足浴城打过工。

芳芳问她怎么能那样对阿明，阿明是你的男朋友啊。阿霞就给芳芳说了童年的经历，自己经常梦魇的那一幕，她说自己就是迈不过去那个坎。芳芳劝慰她，那些事情都过去了，你这是心病，你应该去找阿明，他是爱你的，你和他说清楚。男人和女人在一起过日子，亲热是很正常的啊，你作为一个女人也需要男人的爱抚啊！阿霞知道芳芳说得对，她也后悔当时没有向阿明解释。可是现在阿明在哪里呢？她换了那么多工作，阿明也不在当初那家足浴城了吧？有些人错过了，就是真的错过了。

街上的红绿灯下，人群散了又聚拢，人人都匆忙赶路，向着一个未知的地方奔去，好像目的很明确，只有阿霞茫然地站在那里，不知道应该向左还是向右。待在这个城市十几年了，她却还是一个外来者，像没有根基的浮萍，被一种无形的力推动着，漂浮着。阿霞内心清楚，只要仍旧逡巡于旧日的足迹，就无法获得新生，虽然她难以忘记过去，但未来的日子更空茫。

那个"开脸"的女人

阿洁所做的生意有一个古老的名字——开脸。

名叫"开脸",阿洁的服务范围却不只是脸。认真说起来,绞脸上的毛,修眉毛,绞胳膊、手臂、手背、手指、小腿上的毛,都是她的业务范围,价格也因为部位不同、毛的稀疏不同而不一样,但最多也不过是三四十块钱,最少的,阿洁收过五块钱。阿洁说,那个女的脸上毛不多,坐下来就要绞,绞完才说身上只有五块钱,阿洁就只收到五块钱,这是她收的最少的一笔钱。

走过老街,就会看见临街的小店落地橱窗侧的一角处,阿洁坐在一个红色的塑料小凳子上。她脚边放着个打开的小箱子,箱子里面摆放着些瓶瓶罐罐,还有几轱辘颜色不一样的线。她穿着件月白色的衬衣,下身是条黑色的半长裙子,脸、头发收拾得干干净净。没有生意的时候,她常常一脸淡然地望着街上来来去去的人，好像也没有要紧的事情，好像有没有生意都不是她在意的，她就是坐在这里看风景呢。

绞脸、修眉一共收十元，一天挣不了多少钱。我觉得阿洁不够机灵，做生意太死板了。你就这么坐在角落里，没有招牌，也不吆喝，谁知道你是做什么的啊，能有生意吗？

阿洁抬眼看着我笑了，你看不起我们这一行啊，再小的生意也是有讲究的，开脸这一行不能像其他生意那样坐在显眼的街边，更不能吆喝。开脸要选择背人眼的地方，而且忌讳坐东向西，最好坐南朝北，最差也是坐北朝南。其实开脸这种美容法很早就有了，那个电视剧《红楼梦》的第六还是第五集里就有啊，下人议论一个叫什么的女孩儿时，说开了脸，越发出挑得标致了，那薛大傻子真玷辱了她。

阿洁说到这里，我想起《二刻拍案惊奇》中好像也有"三日之前，蕊珠要整容开面，郑家老儿去唤整容匠"这样的句子。

对呀对呀，电视剧《封神榜》中，也有殷十娘为王后开脸的镜头啊。阿洁见我了解一点开脸的古老传统，不由话多了起来。说起开脸的由来，传说隋炀帝经常微服出巡，暗中命令侍卫拦截迎亲轿子，强拐新娘，吓得百姓迎亲时不敢敲锣打鼓。有一个聪明人要娶妻，女方坚持要风光出嫁。聪明人便交代媒婆将新娘脸上汗毛除净，略施脂粉，让新娘坐在朱红描金的轿子里。迎亲队伍沿途敲锣打鼓，被侍卫拦截时，推说是迎神会。侍卫看到新娘脸若盈光，汗毛都看不见，以为是天仙就不敢冒犯，便放了行。其实以前都是结婚前开脸，开脸人须是父母子女双全的妇人，多半是婶娘和嫂嫂来做,也有叫家里的奶奶辈做的,开脸后,要给开脸人赏钱。开脸人用新镊子、五色丝线或钱币等,绞掉大姑娘脸上的汗毛,再将辫子散开,在后脑壳上绾成"转"(发髻),再插上簪子及各种饰品。姑娘的形象因"开脸"变了样,脸面皮肤变白了,发型也变了,这就标志着做姑娘的时代已结束,不再是"毛丫头"了,也好让新郎一见钟情。只是古代的人保守含蓄,便编了个年代久远的传说,阿洁说完,撇撇嘴。

我问阿洁怎么学会这门手艺的,阿洁说也没有怎么学,小的时候妈妈经常给左邻右舍的小媳妇拔脸毛,我姐慧茹和我结婚的时候也是我妈亲自绞的,这也不需要学习啊,看多了自然就会了呗!南方女人爱美,有来修眉的,有来绞脸的,也有女人来绞腿毛的。绞腿毛的价钱要看腿上的毛多少,不是很多的那种,两条腿从脚腕到膝盖,一共二十元;也有的女人看着很秀气,长裙子一撩开,两条小腿上都是毛,有点像是男人的小腿,这样的就要三十元了。

正说着,一个女人径直走了过来,也没有讲话,直接坐在了阿洁面前的小凳上。

阿洁先用粉在女人的面部、头发边缘处涂擦,不一会儿,女人的脸上就是白白的一层粉。阿洁放下粉扑,从身旁的一个盒子里,取出一个线轴,扯出一截线,用牙一咬,线就断了,一头在嘴里用牙咬着,手上一转,另一头就拽在了手里,变化成有三个头的"小机关",两手各拉一个头,线在两手间绷直,另一个头用嘴咬住、拉开,成十字形。只需双手上下动作,那红色双线便有分有合。两线贴近女人的脸面，扯开、合拢，一上一下，左一下，右一下，绞着那个女人脸上的细毛。

女人并不言语，闭着眼睛，看不出有什么特别的表情。阿洁一边干活，一边看了我一眼。她见我老往那个女人的脸上看，以为我在检查她的劳动成果。我的技术很好的，这样绞一遍，等会儿还会换两种线再绞，等到完全绞完，脸上是不会再有毛毛的，你要不要来试试？你的脸上尽是毛，她说。

我捂着脸，好像那细线已经绞到了我的脸上，凉丝丝地痛。见我这副样子，阿洁笑了。难道你们新疆人结婚的时候都不开脸的吗？你就这样毛烘烘地嫁人了？她说话的神情好像是看着一个怪物嫁了人。

阿洁说线挨到人的脸面上时，脸上看着有三条线，因此开脸又叫"弹三线"。我们那里给大姑娘开脸时，还边扯汗毛边念《开脸歌》以示祝贺。说着就听见阿洁念起来："左弹一线生贵子，右弹一线产娇男，一边三线弹得稳，小姐胎胎产麒麟。眉毛扯得弯月样，状元榜眼探花郎。我们今日恭喜你，恭喜贺喜你做新娘。"

我给她解释，新疆的汉族人大多是从其他各省去的支边青年，五湖四海的人都有，各地风俗不一样，不好统一，索性也就不讲究这些了。姑娘出嫁之前，虽然不开脸，但大多是要进美容院化个新娘妆，这个和开脸是一个意思，都表现新娘对美的追求，寄托着对新生活的憧憬。

可是结婚的大姑娘要绞去脸上的毛，这个总要的吧，要不一

那个"开脸"的女人　堆雪/绘

只需双手上下动作,那红色双线便有分有合。两线贴近女人的脸面,扯开、合拢,一上一下,左一下,右一下,绞着那个女人脸上的细毛。

脸的毛，怎么嫁人呢？她还是不明白。

我觉得这个问题一时半会儿给她解释不清楚，索性换了个话题，你天天都在这里吗？

也没有，星期一到星期五在樟木头，周末在大朗。大朗的女人们多是在周末来街上找我，在大朗生意要好些，女人们经常是排着队等我绞脸毛呢！

阿洁脸上是光洁的，没有毛。她说是对着镜子自己绞的，因为经常绞，脸上的毛长得并不快，也不多，但她还是半个月绞一次，从不间断。阿洁不能容忍自己脸上的毛毛长出来，那种别扭就像是身在南方湿热的夏天却不能冲凉一样。

阿洁是爱美的，这从她的穿衣打扮就可以看出来。阿洁也是一个幸福的女人，至少如今是幸福的。

阿洁的爱情说起来有些曲折，她年轻的时候喜欢上了本村的一个木匠。木匠长得白白净净的，看着很斯文秀气。冬天农闲的时候，木匠给村头一家打家具，一早一晚出门回家时都要路过阿洁家。阿洁总是算好时间在门口盯着看，常常看他走过自家的门口好远，阿洁还呆愣着，没有回过神来。她从来没有和木匠说过一句话，不知道木匠喜不喜欢自己，她心里没有底，感觉那个冬天特别漫长。

春草发芽的时候，媒婆来阿洁家保媒，妈妈不知内情只说阿洁还小。媒婆说十七也不小了，翻过年就是十八岁的大姑娘了，放在家里成了老疙瘩，就要和父母结怨了……

阿洁听得面红耳赤，躲到隔壁屋子里，耳朵却竖着，生怕漏了一句话。她渐渐听明白了，媒婆来保媒说的居然就是木匠。妈妈推说着阿洁还小，并且也得她自己愿意呢！躲在隔壁的阿洁不知哪来的勇气，顾不得害羞，跑出来说，妈妈，我愿意呢！

阿洁就这样和木匠定了亲，两家商定等阿洁过了十八岁生日，就挑个好日子给他们把喜事办了。

那时候的阿洁以为幸福就是和木匠结婚，在村里把日子过下去，生两个孩子，最好是一儿一女，在农村，儿女双全是受人尊重和值得骄傲的。阿洁以为她的一生和母亲的一生也不会有太大的区别，在这个村子里出生，也将在这个村子死去。

快要立夏时，木匠却要跟着村里人去南方打工，他跟阿洁说要挣钱回来娶她。阿洁没有出过远门，原本是不想让木匠出远门的，可是还没有过门的媳妇，怎么能管住男人的心呢，何况人家说要去挣钱回来娶你呢。阿洁就是有几千个几万个不愿意，木匠还是跟着村里的瓦匠去了南方。

木匠出去讨生活，竟好几年不回家，也许是忘了当初对阿洁说的誓言，也许是还没有挣到钱，愧对深情的阿洁，反正他这一走再也没有回来。一开始他还给家里来个电话，寄点钱回来，后来电话没有了，钱也不寄了，人也找不见了。

过春节时，同去的阿良回村了，阿洁跑去打问木匠的消息。据阿良说，木匠一到广州，在火车站就被工地上招工的老板招走了，后来也见过几面，可是工地老换，住的地方也不是长期的，后面就没有联系了。

阿洁惦记了木匠好几年，可是这么个大活人竟然生生不见了,三四年都没有给家里回一点音信。阿洁坐不住了,她要去找他,家里的人不肯,妈妈说她发疯了,那么大的世界,到哪里去找呢?

阿洁也不知道要去哪里找,也许她更多的是想出去,是想离开这个生活了二十几年的小山村,想去看看外面的世界有多大,木匠怎么就找不到回家的路了?

阿洁打工的第一站是深圳,给人做保姆,是邻村外出打工的一个婶子介绍的。婶子在深圳大学的一个老教授家里做保姆,老教授的同事家里要找人照顾老人,阿洁就跟着她去了。

第一次来到大城市,阿洁觉得眼睛不够用,楼那么高,仰着脖子都看不到顶,街上人那么多,她紧紧跟着婶子,生怕一转眼找不到人了,街上的女人好漂亮,都像是从电视上走下来的,阿洁看看自己的布鞋和宽宽的裤腿,心里不由有些自卑。我就要在这里生活了吗?她的心里还有一些不踏实和惶恐,婶子没有注意到她这些小心思,一路上都在给她叮嘱要注意的事项。

雇主是个四十几岁的女教师,雇人照顾她的妈妈。

那是个近七十岁的老人,半身不遂,阿洁的工作是给她做饭、洗衣服、收拾房间,帮她翻身、洗澡等,做些很琐碎的事情。阿洁不害怕干活,这些事情比起在家里干的那些农活轻松多了。不到一个星期,阿洁就熟悉了小区周围的菜市场、超市。阿洁一个大姑娘,自己爱美爱干净,就总是把老太太也收拾得利利索索,天天给她洗澡、换衣服。阿洁爱说爱笑,有时候干完活儿了,天气又好,就把老太太推出去晒太阳,如果遇上下雨,出不了门，阿洁就给老太太唱她家乡的豫剧。阿洁嗓音一般，可是唱得认真，也不知道老太太听懂了没有，反正阿洁一唱，她总是笑眯眯地点着头，好像听得很陶醉。

阿洁和老太太相处愉快，老太太喜欢吃她做的饭，也喜欢她大声地讲话，老太太说她有喜气，是个有福的孩子。阿洁在她家做了三年，直到老太太去世。去世前老太太把手上的一枚金戒指送给了阿洁，感谢阿洁给她的晚年生活带来了乐趣和尊严。老太太的那些话是动了感情的，阿洁心里潮潮的，眼泪都要下来了。一个朝夕相处了那么久的人去世了，阿洁很难过，在追悼会上，她放声大哭了起来。有人以为她是老太太的亲戚，她说不是，可也是亲人了吧，日日夜夜在一起，一千多天呢。

阿洁是在找工作的时候认识的张民荃，当时张民荃也在找工作，一口相同的乡音让彼此都感觉亲切，在劳务市场拥挤的人群里，两人说了好多家乡话，然后留了传呼号码——那时候还没有手机。也许是知道木匠真的再也不会来找她了，也许是张民荃对她真的很好，后来的事情就很顺理成章了。那年冬天他们是一起回家过春节的，春节过完，出来打工前，两人就领了结婚证，这样出来照应着也方便。

婚礼是在张民荃家的村子里按照当地的风俗办的，阿洁的脸是妈妈亲自给开的，那天妈妈的手有点抖，没有绞几下，线就断了。妈妈终于还是掉下泪来，阿洁的鼻子也是酸酸的，她拿了帕子给妈妈擦眼角，妈妈说我的宝贝女儿终于嫁人了，不哭了，我是高兴的。

也许是初恋的木匠莫名其妙地走了，消失了，带给阿洁不安定的心理，自从和张民荃结婚后，张民荃去哪里打工，阿洁就跟到哪里。那些年，张民荃去过北京摆地摊卖袜子，阿洁就跟到北京，租住在民房里，冬天下雪天冷，房子里的水都结了冰，他们没有钱买煤，房子里待不住人；张民荃在上海的陕西路上卖早点，阿洁就跟到上海，帮他买菜、准备早餐的小咸菜，可是上海人过得精细，他们不爱吃河南人的胡辣汤，生意也不好做；张民荃跟着人来东莞的工厂打工，阿洁也在附近找了个鞋厂做工。就这样，阿洁如影随形地跟着张民荃过了六年到处流浪的日子，虽然辛苦可也是快乐的。张民荃知冷知热，是个好丈夫。

阿洁自己做了妈妈，这才体会到母亲的辛苦，她和张民荃商量再打几年工，就回老家找点营生，双方父母都老了，需要人照顾。

他们的女儿才四岁，说过的话还在耳边，张民荃就抛下阿洁走了。元旦期间，工厂加班，张民荃一连干了十二个小时，回家吃过饭，阿洁叫他赶紧睡吧，他笑说老婆辛苦了，要给阿洁买身衣服过新年，就出门了。过马路时，他没有看清红绿灯，被一辆呼啸而来的货车撞倒，当场死亡。阿洁被人叫到出事的地方，看见张民荃躺在血地上，当时就呆住了。她转不过弯来，刚才还好好的，有说有笑，怎么一下子人就没有了？她呆愣着，过了好一会儿，才哀号起来，扑在张民荃还带着温度的身体上。

张民荃下葬前，阿洁哭晕了好几次。她哭张民荃，也哭她自己怎么那么命苦。孩子太小了，完全不懂事，在她身边爬来爬去，玩着一个布娃娃。

事故责任主要在张民荃，大车司机也是给人家打工的，阿洁并没有拿到多少赔偿款。

她带个孩子，还得往下过日子，可力不从心。她只好把孩子送回老家让父母给带着，自己又出来打工。她在东莞大朗镇的一家鞋厂流水线上做工，每天工作十个小时，有时候还要加班，算上加班费，一个月可以拿到两千多元。她给家里寄五百，自己买一些生活必需品，剩下的也存不了多少。

工厂女工多，休息的时候几个女人在宿舍里闲聊。爱美的阿洁拿出棉线，对着床头的小镜子绞脸上的毛。小姐妹看见了，就让阿洁帮忙给自己也绞绞，绞完了这个的脸，绞那个的脸，绞完了脸上的，绞腿上的，直到实在没有什么可绞的了才罢休。那天她们宿舍里爆发出了很久都没有听到过的笑声，绞过脸毛的女工平添了自信和好心情。慢慢地，左邻右舍的女工都来找阿洁绞脸毛，耽误了阿洁休息的时间，女工们便自觉地给些钱，阿洁开始收到的钱是五块八块的，毕竟女工们收入都不高。就是这一点点钱，也给了阿洁和别人不一样的自豪感。

阿洁是因为老吴才离开工厂的。老吴比阿洁大七岁，是在工厂烧水的大婶给阿洁介绍的。阿洁给大婶绞脸毛，顺便还给她修了修眉毛，大婶家里还有个孩子在念大学，条件不好，阿洁每次都不收大婶的钱。大婶觉得阿洁人好，心善，知道她一个人养着孩子和家里不容易，就想着给阿洁找个伴过日子。

老吴是大婶七拐八拐的亲戚，人很好，在樟木头一个粮油批发市场开辆小型的货运车。他老家是河南商丘，来樟木头已经快十年了，老婆两年前得病死了，一对双胞胎儿子也已经辍学在樟木头打工。

阿洁见过老吴三次，就辞了鞋厂的工作，投奔老吴。老吴实诚，不嫌弃阿洁有个还小的孩子，他愿意娶她。经历了那么多，阿洁已经现实了很多，生活总是不能尽如人意，她感觉老吴是个老实人，会对她好，就决定赌一把，她是抱着这样的心态来投靠老吴的。

刚来到樟木头，老吴到车站接她，领着她去吃饭，七拐八拐在一个小巷子找到一家河南小吃店，她吃了一碗烩面，老吴没有吃，说是自己吃过了。吃完面，老吴领着她去他的出租屋，她跟在他的后面走。她想到这个男人以后就是自己的依靠了，不禁看着老吴魁梧的后背有些发呆。如果老吴对她不好，她和孩子以后怎么办呢？容不得她多想，没有走多远就到了出租屋，老吴打开门，她迎面看到的是混乱不堪，地上满是烟蒂、啤酒瓶、饮料瓶，桌子上、沙发上到处是袜子、T恤衫，房间乱得进不了人。没有女人的男人混乱的生活呈现在阿洁面前，她什么也没有说，顾不上休息，撸起袖管就干了起来，收拾地上的瓶瓶罐罐，把脏衣服归置成一堆，扫地、倒垃圾。看着她麻利地干活，老吴挠挠头，他倒没有先前的大大咧咧了，有点拘谨和不安地说，太乱了，是太乱了哦。阿洁在这个混乱的房间里，在打扫卫生中找到了一点女主人的感觉。

半路走到一起的怎么也不如结发夫妻，老吴有自己的儿子，阿洁也有女儿要养，贫贱夫妻百事哀，日子磕磕绊绊地过着。阿洁却总可以打起精神。她说不管有钱还是没钱，总要把男人、家里收拾得干干净净，心里才踏实。房子是租来的，可是日子一天一天是自己在过。

如今老吴成为她的丈夫已经有十年了，他们在樟木头镇中心区也已经买了房子，可是说起来，那时候的事情还是历历在目。

现在老吴还是天天出去跑货运，阿洁在家洗洗涮涮。她闲不住，还是想去打工挣些钱。工厂她是不想再去了，四十几岁的中年妇女了，她能干的工作少之又少。但不去工厂，她能干什么呢？最后是老吴鼓励她"重操旧业"，练摊绞脸毛，大小是个事情，想去就去，头疼了、下雨了，不想去便不去，挣点舒心钱。

老吴说到她心里去了，她也不想再到处跑去见工，看人脸色，还挣不了多少钱。说干就干，老吴陪她一起去买了两个塑料小凳子，又买了一个小箱子放线啊粉啊膏啊什么的，总共也没有花到一百元钱，她的小生意就在老街开张了。

每天给老吴做好饭，吃完早饭，洗净锅碗，收拾完厨房，再把自己打扮利索，阿洁就带着她的工具箱出门了。阿洁的家在镇中心，离老街不到十分钟的路程，走着就到了。

如此小的生意，也有淡季旺季，夏天生意好一点，一天有个两三百的收入，冬天最差也有一百左右，不过偶尔坐一天也没有一个客人来，这样的日子不多。

有客人的时候，阿洁微笑着干活，一根线在她的手里、嘴里，一转就变成剪刀一样锋利，没有人来的时候，她就坐着看街景，坐的时候长了，也会想起自己怎么就成了今天这个样子，小时候的那些事情就到眼前来了。

故乡在阿洁的心里就是父母和家中院子里的那棵老榆树，如今父母都过世了，兄弟姐妹也都是自己一大家人过日子。回去又能干什么呢？地都没有了，房子也早就拆迁了，哪里又还有她容身的地方呢？说起这些事，阿洁神情有点落寞。

也就是一小会儿的工夫，阿洁用手捋了捋额前的头发，仰起脸，又有了笑意。

樟木头镇也很好啊，老街上饭食都不贵，一碗粉四元，还有前面那家杭州小笼包子店，他家的汤真材实料，煲得很好喝，而且十年都没有涨价。阿洁说自己虽然是北方人，可是出来快有二十年了，现在的饮食习惯也都偏南方了，反倒是吃不惯太辣太咸的家乡口味了。

阿洁说自己这一辈子糊里糊涂地就这么过来了，年轻的时候，她以为会一辈子在那个村子到老到死，后来跟着张民荃，她以为会从一个城市流浪到另一个城市地过下去，她从来都没有想到，人到中年自己会在异乡靠着妈妈教给她的绞脸毛手艺挣钱过日子。也许就这样了，人生再也不会有拐弯了吧！

奢华的技艺，骄傲地编织

九月的阳光不再强烈，芨芨草已经黄了，一蓬蓬的，在野地里招摇着，好像在等着阿黑拉什·阿合别克的到来。

这个九月，阿黑拉什倒是不忙着招呼村里的那些妇女去拔芨芨草，她惦记着小女儿啥时候回来。最近她每天下午都要到村口转上一圈，站上一小会儿，直到村里的人家开始升起炊烟，放羊的哈萨克族小孩子赶着羊群扬起尘土时，她才走上通往自家小院的那条小路。小路窄，两边是密密的、高高的芨芨草，人走在小路上，看不到腿和脚。

女儿看见这些芨芨草也会很喜欢吧？阿黑拉什不知道遥远的哈萨克斯坦有没有芨芨草，不知道女儿住在异国钢筋水泥的楼房里会不会习惯，会不会想念草原上容易拆卸和搬迁的毡房，会不会想念和自己一起编织琼木其、麻袋、马褡子、绳索等物什的日子。

阿黑拉什有五个孩子，一个儿子和最小的女儿在哈萨克斯坦留学，剩下的两个儿子一个在外地高校教书，另一个在白杨河镇学校教书，大女儿在县里的保健站当会计。

夏天阿黑拉什住在村里，离白杨河镇不远，平时只有老伴哈孜肯和她在家里。丈夫教了三十五年书，退休前是白杨河镇学校的校长。阿黑拉什·阿合别克常常说他，自己是教书的，就把儿子们都培养成了教师，还都不在身边。哈孜肯很得意，你也是老师呀，你不是天天在教牧区的妇女编织吗？这时候阿黑拉什·阿合别克常常是不以为然地看一眼哈孜肯。

阿黑拉什·阿合别克确实在教白杨河牧场的妇女编织，现在村里、乡里一共有两百多个徒弟，都是跟着阿黑拉什·阿合别克学会芨芨草编织和羊毛线编织的。她们中有些人编好了挂毯、褡裢等就拿到县城去卖，很受欢迎。许多城里的哈萨克族人家，年轻的女人自己不会编，就买来挂在家里，也有许多外地来的游客喜欢这些纯手工的活计，他们买去送人或珍藏起来。

阿黑拉什·阿合别克已经五十六岁了，儿女都大了，或到外国读书，或在外地工作，都不在身边。这个年纪的她爱回忆过去，这几年她常常没有由来地想到自己的妈妈和奶奶。

阿黑拉什·阿合别克不知道自己的家族什么时候迁到乌雪特乡白杨河村的，她所知道的就是奶奶毕巴提帕是在这里去世的，妈妈卡颠·博然迟也是在这里去世的。她自己是在这里出生、长大，将来也将在这里死去，这是草原上的女人的命运。草原上的人们像草一样活过了一茬又一茬，从生到死，从死到生，都离不开草原。

小时候家里穷，孩子又多。阿黑拉什看着妈妈编坐垫、袋子，看得多了，很自然就学会了编织的手艺。十三岁那年夏天，她开始有了一些女孩子的心事。妈妈要协助爸爸放羊，还要擀毡子，有很多活计，顾不上她。毡房和毡房之间又离得那么远，周围也没有啥玩伴。那年夏天，她一个人的时候，手里就在编织着，等衣服织好了的时候，已经是深秋了，草原上的草都枯黄了。那衣服宽大得像个口袋，还有点粗糙，但妈妈还是表扬了她。她记得那是用海娜染过色的毛线编的一件袷袢，那是她的第一件手工制品。后来她常常给弟弟妹妹做衣服，"文化大革命"那些年，没有布票，买不到布，就把旧衣服拿出来翻新。她手巧，给衣物、毛线重新染色，拿旧布拼出好看的图案，总能在旧里做出新的感觉。爱美的妹妹最喜欢经她手缝弄、编织的衣物。

再后来她结婚了，一家人的衣物，缝缝补补都是她来做，还有毡房里的琼木其、挂毯、地毯、装碗的口袋、装麦子的口袋、装面粉的口袋、装干肉的口袋、绑东西的绳索、装零碎东西的口袋，乃至马肚子上的马褡子等等。她一件一件编织着，一件一件完成着。

此时，午后的阳光下，她坐在毡房里，天窗上照进来的光柱一半洒在她身上，使得她就像坐在云端，有一点神秘而神圣的味道。看着她在我面前安适地摆弄着那些羊毛线，我觉得她的青春就是在这些羊毛线的缠绕中耗尽的。

转场的时候，平日里她编织的那些口袋、绳索就都用上了。家里的东西都装在那些大大小小的漂亮口袋里，再用结实的羊毛绳子绑在马背上，所有的家当都在马的背上了。一家人骑在骆驼或者马上，赶着牛羊，走过山路，转过荒地，找到一块水草丰美的草场，就卸下这些家什，在一块平整的地上搭毡房。丈夫把琼木其沿着毡房边展开，拿绳子固定好，她把挂毯什么的装饰物挂在毡房里，地面铺上手工编制的地毯，一个家就布置好了。等她烧好奶茶，叫孩子们来吃饭时，丈夫已经把牛羊安顿好了，孩子们也都和附近毡房的孩子打过照面了。一个家就在这个草场上安顿下来了，直到下一季草黄了，直到下一次转场。哈萨克族牧民就是这样从冬牧场搬到夏牧场，再从夏牧场搬到冬牧场，一年一年都是这样，从无例外。

哈萨克族自古以来就是游牧民族，逐水草而居，因为牲畜的转场需要，他们居住在容易拆卸和搬迁的毡房里。制作毡房时用羊毛擀成毡子，再用毡子搭建房屋，毡子是软的材料，怎么样才可以最好地解决承重问题，聪明的牧人一定想了很多办法，最后发现，圆柱形的房屋最省力，也就是现在毡房的样子。可是毡子很软，怎么阻挡风和动物的攻击呢？草原上没有树，可是有好多草。半荒漠的草原上，长着一丛丛的芨芨草，芨芨草的主茎挺直，外表光滑，聪明的哈萨克族妇女用它编成类似草席子的东西，哈萨克族人把它叫作"琼木其"，男人把琼木其顺着毡房的圆壁展开，这样既可以为毡房挡风又可以阻挡外来物的入侵，同时加固了"房屋"墙壁的韧性。

男人们放羊去了，爱美的哈萨克族妇女在干家务时，就想着怎么把毡房打扮得漂亮一些。可是她们没有漂亮的布、丝绸，一望无际的草场上只有羊毛。怎么办呢？草原上有各种各样的花草，女人就把它们拔了，拿回家在锅里煮了，煮出颜色，再把羊毛也放进去煮，那些花草的颜色就煮到了羊毛上，羊毛就变成五颜六色了。女人在编织的时候，也就有了五颜六色的心情，连那个挡风用的芨芨草帘子，女人们也用五彩的羊毛缠起来，再编到一起。这样编成的琼木其不仅实用还好看。

起初，她们把自己民族和部落的印记和图腾都编织在芨芨草和羊毛线手工制品上。后来，更多的女人知道了各色花草能煮出什么颜色，就有更多的花草被女人们拔回来，煮进锅里，还有更聪明的女人捡回草原上不多的石头，也一起煮进锅里。慢慢地，女人们发现的颜色多了起来，编织的图案也变多了，不再是简单的标记和图腾。她们把自己的情绪和气味也都一起编织进了琼木其、挂毯、地毯里。她们把草原上看得见的各种动物、花果及吉祥喜庆的哈萨克民族文字等，连环对称地编织起来。虽然个人有个人的不同，但和其他地方的人比起来有一些粗犷、豪放、大气的共性。

哈萨克族人无论在哪个草原上看见毡房，看见有芨芨草编织的琼木其，有羊毛线编织的挂毯、地毯，就有一种自己人的亲切感。根据哈萨克族相关史料文献记载，公元5世纪哈萨克族先民在制作毡房时就用到了芨芨草编织品。

考古发现，在若羌孔雀河出土的公元前18世纪的草编篓，就是由芨芨草编织的，直口，鼓腹，环底，颈部编有曲波纹和弦纹，出土时篓口还盖着褐色毛布。

时间过去了那么久，芨芨草、羊毛线手工编织的图案、样式、技艺现在还存在于哈萨克族妇女的生活里，只是在长长的时间里，有些东西变了，图案多了，花色多了，变化多了。还有，就是会的人少了。

我看着阿黑拉什·阿合别克那一毡房漂亮的编织品，打心眼里喜欢，也心生羡慕。我会坐在她身边装模作样地编上那么几下，但我永远也不会真正地坐在草原上，从清晨到黄昏，从春天到冬天，去编织一个哪怕是小小的坐垫。这是一门奢华的技艺，它只属于哈萨克族妇女。

阿黑拉什·阿合别克告诉我，现在许多哈萨克族女人也不会这些编织技艺了。镇上商店里卖着工厂生产的各种各样的布、毯子。人们图省事，懒得把那么长的时间耗在一块布上。草原上的女人，会的也不多了。阿黑拉什·阿合别克觉得有必要把自己会的技艺写下来，告诉更多的人，虽然她有两百多个徒弟，但她仍然感觉会的人太少了。

在阿黑拉什·阿合别克看来，芨芨草编织比羊毛线编织费时间，也要复杂一些。

每年的九至十月是芨芨草采集的季节。哈萨克族妇女们将芨芨草一根根连根拔起，打捆成束，放到向阳处晒上半年的时间。在来年的春天，一个天气晴朗的日子，再把成束的芨芨草打开，揉搓掉芨芨草秆表面翘起来的部分，再用火烧一烧芨芨草的根部，这样小虫就不去蛀了。

夏天来了，羊身上的毛太厚了，人们从绵羊身上剪下羊毛。

羊凉快了，女人们也可以编织了。

女人用双棍拍打羊毛，把羊毛上的杂物拍打掉，也让羊毛蓬松起来，然后洗净，晒干。

女人将大锅支起来，烧开水，放入能煮出颜色的各种植物和石头，再将羊毛放入锅中温煮一小时，然后把染好色的羊毛放到阴凉处晾干，最后，她们将晾干的染色羊毛撕开捻成各色的毛线。

女人将图案描绘在纸上，再把芨芨草放在所描绘的图案上，用小刀或铅笔在芨芨草上划分出各个颜色的位置和间距。然后将各色的羊毛线根据图案的要求，缠绕在芨芨草上，将图案拼出。根据自己所需要的图案的长度和宽度来量编织线，宽度一般为奇数七、九等，再将每行编织线缠绕在两块小石头上，使得两条编织线具有下垂力，中间打成活结。找一根木棍，根据芨芨草编织的宽度，在木棍上刻出编织线的凹槽，以防编织线在编织的过程中左右滑动。

用绳子将木棍固定在毡房的木架上，把缠绕好线的双石放在木棍上的凹槽内，解开双石之间的活结，把一根芨芨草放在木棍上，再借用双石的垂力交叉编织。将第二根和第一根芨芨草头尾颠倒进行编织，依此类推，直至所需要的图案编完，再用斧头等工具砍齐两头，这样一个琼木其就编好了。

毡房大的，就编织得长一点，毡房小的，就短一点。最常见的芨芨草编织品，宽一米半、长两米，一个女人需要劳作五天，编完五百多根芨芨草才可以完成。而羊毛线的编织就烦琐和细致多了。

羊毛线编织的衣物比布的要厚实和暖和一些，原来草原上的牧民大多是穿羊毛线编织的衣服，在阿黑拉什·阿合别克的祖母和母亲的时代，很多哈萨克族妇女都会编织，现在会的人少了。哈萨克族芨芨草编织技艺已被列为新疆非物质文化遗产、国家级非物质文化遗产。阿黑拉什·阿合别克就是该项目的自治区级的传承人。对此，阿黑拉什·阿合别克有点欢喜又有点不解。欢喜是因为自治区级传承人的身份让她每个月有了千把块钱的收入，不解的是现在的妇女怎么就都不会这门技艺了，竟然到了需要保护的地步。

在阿黑拉什·阿合别克的心里，羊毛线的编织是很简单的事情。编织羊毛线时要在草地上钉入三根铁桩，使三根铁桩形成等边三角形，如果编织物长，那么三角形相对就大。把一根羊毛线缠绕在铁桩上围绕着三角形放线，在三角形的一边钉入一块分线板，在分线板的旁边钉入一根木桩，再将一根白线绑在这一根木桩上，目的是把编织线一根根分开。围绕三角形放线，到分线板时将线平均分开，内线放松，外线绑紧，这样做是为了在编织时很好地错位。将所有颜色的羊毛线放完后，在分线板的旁边插入一根木棍，木棍下面绑三根线、上面绑三根线，以此类推按组分开用线绑紧，这样编织时线就不容易混乱。完成以上工序后将分线板取出，再用线捆绑在木棍的两头，便于吊挂。

将所有围绕在三角形上的线提起，再将一根木棍插入两层线中间，将线的一头挂在地面的铁桩上，将木棍捆绑在相对一头的两根铁桩上并拉紧。这时所有的线都被拉直了，称为编织上的经线，再用一捆线来回横向穿梭地编织，这捆线叫纬线。再用一个

奢华的技艺,骄傲地编织　堆雪/绘

此时,午后的阳光下,她坐在毡房里,天窗上照进来的光柱一半洒在她身上,使得她就像坐在云端,有一点神秘而神圣的味道。

三角形将分线棍吊起,在它的前面插入一块错线板,在它的后面插入一块分线板。

最后用一个挑线板将经线按图案的需要挑起,将分线板取出,拉动错线板将上下两层经线交织错位。这时将挑线板向上推出,再插入分线板,堆紧,取出挑线板,横向穿入纬线,用挑线板挑出经线,用分线板刮动所有的经线使其上下分离,以此类推将图案织出。

一件精美的芨芨草琼木其或者羊毛线挂毯,要花数十个甚至上百个工日才能完成。

草原上的女人,最多的就是时间。从一个小姑娘到情窦初开的妙龄少女,再经过初为人妇的喜悦,又成为儿女绕膝的妇人,最后变成了沧桑的祖母,有很多个日日夜夜要过去,有很多的春天和秋天要过去。芨芨草绿了又黄,黄了又绿,丈夫去牧羊,孩子跑出去玩了,女人就用编织来打发时间,要不长长的日子怎么过去呢?

阿黑拉什·阿合别克指给我看她家的毡房,这个毡房里所有的装饰都是她自己手工做出来的。她还熟练掌握了哈萨克族制作毡房的所有程序,她搭的毡房曾获伊犁哈萨克自治州第十三、十四届阿肯弹唱会毡房文化评比特等奖。阿黑拉什·阿合别克家的冬牧场在白杨河,夏牧场在加依尔山,春牧场在阿尔帕萨拉汗山,牧场互相之间离得远。今年秋天,阿黑拉什·阿合别克一家早早就转场到冬牧场了。这几天她一直在盘算着女儿回来的日子,她要给女儿看,她给她编织的那些漂亮的毯子,那些可以让女儿骄傲的嫁妆。

你懂那双布鞋吗?

如今侗妹亲手做的鞋价格不菲,需要预订,可还是有很多人等着定制。

没有人能说清楚侗妹做的鞋穿着有多舒服,只有亲自穿了的人才知道那种好。

侗妹做鞋是花了心思的。她曾经整天琢磨,怎么做布鞋脚穿了才会舒服?她说,人的脚有二十六块骨,十九块肌肉,三十三个关节,大量的韧带、血管和汗腺,鞋子穿不好,脚会受罪,走不了远路,干不了大事。

侗妹做的每一双布鞋,都要经过十五处精工细作,三十二层纯棉叠加,一百八十一道线阡陌纵横,六千四百次飞针走线。

如今侗妹的工作室生意很好,除了她,还有七八个固定的员工,为她做些基础的工作,比如打背壳(做鞋面)、纳鞋底等,但上边、绣鞋口的边就得她自己动手了。订单多,忙不过来的时候，还会雇几个临时工人。

侗妹是个新疆姑娘，在乌鲁木齐出生长大，小时候在贵州待过几年。前些年跟着亲戚出来打工，一个偶然的机会，才做起了鞋子，至于成立工作室，卖上好价钱，这是近两年的事情。

侗妹的妈妈是贵州人，和她爸爸结婚后才来到新疆生活。妈妈生她的时候，难产死了。小小的侗妹没有人管，爸爸就把她送到贵州的外婆外公家。侗妹跟着两个老人一起生活了七八年，一直到外婆外公相继去世，侗妹也已经八岁了，爸爸才把她接回乌鲁木齐一起生活。

那时候的爸爸已经不是她一个人的爸爸了。他又结了婚，还有一个三岁的儿子，是侗妹同父异母的弟弟。

爸爸以前的事情，侗妹大多是听爷爷奶奶说的。当初侗妹的爸爸去贵州出差时，遇见了一个漂亮的侗族姑娘，两人一见钟情。为了和侗族姑娘在一起，他一再推迟回新疆的时间，最后他带着侗族姑娘一起回到了新疆。

侗族姑娘长得很漂亮，却没有受过太多教育，而他是拥有高学历的建筑师。父母不是很同意这门亲事，断言教育背景相差太大了，以后的生活不会幸福。但是儿大不由娘，被爱情击中的年轻人哪里会想到这么多，他们很快领了结婚证。

结婚的第一年他们就有了孩子。不知道是因为想念家乡，还是因为不适应乌不齐的生活，侗族姑娘孕期反应很大，一吃东西就吐，吃什么都不香，晚上也睡不好。她想爸爸妈妈，想侗家的酸菜鱼和油茶，想山上的竹子和树林里的鸟鸣声……

别人怀孕后都会发胖，侗族姑娘却是瘦了很多，只有肚子慢慢大了起来。她怀孕的过程很辛苦，还差半个月才到预产期，羊水就破了，送到医院就赶紧进了产房。时间过去好久，却还是没有生下来，医生跑来说胎位不正，孕妇大出血，保孩子还是保大人？奶奶告诉侗妹，你爸爸是说保大人，可结果是，你哇哇哭着出生了，你妈妈却再也没有睁开眼睛。

侗妹不知道爸爸是因为妈妈的死而对她有点疏远，还是因为又娶了妻子，有了弟弟才对她冷淡。她从小就和爸爸不亲，是外公外婆把她带大的，可如今外公外婆都去世了，和她最亲近的人都不在人世了。

刚到乌鲁木齐的侗妹一点也不适应新的环境。外公外婆家在山区，住木楼。侗妹在外公外婆家时，一天吃四顿，两饭两茶。茶是油茶，用茶叶、米花、炒花生、酥黄豆、糯米饭、肉、猪下水、盐、葱花、茶油等一起制成的稠浓汤羹，既能解渴，又可充饥。

饭则以米饭为主，但不是大米，而是糯米。山上糯米种类很多，有红糯、黑糯、白糯、秃壳糯、旱地糯等等，其中香禾糯最香，经常是一家蒸饭，全寨飘香。在这里，米饭的做法也不一样。外婆会把各种米制成白米饭、花米饭、光粥、花粥、粽子、糍粑等，吃时不用筷子，而是用手将饭捏成团吃，称为"吃抟饭"。

通常大清早，外婆就会做好抟饭，配着酸菜，吃饱喝足后，再带上些，就去山里了，中午劳动累了，午饭就是早上带来的抟饭。

在爸爸的家里，吃面食多，炒菜会放很多油和辣椒，但也不是侗妹从小吃的那个味儿。侗家人吃的蔬菜大多制成酸菜，外婆经常把淘米水装入坛子内,放在火塘边上烤着,慢慢地淘米水就在坛子里发酵了,成了酸汤。做饭时,用酸汤煮鱼虾、蔬菜,那个酸味啊,是侗妹最爱的味道。

这些生活上的不习惯也就罢了,可在学校里,同学都听不懂侗妹讲话,他们也不爱和侗妹一起玩。侗妹因为离开了山清水秀的环境,又没有了最疼她的外公外婆,什么都不习惯,整天像霜打的茄子一样蔫头耷脑的,学习成绩自然上不去,她的性格变得内向,回到家里也没有什么话讲。后妈虽然也是个通情达理的人,对侗妹很好,但侗妹本身就不怎么爱讲话,何况她无时无刻不在想念外公外婆,想念侗家的青山绿水。

爸爸经常感叹,侗妹学习成绩不好,怎么一点也不像他,他读书的时候可是学霸一样的人物。每次爸爸这么说的时候,侗妹从不说什么,她低着头,手里攥衣角,绕来绕去。后妈和侗妹的感情是淡淡的,侗妹心里明白,她俩是完全不可能会像弟弟和妈妈那样什么话都可以说的。弟弟整天围着妈妈嬉戏、吵闹,妈妈虽然有时会呵斥他,可是他们的感情一直都在,那是血浓于水的感情,不像侗妹和后妈之间客客气气,客气得都不像一家人。

高中毕业后,侗妹没有考上大学,爸爸让她复读一年,明年再考。可是侗妹坚决不愿意,她说她已经上够了学,再也不想读书了。她想离开家,她想自己挣钱养活自己。暑假,在外打工的堂姐回家来看父母,顺道在侗妹家玩了两天,两个小姐妹叽叽喳喳讲了好多话。不知道她给侗妹说了什么,结果就是侗妹一定要跟着堂姐去南方打工。爸爸没有办法,只好随她去了。

侗妹跟着堂姐来到珠海。堂姐在一家饭店做收银员，介绍她做了服务员。饭店卖湖南菜，以辣为主，侗妹还是喜欢吃酸的。在外公外婆家，糯米饭最香，甜米酒最醇，腌酸菜最可口，叶子烟最提神，酒歌最好听，宴席上最欢腾。

白天侗妹很忙，生意好的时候，侗妹要来来回回在后堂和前厅之间走上几千回，一天下来走得脚疼，也就没有时间想别的。只有晚上回到住处，只剩下她和堂姐的时候，她才会想家，想她的外公外婆，那是她最亲的人。

堂姐出来打工四五年了，已经习惯了南方的生活。她教侗妹买衣服、化妆，她说侗妹是个大姑娘了，要知道打扮自己。侗妹通常微笑着听堂姐讲话。她沉默着，不是抗议的那种沉默，是不知道说什么的那种沉默。她不太合群，在饭店的服务员里面，她干的活儿最多，话最少。

午饭时间过后，有一个半小时的休息时间，后堂的大师傅和其他人都会找个舒服的座位趴着睡一会儿，有的人还会把三张椅子拼起来当床，躺在上面午睡，这时候老板看见了，也不会说什么。侗妹从不睡午觉，这个时间就显得有点漫长，她会拿出布鞋底来纳。只见她坐在椅子上，微微弯着腰，一手攥住鞋底，一手用力拽针线，弓着的背随着撑长的线向后伸展。侗妹说指掌间力气用得大、用得均匀，纳出的鞋底就平整结实，做成鞋后自然就耐穿。

侗妹纳鞋底的动作，轻松自如，透出一种娴熟、优雅之美。再看那针线密密匝匝，稀疏得当，松紧适中，大小一致，煞是好看。不过纳鞋底的时间长了，手指会酸痛，偶尔不小心也有扎着手的时候。

手巧的侗妹给自己做了一双布鞋，穿在脚上后，虽然走的路还是那样多，脚却不再那么难受了。她给堂姐也做了一双布鞋，还绣了一双花鞋垫，红的底子，蓝的、绿的、黄的花纹，做工很精致，像个艺术品。可堂姐嫌土气，任凭侗妹怎么说，堂姐都没有穿。

老板娘是个有点风雅的女人，她觉得侗妹的鞋垫绣得精巧，就把那双鞋垫要了去，放在柜台后面墙上的博古柜上展示。偶尔有客人结账时问起来这里怎么放着一双鞋垫，老板娘就指指侗妹，说是她自己做的，开玩笑说是店里的特色。

店里经常来一个穿蓝色牛仔裤的年轻男人，他有时带一本书来，有时是带笔记本电脑，等饭的间隙，他看书，或者处理电脑上的文件。他好像总是很忙，饭菜来了，闷头就吃，并不像别的客人那样，嬉笑调侃侗妹。

侗妹悄悄喜欢上了他。看见他来了，侗妹就走过去给他倒水，他低声说"谢谢"，两个平常的字，也会让侗妹莫名其妙地脸红。

侗妹是羞怯的，在半年多的时间里，她甚至都没有和他说过几句话。她闲来无事，就给他做了一双布鞋，还绣了一双鞋垫，红色的底上面绣着黄色的花和绿色的叶子，颜色搭配大胆，图案的寓意是花好月圆。

男人收到鞋子和鞋垫后很惊讶，他惊叹于布鞋密密的手工缝线，还有鞋垫上那精致的绣花。他拿出手机，从不同角度给鞋子和鞋垫拍了照片，然后忙着发微博、朋友圈，就是没有注意到侗妹忐忑的表情。

他的微博和朋友圈引发了轰动，很多人问他是谁做的鞋，谁绣的花，哪里能买到，多少钱。他说是一个叫侗妹的女子做的手工。

在当下社会，谁还会用一双手工布鞋和绣花鞋垫来表达感情呢？是不是只有这个有着侗族血统的新疆姑娘才会这么做？失望是注定的，男人弄清楚侗妹的意思后，他说他已经有女朋友了，委婉但坚定地拒绝了侗妹的感情。

可是他喜欢她的绣工，感叹她的手巧，他觉得她完全可以弄个工作室，就做手工布鞋和鞋垫，不必去当服务员，这工作辛苦，收入还低。

他鼓励她做鞋子自己卖。那段时间他经常来餐馆，有时候来了也不吃饭，一来就和侗妹坐在一起，头挨着头，叽叽咕咕地讲话。堂姐以为侗妹在和他谈恋爱，饭店里的其他人也这么觉得，他们说侗妹不声不响的，看不出原来这么有心眼，这才来多久啊，就勾到一个男朋友，尤其是男人看着还挺像那么回事的。

侗妹没有解释那么多，她都是在干完活儿的时候和他在一起讲话的，只要老板没有意见，何必管别人怎么看呢？其实他是来教侗妹怎么开网店、微店，怎么营销手工布鞋的。

他帮她在微信朋友圈里拉订单，男鞋一双三百八十元，绣花女鞋一双四百八十元。他还教她怎么把做好的鞋子拍出漂亮的图片，包括颜色、光线、构图这些技术活儿，怎么写宣传的文案，包括要渲染手工的意义，他都一一教她。

短短半个月时间，侗妹的眼前就好像打开了一扇大门，原来互联网离自己这么近，原来自己的手工有那么多人喜欢，手工布鞋还可以换来那么多钱。这让她很欣喜，也很振奋，她第一次找到了自信。

刚开始，侗妹接到的订单不多，她就利用餐厅午休的时间纳鞋底、绣花。后来宣传开了，知道的人多了，订单也就多了起来。有给老人定做的，有给小孩定做的，还有一些爱美的女生给自己定做绣花鞋，侗妹的生意好了起来，她不得不辞职，专职在出租屋里做起了鞋子。后来她一个人也忙不过来了，就在租住的院子里找了几个在家带孩子的大婶，让她们帮忙做鞋底的背壳。也就是一年多的时间，侗妹的生意好起来了，穿过她做的鞋子和鞋垫的人口口相传，自发地给侗妹做着广告，经常有人等着拿鞋子……

侗妹真的可以挣钱养活自己了，还可以给家里寄点钱，虽然爸爸说她挣的都是辛苦钱，不需要她给家里寄钱，她把自己照顾好就行了，可是侗妹可以听出来爸爸口气里的赞许和欣赏。这让侗妹终于有了一点欣慰，面对爸爸，她不再那么自卑和惶恐了。

侗妹记得，小时候在侗族的村村寨寨，每当农闲或劳动空隙时，便常看见姑娘们三五成群，聚集在鼓楼上、岩坪边、田头地尾或火塘边，一边唱着优美的侗歌，一边飞针走线地纳鞋底、上鞋蓬、团鞋边……她们还互相比赛，看谁做得快，做得好。

那时候的侗族姑娘，几乎没有一个不会做布鞋的。布鞋最大的优点就是吸水性强,穿上它干燥舒适,暖和无臭,走路时跟脚轻便,是胶鞋、皮鞋、塑料鞋所不可比拟的。但在侗家人看来,布鞋除了这些实用价值,还有更深一层的含意。

侗族男女青年的恋爱是含蓄的。他们从不使用"我爱你"这种苍白的语言,他们绵绵的恋爱,炽热的感情,常常隐藏在行动里。当双方的感情发展到十分密切融洽的程度时,女方便把一双手艺精巧的布鞋,悄悄地送给男方。送布鞋是侗族姑娘传情的一种方式,姑娘的千言万语尽在其中。

侗族人常以会不会做布鞋、做得好不好来衡量一个姑娘的手是否灵巧,为人是否聪明。

侗妹虽然学习成绩不好,可是她做的鞋好啊,这要是在贵州的侗家人里,那是多少人家想娶进门的姑娘呢!

侗家人办婚事向来是俭朴的。男方无须费什么彩礼,女方也无嫁妆陪送。但新娘过门时,布鞋却万万不能缺少,往往是几双、十几双乃至几十双。布鞋做得越多、越漂亮,越说明新媳妇能干,勤快,贤惠。

这么多布鞋送给谁呢?首先是公婆,其次是堂伯、堂叔,再次是舅父、舅母、姑父、姑母。大凡长辈,每位一双。自然,新郎的更不可少。给新郎的鞋做得特别讲究,鞋底一般全用白布,以示高尚纯洁的爱情。有的鞋面上绣着精美的花鸟,意味着前程似锦,美满幸福。

在侗妹的记忆里,绿树掩映着一座风雨桥,再往后看,是一片密密麻麻的青瓦侗家房屋,一座古老秀美的鼓楼矗立其间,近处是房屋，远处是山坡。

村寨安静得出奇，听得到流水哗哗。风雨桥静卧村头，桥身很简朴，没有丝毫雕梁画栋。经常有挑着担子的侗族妇女从桥上走过，留下一阵清脆的笑声。

走过风雨桥，走进寨子里迷宫般的湿滑小巷，青石板上有玩着小汽车的孩子，鼓楼就在前面，走不了多远就到了。

鼓楼是侗族人的大厅堂。遇到大事急事，全寨老少会在此商议；逢年过节，人们会身着盛装欢聚在鼓楼踩歌堂、演侗戏；当贵客来时，热情的侗族人会在鼓楼里集合迎候，并在鼓楼前摆上拦路酒；而平日里，村民们喜欢在鼓楼唱大歌、吹芦笙、摆故事、抽烟聊天。

小时候，外公经常带着侗妹来鼓楼玩。侗族斗牛节的来历，就是外公在鼓楼摆故事讲的。据说很久以前，住在贵州从江、黎平等地的侗家人是不兴斗牛的。后来记不清是哪朝哪代，有个叫爱牛的老人兴起斗牛活动，从此，每年夏历九月九日，都要举行斗牛节。

爱牛老人住在牛王寨。他从会走路的时候起，就喜欢跟着牛跑来跑去地玩，对牛的习性很熟悉。长大后他以放牛为生。眼看着半辈子要过去了，却没有一头牛是他满意的。他决心走村串寨去买一头好牛。

他走过很多村，串过很多户，花了好几年时间。最后，他来到一个叫作沟洞的地方，终于发现了一头好牛，高兴极了。"你这牛卖不卖？"养牛的人早听说爱牛老人是个认牛的能手，"他既然想买,我这头牛一定不差",养牛人心里这样想。其实这头牛也确实有些来历,据说这头牛的祖宗住在白水洞的一户人家里,一天,牛突然失踪了,主人顺着牛的蹄印一路找,找到沟洞,才把牛找到。主人见沟洞是个山清水秀的好地方,就在这儿定居。这以后,那老牛死了,但留有牛崽,又有牛孙……主人一家三兄弟,如今也发展成一寨人了。自从来到了沟洞这个地方,他家喂猪猪长得欢实,养鸭鸭成群,真是种瓜得瓜,种豆得豆。

养牛人觉得不能贱卖了这牛,有意把价钱抬得高高的。谁知爱牛老人二话不说掏钱把牛买下了。爱牛老人刚把牛牵出门,有个好心人就劝他道:"你买亏了!"

"你不懂!"爱牛老人捋捋胡子,像得了宝贝似的,笑眯眯地对那个人说:"这是条保家牛,得了它,火旺家发,是个无价之宝嘞!"

"何以见得?"那人不解地问。"你看,它额凸、角翅、腰直、腿粗、蹄甲坚硬,那蹄壳的花纹织成五个大字:天下我为王。"

那个人看了看,果然有那么几个大字,连忙点头称赞。爱牛老人见那人如痴如醉,又神秘地说:"还有哩!你看,它右耳内还有一根卷须。这是根龙须,最能打架。"那人扯住牛耳朵,理出一根红长毛,用手一量,足足有七尺五寸,可以从牛头扯到牛尾巴上去。

爱牛老人高高兴兴地赶着保家牛往家走。保家牛翻过牛场,走过放牛坡,很快就到了清水江畔的犀牛潭了。爱牛老人虽然身体硬朗,走起路来能跟小伙子比,可他哪里赶得上力大无比的保家牛,一转眼,保家牛昂头甩尾,挣脱了他手中的索子,把他扔了一大截路。

当他气喘吁吁地赶到犀牛潭边时,突然有一头犀牛跃出水面。它喷着鼻,甩着尾,走上岸来与保家牛角斗。保家牛见犀牛个儿虽然比自己大,角却没有自己的长,而且是独角,就用蹄抓了两下地皮,瞪着红通通的大眼睛,直朝犀牛碰过去。

保家牛与犀牛在岸上斗了好一会儿,又转入水中去了。它们在水中继续角斗,激起千层浊浪,把整个犀牛潭的水搅浑了,把红彤彤的太阳斗暗了。它们几沉几浮,左抵右触,斗了三天三夜,难分输赢。

来看的人越来越多,扶老携幼,热闹极了。大家看得高兴,爱牛老人却心事重重。如何把他的保家牛救出来?他想呀想呀,终于想出了一个办法,用索子套牛脚杆。他到附近的村子找来两根大粗索,而后他一声号令,许多水性好的小伙子就潜入水底,齐心协力把犀牛和保家牛的腿拴住了。两头牛正斗得难分难解,都没有注意后面来人。

大家把犀牛宰杀了,众乡亲欢欢喜喜地饱餐了一顿。这一天,正是夏历九月初九。得了保家牛后,侗寨年年风调雨顺,五谷丰登,人畜两旺。后来为了纪念保家牛与犀牛的这场角斗,每年夏历九月九日,爱牛老人都领着乡亲们来到犀牛潭边放牛打架,欢庆丰收。这就是斗牛节的来历。

像这样的故事,侗家老人经常在鼓楼坐着摆,侗妹从小听到大,她知道很多侗家传说、节庆日的来历,她也已经习惯了侗家的饭食。自从离开侗家寨子生活，她是不自在的。她觉得自己不是合格的侗家人，侗家姑娘喜欢唱歌跳舞，每过一个节日都要唱歌跳舞，侗妹在侗寨生活了七八年，却不会唱歌和跳舞，她太内向了，还没有开口唱，自己先心慌了起来。

好在，她学会了侗家人做布鞋的手艺。因为做一双布鞋，只要用心思，就能够做好。侗妹在布鞋上是花了心思的，如今布鞋也给了她回报。从一个到处打工的小女人，到如今拥有自己的工作室，做出自己的特色，这中间经历的曲折和成长，是侗妹一个人的财富，也是不足与外人说的故事。

教她走上创业之路的男人虽然不接受她的感情，但是给了她很大的帮助，让她知道世界真的很大，自己的手艺会让那么多人喜欢，让她过上了有质量、有梦想的生活。

侗族的刺绣艺术品繁多，头巾图案、婴儿背带、妇女胸兜、花布鞋、鞋垫、烟袋、挎包等等，内容相当广泛。再结合城市女性的消费观念，做些改良，如在背包、手绢、围巾、鞋垫、时尚女士布鞋等上面绣颜色鲜艳、形态栩栩如生的花朵和小鸟。侗妹想培养几个喜欢刺绣的女工，教她们刺绣的手艺。侗妹想这样的产品应该能得到很多爱美女性的青睐。如此一来，可以扩展产品种类，开拓客源，侗妹盘算着怎么才可以做出自己的品牌，打造自己的标识。

市场上有一些仿冒的布鞋，质量不好，手工粗糙，却也打着侗妹的旗号在销售，这让侗妹很气愤。她想不通，人怎么可以这样扯谎呢，就不怕头顶上的神灵看着吗？

侗妹一日一日地做着手工，她的绣工在这几年也精进了不少。她做活儿慢，有些工序是可以让别人代劳的，绣花和针线部分却都是她亲力亲为，这些活儿马虎不得。因为绣花部分都是她自己绣，所以她出的成品不多。一双绣花的女鞋，定做需要半个月。虽然产量不高，但是保证了质量，那些不愿意等的顾客，侗妹也不强求。侗妹坚持认为，好东西是值得等待的，就像她相信一定有个好男人在前面等着她。

侗妹不知道谁将是她的爱人，但她相信，那个人一定懂得布鞋的好，也一定会珍惜她的好。

读诗·点卤

沿着友谊南路，向北，穿过巷子，直走。左手边，就是李若梅的豆腐店。巷子深，两边摆满了蔬菜、水果，流淌着熙熙攘攘的人。

李若梅是个做豆腐的女人，开着一家豆腐店。不做豆腐的时候，她就读诗。这个习惯让她和左邻右舍的小商贩有点不一样。

南方的下午，阳光已西斜，热浪却依然咄咄逼人。店里开着空调，很凉爽。房间不大，前半截是店面，后面是操作间，中间隔着实木柜台，柜台上面是装饰墙，隔开了两个相对独立的空间，一扇小门连通着前后。一张实木茶台旁，李若梅坐在一把竹椅上发呆，另一把空着的椅子上放着一本诗集，是余秀华那本《月光落在左手上》。白色的封面有点灰扑扑了，翻看得多了，书有些旧。没有顾客，一切显得安静。只有巷子的嘈杂偶尔夺门而入，钻进耳朵。

每天这个时候，李若梅最惬意。早上的繁忙过去了，豆腐也已经卖完了，案台已经收拾干净，明天要用的物件也已经准备好了。她终于可以歇歇了，时间是半下午，又还没有到下班时间。她不急着接孩子、回家做饭。这个时间是她自己的，她会给自己泡一杯茶，看上几首诗。最近她喜欢上了余秀华的诗，她喜欢诗中那种粗砺而灵动，真切而深邃，生命的质地惨淡中透出华贵的表达。

"阳光好的时候就把自己放进去，像放一块陈皮。"读到这一句，李若梅被打动了。在李若梅看来，好的诗歌读起来一定是让人感同身受，身体疼痛或情感共鸣。无论写的是什么，不能打动她的诗歌便不是她心目中的好诗歌。李若梅喜欢余秀华诗中那种雅俗共赏的感情深度，她总是能在诗中照见自己，好像是在说自己，不由得就被打动了。

> 巴巴地活着，每天打水，煮饭，按时吃药
> 阳光好的时候就把自己放进去，像放一块陈皮
> 茶叶轮换着喝：菊花，茉莉，玫瑰，柠檬
> 这些美好的事物仿佛把我往春天的路上带
> 所以我一次次按住内心的雪
> 它们过于洁白过于接近春天
>
> 在干净的院子里读你的诗歌。这人间情事
> 恍惚如突然飞过的麻雀儿

而光阴皎洁。我不适宜肝肠寸断

如果给你寄一本书，我不会寄给你诗歌

我要给你一本关于植物，关于庄稼的

告诉你稻子和稗子的区别

告诉你一棵稗子提心吊胆的

春天

这首《我爱你》，李若梅早已经可以背下来了，可还是喜欢，看了一遍又一遍，因为李若梅觉着自己曾经也是一棵稗子，怀揣着爱情。诗集后面的跋中，余秀华说："即使我被这个社会污染得没有一处干净的地方，而回到诗歌，我又干净起来。诗歌一直在清洁我，悲悯我。"这段话，李若梅也觉得是在说自己，虽然李若梅一直在生活的尘埃里摸爬滚打，从事着和诗歌相去甚远的职业，也不会写诗，可是她觉着读诗就是在清洁自己，这个爱好就是生活给她的最后一点暖意和悲悯。

做豆腐和读诗有什么关系？没有一点关系。可就是挡不住李若梅喜欢。她说她读过的诗集有十几本了，木心的《云雀叫了一整天》，海桑的《我是你流浪过的一个地方》，阿多尼斯《我的孤独是一座花园》，还有海子、食指等诗人的诗集。

诗，实在是个没有用的东西，尤其在佛山这个沿海经济发达地区，诗歌显得更为无用，不当吃不当穿。读诗没有让她的生活变得更好，但也没有更坏。自从那年在阿瓦提，她开始读诗，她就再也没有放下过。读诗至少让她觉得活着不是那么难,还有一点意趣。

二十一岁的李若梅,没有去过太多的地方,在乌鲁木齐上完中专,就回到了生她养她的阿瓦提县。这里是刀郎人的发源地,这里有地道的刀郎歌舞和穆塞莱斯(葡萄酒)。如果那个秋天,她没有在胡杨林里遇见一个叫十一的诗人,她的命运也许和现在完全不同。

那年,县里为了扩大宣传,搞了一场名为"刀郎劲歌舞,情醉阿瓦提"的文化活动,请了一些文化名人和微博达人来参加,十一就是请来的嘉宾之一。

当时李若梅在村里的小学代课,报名参加了文化活动的志愿者服务工作。活动期间,她忙着给人带路、讲解,招呼大家休息、吃饭,做一些具体的服务工作。

十一是位诗人,开幕式过后,在一系列参观刀郎民俗活动中,他丝毫不显眼。洗得发白的牛仔裤,有点旧的白衬衣,因为近视而戴的眼镜,沉默不语的微笑,腼腆又有些羞涩的面容。这些都是李若梅不熟悉的,却也吸引着她不时看向他,而彼时他刚好也在看着她。

晚上的篝火晚会上,刀郎人尽情地唱歌跳舞,那些歌,唱得撕心裂肺又一往情深。唱歌的都是地地道道的农民,白天还拿着锄头在地里干活,或者在胡杨林里放羊。夜晚,在篝火旁,他们却都是歌者、舞者。他们都是六七十岁的老人了,旋转起来,却比年轻人还轻盈。

他盘腿坐着,像个真正的刀郎人那样,一杯一杯地喝着只有阿瓦提才有的穆塞莱斯。那天他喝多了,站起来说了好多话,有关生命、爱和死亡,都是她听不懂的话。

很多年过去了,每每想起那个夜晚,想起他说过的那些话,她又觉得那些话都是说给她听的,说给她一个人听的。

秋天的胡杨林里,金黄的叶子掉了一地,踩上去窸窣作响,树上的枝头间,还有更多金黄的叶子,等着掉下来。

活动很快结束了,十一要走了。分别时,他们一起又去了胡杨林,走了很多路,说的话却不超过十句,甚至没有一句像样的对白,他们都是羞涩的人。但还是有些微妙的情绪在滋生、酝酿,虽然只有他俩知道。最后,他送给她一本自己的诗集。

她读他的诗集的时候,他已经回到了他在南方海边的家。她读到了海的腥味,潮水的喧哗,空气中的咸味,那是潮潮的海的味道。

这一段没有开始就结束的恋爱——如果这也能称为恋爱的话,彻底改变了李若梅。她是因此才喜欢读诗的。她是因为想要看看海,才不顾家里人的反对,辞职离开新疆外出打工的。

十一像古代的行吟诗人一样,到处参加活动和体验生活,他的诗里也就有了很多地名。李若梅的生活是不用体验的,而她想体验他的生活,于是这些年她追随着他的脚步去了很多地方。她在南宁的米粉馆里刷过盘子,在桂林的街边卖过袜子,在北京的后海当过导购,在上海的淮海路上发过传单。当她终于明白,她和十一终究是两个世界的人,永远也不可能真正在一起的时候,她流落到了南方以南的佛山。她累了,想要稳定下来,想要有个家。

她在佛山的第一份工作是在一家豆腐店里打工,跟着师傅,学会了做豆腐。豆腐必须当天做,隔夜就馊了,所以,每天凌晨三点,当别人还在熟睡时,李若梅就得从温暖的被窝里爬出来,帮师傅舀水、烧水、磨豆子、做豆腐。等做好豆腐,已经差不多六点了,接着打扫店面,收拾桌椅,开门营业——卖豆腐。

师傅做事麻利,性情温和、开朗。没有事情的时候,她喜欢摆弄一下花草。例如给"非洲堇"控型,剪掉"花月夜"长出的准备开花的那一部分,因为它一开花,整棵植株就要死了,师傅不想让它死……店里还有了很多多肉植物,师傅打理它们时,总是屏住呼吸又小心翼翼,害怕弄伤了多肉小小的茎和叶子。三十多盆多肉都摆在向阳的那一面窗台上,阳光充裕,多肉们色彩斑斓,萌到人心里。

只要不耽误做事,师傅支持她看诗集。师傅对她说,这个世界的人分两种,一种是有趣的人,一种是无趣的人。有趣的人对许多事物都觉得有趣,而且不断在日常生活中制造乐趣,欣赏得了平凡,也把握得住繁华;无趣的人做什么事都提不起精神,更不会制造乐趣。其实人生的快乐时光,大部分是在看似无用的事情上度过的。

师傅不过四十几岁,有时候却像个饱经风霜的老妇人,有时候又简单得像个孩子。她教李若梅磨豆子时说,磨豆子的过程,也是一个审视自己内心,把一些不好的东西寻找出来,再消化掉的过程。磨个豆子，也能被她说得这么文艺，李若梅不由对这个四十几岁的女人好奇。师傅一个人带着个小女孩生活，她从来不肯对人讲自己的过去。有时候，她会在没有人来的时候发一会儿呆，李若梅看见她微微扬起的嘴角，知道她一定是想起了过去一段美好的时光。但她不说，李若梅就不问。

李若梅在店里工作了三年，完全学会了师傅的手艺，和师傅相处得也好。师傅把自己的表弟介绍给了她。师傅的表弟在东莞的一家私立学校搞管理，忠厚实在。他们交往了大半年，见过双方家长后，就毫无悬念地结婚了。房子是按揭的，在东江边。据说地铁要通过这里，几个月之间房价一平方米就涨了好几千，他们好像凭空成了富人，可因为是唯一的住宅，无法变现，高兴归高兴，日子还是那么过。

李若梅有时候想起这几年的事情，感觉有点恍惚。自己居然就在此结婚了，居然做了母亲，自己真的在这个叫东莞的地方扎下根了？

女儿出生后，李若梅心里慢慢开始踏实起来。丈夫天天去上班，下班回家又买菜做饭，偶尔也出去喝个酒、打个牌，但都不上瘾，晚饭后他会带孩子在小区里转转。他像一个丈夫该有的样子，他不读诗，但也不反对李若梅读诗，他能理解妻子有时候需要一个人待一会儿。这样的日子就是普通人的日子吧，可是谁不是过着普通人的日子呢？

孩子快要三岁了，可以送幼儿园了。师傅帮她在相隔着半个城区的友谊南路盘下这个店,看着她添置了家什,进了豆子,帮她理顺了进货的渠道,就由着她自己干去了。

李若梅最讨厌人家叫她"豆腐西施",她觉得这个名称充满暧昧,不好。有那大大咧咧的顾客,一进门,就大着嗓门喊着:"哎,豆腐西施,来块豆腐!"她冷着脸,手起刀落切着豆腐,并不看来人,然后不温不火的一句"拿去",常常教来人意识到自己唐突了,下次来就规矩多了。

附近很多人喜欢吃她做的豆腐。想吃,要来得早,下午来常常就要空跑一趟了。

豆腐营养丰富,价廉物美,是普通人家的家常菜。比起鸡鸭鱼肉山珍海味,豆腐和白菜一样,都属于"寒品",清代何刚德《客座偶谈》卷四载:"科举时代,儒官以食苜蓿为生涯,俗语谓之食豆腐白菜。"李若梅说,这多像我啊,一个贫寒人家的女儿,在这个城市里打拼。但正是这小小的一块豆腐,支撑了我的人生,对于我的未来而言,没有比它更大的东西了。

李若梅尝试用各种豆子制作不同的豆腐。原材料很好找,去杂粮店买来黑豆、青豆、红豆等,经过磨豆浆,过滤,冷却,点卤,按压成形等一系列操作,最后终于成豆腐了。最近她又准备研制一下胡萝卜豆腐、牛奶豆腐等,总之,加什么料可以任意发挥。

李若梅说店小,有些做法就行得通,哪怕我今天做绿豆豆腐,明天做黄豆豆腐也无妨。顾客虽然少,却能细水长流,只要喜欢吃我做的豆腐的人一直在,我就能一直做下去。我愿意把时间用在挑选豆子，清洗豆子，磨碎豆子，看着豆子变成豆腐的这个过程中，虽然有辛苦，但也有快乐。

豆腐可以炸、煎、烩、炖、炒、煨、烤，成为油豆腐、臭豆腐、卤豆腐等。豆腐走出作坊，出现在餐桌上，人们会说它味道有多么好，但对于李若梅来说，乐趣只在制作的过程。人们其实根本不知道，一个女人可以在这个过程中得到多少秘密，它的秘密比它成为菜肴的一刻更为美妙。

做豆腐，说简单也很简单，首先要洗豆腐包。这要分是做干豆腐还是做大豆腐。做干豆腐，那要用长长的粗纱白布，大约半米宽，几十米长。做大豆腐的豆腐包，则是很大很大的方形，也是粗纱布，边长大约两米。把豆腐包洗净后，晾干备用。

黄豆大约要泡一个晚上才能泡开，上磨磨成豆浆，再把豆浆放在很大的锅里熬，直到熬开，停火。这时，要过包，使豆腐渣和豆浆分离。在棚上吊一个十字架，将一块方形的豆腐包吊在十字架的四个角上，就形成了一个很大的网兜。将熬开的豆浆一瓢一瓢地舀进豆腐包中，另一个人需要一摇一摇地晃动着豆腐包，使纯豆浆从豆腐包中滤下来，流到放在下面的大缸里。到一定的程度时，要用夹板夹住豆腐包中剩下的豆腐渣，将残留的豆浆挤出。直到所有的豆浆都过完包，豆腐渣就和豆浆完全分离了。

将豆浆稍微凉一下后，就开始点卤水了。李若梅将卤水盛在一个小碗里，往豆浆里倒一点，就用勺子把豆浆搅一搅，她的眼睛始终注意着豆浆的变化。再倒一点卤水，再搅一搅，直到认为满意为止。这是做豆腐最关键的手艺。

点好卤后，把缸的盖子盖上，等一会儿，看到豆浆已经成了"脑"，里边有一朵一朵的豆腐花与清水相伴的时候，也就是豆浆分离为豆腐花和清水的时候，就可以压豆腐了。

压豆腐前，先将压大豆腐的木框摆好，把大豆腐包，即极为宽大的方形豆腐包放在木框之中，将豆腐花一瓢一瓢地舀到木框里，水哗哗地从下边流出来，豆腐花沉积在木框里。等到木框里的豆腐花积满了，就将豆腐包的四角翻过来，将豆腐花包住，上面用木板压好，再用石头压实。等到豆腐不老又不嫩的时候，揭开木板和豆腐包，豆腐就做成了。用刀划成一块一块的，就是好吃的豆腐了。

李若梅说自己是在做豆腐这件事里找到自己、成就自己的，如今她活出了自己想要的样子，独立、恣意……她说做豆腐是一个慢慢明晰的过程，在繁复的忙碌之中，味道得以慢慢展现，就像自己的人生，从三十岁开始，她才知道什么是自己想要的。

做豆腐最关键的是点卤。卤水是从盐井中打上来的盐卤，与石膏一样，点在豆浆中可以起到凝固的作用。点进去就会凝起豆花，将豆花用布包起，挤出水，压实，就成了豆腐。水留下得多就嫩，水留下得少就老。北方人喜欢老豆腐，南方人喜欢嫩豆腐。南北豆腐不是以用什么东西点浆来区分的，而是以嫩和老，另外工艺有点不同。现在工厂生产的豆腐已经没有用卤水点的了，都是用石膏。

李若梅坚持用卤水点豆腐，也许是坚持那么一点点心意。她说想要做出人们心目中最好吃的豆腐，从来都没有捷径可走。它首先需要你拥有良好的味觉，知道哪种才是最能打动人的豆腐；其次，它需要你夜以继日地锤炼，寻找最适合的豆子，一次次改进软硬的比例，反复调整点卤的技巧。看着李若梅神情专注地点卤，有种化腐朽为神奇的奇妙感觉。这让我想到在平庸而繁忙的生活中，偷闲读读诗，看似没有用处，可对李若梅来说却是必需的精神生活。

再平凡普通的人，内心也有一点点和别人不一样的精神需求吧？也许就是那一点点，让他们独特起来，让他们之所以是这个人而不是那个人。

夏天的正午，太阳毒辣，吃过饭的人们都去午睡了，一个孩子偷偷溜出房门，站在院子的大太阳下。四处静悄悄的，躲过了大人的看管，孩子有点兴奋又有点无聊，突然院子里飞来一只蝴蝶，吸引了她的目光。她追逐着，想要抓住它，蝴蝶在刺玫院墙的花上飞飞停停，逗弄着孩子。她好几次差一点就要抓住它了，可是它嬉闹一番最终还是飞走了。孩子绊倒在刺玫院墙边上，哇哇大哭起来，到底是为被刺玫扎着了的疼痛而哭，还是为蝴蝶飞走了的失落而哭，连她自己也不知道，但是哭声越来越大，所有的委屈和失落都化成越来越撕心裂肺的哭声。孩子的哭声，惊醒了七十多岁的老奶奶。

老奶奶拍掉孩子身上的土，安慰着孩子：蝴蝶的天性就是要围绕着鲜花飞舞，就是你一时抓住了，它最终也会飞走的。奶奶给你折一只属于你的蝴蝶，它可以一直陪伴着你。

孩子依然不依不饶地哭闹着，老奶奶回到屋里，打开木头柜子，拿出一些大小不一的红色的纸，摊开在吃饭的小台子上，又拿了剪刀，然后坐下来，比画着纸，折折叠叠，不一会儿，一只栩栩如生的纸蝴蝶就折好了，蝴蝶的翅膀颤动着，马上就要飞起来的样子。老奶奶拿在手里，逗弄着刚才还抽抽噎噎的孩子，此刻孩子已经惊讶得目瞪口呆，说不出话来。在孩子的心里，老奶奶太神奇了，像个老仙女，可以变出会飞的蝴蝶。

老奶奶后来还给小女孩折过飞机、蜻蜓、青蛙……这些折纸是小女孩寂寞的童年中最好的玩伴。老奶奶折这些物什，大多在睡完午觉以后，只见她颠着小脚，走到柜子前，吱吱呀呀地打开柜子门，从最上面一层拿出平常存下来的报纸、抚平的包装纸、写对联剩下的红纸等各式各样的纸头。而后，她坐下来，拿起剪刀，随意抽出一张纸来，先剪去毛毛角角，把纸修剪成长方形或者正方形，然后放下剪刀，拿着纸在手里转来转去比画一番，再歪着头想上一想，过一会儿才开始折起来。一旦她开始折，她的眉眼仿佛舒展开了，微微笑着，眼睛随着手中的纸转来转去，整张脸仿佛被笼罩在一种光晕中，神采奕奕。有时候嘴角还会随着手里的动作轻微地抽动一下，仿佛是在用力，折纸的手也灵巧起来。这时候她全心沉浸在手上的动作中，完全没有注意到小女孩不错眼珠地盯着她看，眼神里满是崇拜……

老奶奶是甘肃人，不识字，老伴去世得早，没有子女，她一个人住着，手脚利索，性情开朗。小女孩的父母要上班，早上天还没有亮，就把小女孩送到老奶奶家，晚上天已经黑透了他们才下班，再把已经睡着的小女孩抱回家。

老奶奶家穷，一间屋子，中间用土块砌的火墙隔开，冬天火墙接了炉子在前面，做饭兼取暖，后半间一张架子床就占去了大半，墙角立着粗壮的木头柜子，是她家唯一像样的家具了，前半间是土灶台，土块垒起来，表面用草泥磨平，垫上报纸，就是饭桌。老奶奶爱干净，尽管家徒四壁，但床上单子抻得平平展展，窗户玻璃擦得像没有玻璃，地上没有铺砖，也没有抹水泥，就是裸露的土地，但扫干得净，没有碎屑杂质。老奶奶对小女孩很好，吃食不够，她还拿出自己的口粮给小女孩子做吃的，给她讲故事，教她背属相口诀：

老鼠前面走，跟着老黄牛。
老虎大声吼，兔子抖三抖。
天上龙在游，地上蛇在扭。
马儿路边遛，羊儿过山沟。
猴子翻筋斗，公鸡喊加油。
守门大黄狗，贪睡肥猪头。

那个小女孩就是我。如今过去了三十几年，老奶奶早已经入土为安了，我也已经人到中年，老奶奶折纸时的一颦一笑却还印在心里。

和李若梅在一起的这个下午，我又想起她来。

李若梅和教她做豆腐的师傅，还有我的老奶奶，都是普通人，却也都是心里有光的人。那一点点的光，像做豆腐时的卤水,经由它的点化,我们平凡的人生也有了意趣和快乐。

聊了一个下午,大部分是李若梅在讲述,我在听。要走了,我却想起余秀华还有一首诗——《九月,月正高》,它的最后几句是:

  月亮那么白。除了白,它无事可做
  多少人被白到骨头里
  多少人被白到穷途里

  但是九月,总是让人眼泪汪汪
  田野一如既往地长出庄稼
  野草一直绵延到坟头,繁茂苍翠
  不知道这枚月亮被多少人吞咽过了
  到我这里,布满血迹
  但是我还是会吞下去

  就是说一个人还能在大地上站立
  你不能不抬头
  去看看天上的事物

建平的泥塑世界

建平是到昆明以后才开始做泥塑的,开泥塑店不到十年,生意却做得有声有色。他的店在老城一个不起眼的拐角处,左右都是商铺。建平的店铺不大,一进门是一条狭长的过道,两边墙上都是展示柜,里间正中是一张硕大的长方形工作台,可以同时坐下十多个人做手工泥塑。

店里的泥塑摆件有些是建平亲自捏的,有些是建平的学生捏的。每个周末建平还做泥塑培训,来的大多是孩子,也有一些年轻人。

那天,一接到呆子叔不好的消息,建平就关了店门,买票回了老家,可还是没赶上见呆子叔最后一面。

呆子叔是建平的远房叔父,一辈子无儿无女,对建平视若己出。建平的泥塑手艺最早就是跟呆子叔学的。

呆子叔不爱种地,不是一个好庄稼人,却喜欢摆弄泥巴。一块泥巴，在他手里搓搓揉揉，再左捏一下右揪一下，不一会儿，就变出个小人来。小孩子们都喜欢他捏的泥塑，他的身边常常围着一堆孩子，央他捏个孙悟空、猪八戒、小鸡、小鸟什么的。呆子叔不说话，一团泥捏在手里转过来转过去，旁人还没看清楚，一只惟妙惟肖的小鸟就成形了。泥塑的小鸟"栖息"在树枝上，翅膀张着，像是随时会振翅飞走。

呆子叔是一个怪人，从建平记事起，他就一个人过。据村里人说，呆子叔原来是有老婆的，但好多年前跟邻村一个木匠跑了，自此以后，呆子叔更委顿了，看路上走过来一个女人，都会远远绕着走开，等女人走出好远，他又忍不住回过头去，望着渐行渐远的女人背影发呆。

村里的女人都是很泼辣的。春天播种时，地里干活的人多，一些老女人小媳妇会故意说些疯话撩拨、逗弄他，他就脸红到脖子，说不出话来，在女人们夸张的笑声中落荒而逃。

侄子辈里，呆子叔最喜欢建平，常给他捏个猪八戒、孙悟空什么的。建平也爱跟在呆子叔身边，尽管呆子叔不怎么说话，可手巧，会时不时地塞给建平一个小玩意儿，弹弓、木头手枪之类的。那些玩具让年少的建平很是风光了一阵子。

他的身边也会聚起一圈小伙伴，眼巴巴地望着他手里的玩具或是央求他给他们玩会儿。建平也会给一两个要好的伙伴玩一小会儿，大多数时候他会说，回家让你叔叔也给你做去，说这话时，建平的头是昂着的。

呆子叔还会带着他一起逮麻雀。下雪天，扫出一块空地来，把筐子用小木棍支起来，筐子下面撒些玉米粒或者麦子粒，木棍上再拴个长绳，人躲在屋里，等麻雀来找吃食，就拉下绳子。逮住的麻雀会让建平好好解个馋。村里好些人都说呆子叔傻，都躲着他，只有建平爱跟在呆子叔身后。建平觉得呆子叔是顶聪明的人，那些说呆子叔傻的人才是真的傻呢！

据说呆子叔老了以后喜欢上了养鸽子，他对鸽子很上心，如果谁偷了他的一只鸽子，甚至一个鸽子蛋，他会拿上棒子，打上门去。在他生命的最后两年，他每天最重要的事情，就是放他的鸽子。

人们都说呆子叔老了后，更呆了，把鸽子当成媳妇在养。呆子叔并不理会这些闲言碎语。他老了，干不动活儿了，就常常坐在门前，望着飞走的鸽子出神，他不像村里其他老人那样爱扎堆，还是不爱讲话，常常一坐就是半天，没有人知道他在想什么，他变得古怪又固执。

也是因为他的鸽子，建平才知道，呆子叔对他的女儿，或者对于他，有着特殊的爱。

建平离开家乡外出打工，开始几年不顺利，欠的债也没有还清，过年过节都没回家。一直到第五个年头，建平结婚了，女儿都三岁了的时候，建平才带她回了老家。在到老家之前，女儿的身子骨弱，老爱生病，整天病恹恹的，不爱说话，也不爱笑。刚进村子，看到满眼黄灿灿的油菜花，她自己笑了，咯咯的，声音清脆。

她不怎么喊人，只是对着呆子叔笑。呆子叔也笑。呆子叔回家之后，不一会儿，他又过来了，一只手端了满满一碗鸽子蛋，一只手拎着一只鸽子。他说这碗鸽子蛋给宝宝吃，这鸽子，给她炖汤。建平的父亲愣了好一会儿。因为他知道，呆子叔对鸽子是多么喜爱，即便他自己病了，也舍不得杀一只的，村里人都笑话他把鸽子当老婆养。建平坚决让他把鸽子拿回去，只留下了鸽子蛋。

呆子叔去世后，就埋在房子西边的地里。那条一直很神气地跟着他的狗，天天在不远的地方蹲着，再也无人问津，凄凉得很。因为它的尾巴后端有一块白毛，村里人在呆子叔死了之后，说这是"孝尾"，养这样的狗，主人不吉。

而家里人说，家门口那棵大桑树死了，就是不好的兆头。那棵桑树很老了，建平记事时就有了。小时候，每年夏天，它都结一树桑葚，密密麻麻的，村里的孩子都聚在树下，呆子叔拿根长长的木杆捅桑葚，几个孩子撑开一块布单接着。这时候，老桑树下的笑声会涌遍村子的上空。可那年夏天，老桑树忽然就死了。春天时还枝繁叶茂的，开一树淡淡的黄花，到春末夏初时，忽然就枯萎了，没有任何征兆。既无天灾，也没人祸。村里的几个老人说，这是凶兆，说不知道今年该哪个人去阎王那里落户了。几个上了年纪的老人，惴惴的，直到呆子叔去世。总之，一个人去世了，事后村子里的人总能找到种种不祥的预兆。

呆子叔爱若性命的鸽子，在他去世之后不久全飞走了，一只不剩。黄土夯实的院墙年久失修，院子里空空落落，房子没有人住，更显出破败。建平来给呆子叔过头七，在房里收拾呆子叔的旧物时，看到有个很大的木头箱子上着锁，很惹眼。他好奇寡居多年的呆子叔还藏着什么宝贝，扭开锁，箱盖一揭开，他被眼前的一幕惊呆了——十几个形态逼真的女性塑像，整齐地排列在箱子里……

建平记得呆子叔从来不曾捏过女性，女童或是老妪都没有，更不要说年轻丰满的女人了，可是眼前这一箱造型夸张的女性塑像显然是呆子叔做的。这些女人或坐，或站，有的弯着腰在拔草，有的直起身子在擦汗，有的担着柴，有的在洗衣服，有的抱着孩子在发呆，她们虽然形态各异，但是全部都裸着，都是胸大，腰细，屁股肥硕，夸张到了极限，反倒有种憨态可掬的艺术美感。泥塑上面有细微的裂纹，可以断定这些裸着的泥塑美人有些年头了。

呆子叔真的呆吗？为什么婶子跟人跑了，他一辈子不再找女人？呆子叔在什么时候捏了这些裸体美人？捏这些美人时他在想着什么，是那个弃他而去的婶子吗？为什么捏完又放进了箱子里，不让美人见天日？呆子叔这一辈子大多时候是一个人过的，没有女人给他浆洗衣物，没有女人给他收拾饭食，没有女人给他温情的夜晚，他的情感世界荒凉吗？那么多日日夜夜他是怎么过来的，是靠着这些泥塑的美人吗？

对着放满了泥塑美人的箱子，建平有些发愣，他觉得再熟悉不过的呆子叔有些陌生，仿佛有两个呆子叔，他认识的呆子叔是其中一个，还有一个呆子叔，是他完全不了解的。

建平把这些泥塑的美人带回了昆明的店里，摆在最显眼的位置上。常有来人看着这些裸着的美人好奇，惊讶于这些泥塑的美人，怎么让人看着就有一种骚动不安的情绪。

建平对呆子叔是有感情的，不只是他无意中教会了建平泥塑，还因为呆子叔曾经倾其所有地帮过他。

当年因为家里经济条件差，兄弟姊妹多，父母年纪大了身体也不好，建平都二十七了，村里也没有哪个姑娘愿意嫁给他，媒婆张婶见了他都躲着走。百无聊赖时，在呆子叔家里喝闷酒，他也曾经央求呆子叔给他捏个女人，呆子叔说自己不会捏。

建平没有事情干，整天在村里闲逛，浑身的男性荷尔蒙无处宣泄。看着姑娘、媳妇走过来走过去，他的眼睛可以看出火来，老人们说他身上有股邪气，早晚会出事情。

后来，他果真因为偷看村里小媳妇洗澡，被人家男人追着打。他的脸上挂了彩，右边眉毛上面缝了四针。乡里医院的医生手艺差，建平的伤口长好了，可是脸却留下了一道疤，不笑的时候有点凶巴巴的意思。

父亲嫌他丢人现眼，狠狠打了他一顿，母亲在旁边看着，只是哭。他心烦，就又去呆子叔家里喝酒。呆子叔拿出一碟咸菜，又去小卖部打了些散酒，两个人也没有怎么说话，就你一杯我一杯地喝起来。酒喝到一半，建平长叹一声，对呆子叔说自己真的想成个家，可是没有钱，没有房子住，谁能看上自己呢？地里怎么能刨出钱来呢？他想盘下寡妇金凤的店，可是金凤要价高，从哪里弄钱去盘店呢？

寡妇金凤在村里开了个小卖部，卖些烟、酒、糖、茶，照顾生意的多是些男人，不管农闲还是农忙，总有些男人围着小店门口喝酒、吹牛，有时候一言不合还会打上一架。

时间一长，村里的女人们首先不乐意了，说是金凤败坏了村里淳朴的民风，宁愿多走三里路去隔壁的大梁镇买东西，也要管着自家的男人，不让去金凤家的小卖部。这样一来，金凤的生意渐渐做不下去了，前几天挂出了转让的牌子。

建平喝多了，絮絮叨叨说了很多，呆子叔一口一口地喝酒，没有怎么讲话，两个人喝了一顿闷酒。

父亲觍着老脸去跟族里的老人说好话借钱。族里的长辈看建平好好一个后生，就要这样被毁了，便商量着各家借几百给凑了几千块钱，最后是呆子叔拿来了八千块钱。

呆子叔也没有挣钱的营生，就那么几分地，春天播种，秋天收割了粮食，卖掉口粮，才能攒下些钱，这八千块钱无疑是他攒了一辈子的养老钱。有了呆子叔这笔钱，建平这才凑够数，盘了金凤的小商店。

盘下店后，建平高兴得睡觉都是笑醒的，生活一下有了奔头，他觉得幸福的日子就要开始了，每天都有使不完的劲儿，进货、打扫卫生、守店、卖货，一个人干得不亦乐乎。虽然来的人不如金凤开店的时候多，但总的说来生意还是挺好的。

三毛钱一提的卫生纸，五毛钱卖出去，一块二的醋，他卖一块五，他提的都是日用品，卖得也不是很贵，这样村里人买东西就不去隔壁的大梁镇了，看着两毛、三毛的，利润虽然不多，可是那些日用品，家家都要用。

建平原指望着守好店，好好经营，挣了钱还账，再攒钱娶个媳妇，有了钱哪里还怕娶不上媳妇？可是不久，一场意外的大火烧掉了建平苦心经营的小店。

那火是怎么烧起来的，到现在建平也没有想明白。那是冬天的一个傍晚，天黑得早，又冷，也没有啥人来店里，建平早早收拾完店面，就锁门回家了。平时他为了照顾晚上的生意，常开门到好晚，也就不回家了，店里放着一个铺盖卷，困了就铺在柜台上将就一下。那天有点累，也因为好几天没有回家住了，他想回家换身衣服，顺便洗个澡。火是半夜烧起来的，邻居天佑半夜闹肚子，出来上厕所时，看见房头浓烟滚滚的，好奇的他跑去看热闹，这才发现是建平的店着火了。

天佑大喊，着火了！着火了！大火已经烧了一阵了，村里赶来救火的人挺多，大家拿着盆、桶盛着水往上泼。可是那么大的火，这样的救火方式根本不顶用，建平眼睁睁看着自己辛苦经营的小店化为灰烬。天亮的时候，火势已被村人控制住了，再看小店，到处黑乎乎的，一片狼藉，没有剩下什么了。

这把火烧光了建平的所有财产，也烧掉了他刚燃起的希望。欠下的钱怎么还呢？建平受了这一场劫难，人变得很颓废。想来想去，还是走吧，离开这里，说不定还有个翻身的机会。留在家里，这些债，靠他在一亩三分地里刨食，一辈子也刨不出这些钱来。

那天阴着天，他说去山上挖些草药，走到村前面的岔路口，鬼使神差就拐上了另一条路，遇上一辆蹦蹦车，搭上就走得更远了。

建平先到了苏州，一时找不到活儿干，又没有钱吃饭，饿急了就在饭店门口要饭吃。老板看他年轻，就让他给店里打杂洗碗，管吃住。洗了两个月的碗，仅是混个吃饱肚子，有个地方睡觉，这样下去也不是个事情，他又去了杭州。因为在饭馆打过杂，他应聘成功，在一个饭馆给人配菜，想着学门手艺傍身，可是没过一个月，就因为不小心下错料，被炒菜的大师傅一炒勺甩出了门。后来，他扒火车，蹭汽车，要饭，一路南下，混混沌沌就到了昆明。

这里楼高，人多，大冬天的树依旧是绿的，还开着花。他心里想，就在这里吧，这里的冬天不冷，就算没有钱买棉衣，也冻不死人。

在昆明，他先是跟着一个在火车站招人的小工头，去了建筑工地干小工，包工头管着吃住，还有工资。他以为这下可以挣到钱了，结果没日没夜地干了两个月，眼看着就要发薪水了，老板竟不见了。

建平跟着工友闹了几天，可是谁也不管这些劳务纠纷。一天，他无所事事地在医院门口晃荡，看见一个人东张西望，像找人的样子，他就上去搭话，你要人干活吗？那人上下打量建平一番，说："卖血，你干不干？"他先是摇头，听到肚子咕噜咕噜的声音后，又点点头。之后，他跟着这个血头干了三个月，攒了两千块钱。

他在卖血的时候，一个天津老乡在医院看病，他们就认识了。老乡租住在郊区一户张家自建的院子里，建平跟着来混住了几天，最后也租住在了这家。

张家是本地人，热情淳朴，见他一个人过日子，经常吃不上饭，就让姑娘喊他来吃饭。他手脚勤快，总帮着干点收拾院落的粗活，一来二去，他喜欢上了房东家的姑娘，姑娘好像也喜欢上了他。

为了给姑娘献殷勤，他给她讲笑话，帮她晾衣服、扫院子，他使出了浑身解数。那天下了点小雨，姑娘在院子里种花，他给她帮忙，无意中抓了一把潮湿的泥土，学着呆子叔的样儿用泥巴捏了个猪八戒，虽然不如呆子叔捏得好，八戒的头小，身子大，肚子大，有点丑，但憨态可掬的，还是逗笑了姑娘，姑娘很喜欢他送的这个礼物。

爱情的力量是不可思议的，因为姑娘喜欢，建平捏了好些个大大小小的泥人，他发现原来自己也有捏泥人的天赋，只是自己不知道。他想着呆子叔是怎么和泥的，后悔怎么没有好好跟着呆子叔学。

姑娘围着他，看他和泥，一堆发黄的土，倒点水搅拌搅拌，揉过来，揉过去，一直要揉到土发黏，揉到泥巴"熟了"为止。再开始捏，左捏一下，右捏一下，上边押一下，下边拉一下，再挨着捏一圈，还没有等姑娘看清楚，一个京巴狗狗的轮廓已经出现了，再在细节处修整修整，小狗就可以站在桌上了。姑娘不由用崇拜的眼神看着他，他脸上显出平淡和不以为然的样子，可是内心得意极了：仅是靠回忆，他就把呆子叔的手艺摸索出来了。

姑娘性情温柔敦厚，跟着奶奶学了一手好针线活儿，平日里缝缝补补,针脚又小又均匀,也帮他洗衣服、缝补衣衫。她干活的时候,他常常看着她发呆。他知道她喜欢他,他也是喜欢她的。后来俩人恋爱了,他常想着自己没有钱,还欠着一堆债,每每不由恍惚起来;女孩没有他那么多心思,她单纯地恋爱着,干着活儿常常莫名其妙就笑起来。

那时候他还没有正经事情干,主要的收入靠卖血。他不能这么过一辈子,他得给姑娘一个未来,可是他能干什么呢?

姑娘的父母虽然心善,常常周济他饭食,可是说到女儿要嫁给他,他们还是不同意的。天下的父母都心疼自家的孩子,你说你自己生活都成困难,拿啥娶我女儿,拿啥成家呢?我女儿嫁给你,吃什么,喝什么,难不成和你一起去卖血?

面对张家的诘问,他羞愧难当,于是暗下决心要争口气,让姑娘过上好日子。

挣钱养家,想想容易,做起来难。他没有一技之长,想来想去只能去附近的工厂做工。他在流水线旁站一天分拣次品,晚上回来,累得话都不想多说,蒙头就睡。第二天再早起出门去工厂,依然是傍晚回家,他这样干了一个半月才拿到两千三的工资。他整天盘算着什么时候可以晋级,拿技术员的工资,这样每个月就可以多拿八百多元钱。

建平有个小本子,上面密密麻麻记着数字和人名,这是他欠别人钱的账本。每个月底,还掉一笔钱,他就勾掉一个人名。这天下午,建平一边炒菜,一边哼唱着,桌子上摆着一盘猪头肉,这是他犒劳自己的。今天他心情很好,因为又还掉了一笔钱,勾掉了一个人名。他正翻炒着土豆丝，土豆丝在油锅里爆出香味，锅里滋滋啦啦地响。

姑娘推门进来，你今天心情不错啊，炒什么呢？

酸辣土豆丝，还有猪头肉，他说。

荔枝成熟了，明天我们去乡下摘荔枝吧？她说。

明天还要上班呢，你自己去好不好？

不好。姑娘白了他一眼，你一天天光上班，在一个院里住着，见个面说个话的时间都没有？

我也没有啥其他的本事，只能去工厂打工，要挣钱娶你呀，他说。

你可以捏泥人呀，你负责捏泥人，我负责卖泥人，既可以挣钱，我们又可以在一起，怎么样？

他说，想法挺好，只是我捏的泥人也就你喜欢，卖给谁啊？她觉得他捏的泥人憨态可掬、喜庆，一定会有人喜欢。她给他出主意，让他学一些泥塑的专业知识，提高自己的手艺和见识，增加泥人的品种，生意就可以做起来。

姑娘信心很足，建平虽然心里没底，可是愿意听姑娘的话，他想，捏些泥人又不难，就当是哄她高兴吧。第二天一早建平和了一大堆泥，到下午时就捏好了十几个泥人，交给姑娘。

姑娘拿着泥人去街上兜售，没有过两天就拿回五十块钱。这给了建平很大的信心。姑娘还买回来了画画的颜料，建平捏好泥人，姑娘就按自己的想法给每个泥人都上了色，这样看上去泥人更生动活泼了。

姑娘头脑比建平活泛，她说要走出去，人家看见你现场在捏，会更有兴趣买。建平对姑娘言听计从，他每天早上眼一睁，就开始和一大块泥。他在家里把泥揉好，用塑料布蒙起来，防止泥巴干了不好用，然后拿一根扁担挑起两个竹筐，一头是和好的泥，一头是样品，就这样出门做生意了。是姑娘给了他创业的信心，是姑娘帮他卖出了第一个泥人，第一次看到卖泥人挣的钱时，建平心里感慨万千。距离他第一次在村里开店做生意，已经又过去了两年。泥人的生意小，挣不了大钱，但是可以糊口，总是比卖血好。

那些年，他流离失所，是姑娘让他又有勇气重新开始。姑娘和他沿街叫卖泥人，他挑着担子，姑娘吆喝，有人招呼，他就停下来，姑娘给人介绍，他在一边现场捏。生意时好时坏，有些时候一天也卖不了几个泥人，有时候早早就把和好的泥捏好卖完了，还会卖掉一些样品。

还完最后一笔钱，划掉最后一个名字那天，建平看着破旧的账本，看着密密麻麻的数字和名字，不禁掩面失声痛哭。姑娘理解他的心情，悄悄走出了房间，让他一个人待一会儿。

建平的生活渐渐稳定下来，虽然没有大钱，小的积蓄却是有的。他又向张家提亲，姑娘的父母看他们是死心塌地要在一起，也看建平不是个好吃懒做的人，只是没有好的机遇，就同意了他们的婚事。

建平没有回老家，他算是倒插门的女婿，入赘在张家，就在张家院子里请姑娘家的亲戚朋友来吃了顿饭，算是婚宴了。建平不在乎入赘，他家兄弟多，也不少他一个，姑娘对他不错，不嫌他穷，对于这样的结果，他的父母也很满意。

生活终于安定下来了，看着姑娘变成了自己的妻子，建平常常觉得自己还是很幸运的。若不是当年因在家里欠下了债，无力偿还，一口气跑了出来，他现在还不知道在哪里单身呢。

姑娘对许多事物都觉得有趣，而且不断在日常生活中制造点乐趣，她让建平知道活着不只是终日拼命挣温饱。姑娘欣赏得了平凡的生活，也能在平凡中找到乐趣。其实人生的快乐大部分是在制造乐趣中得到的。无论现实生活多么糟糕，姑娘总是让他活得从容。

有那么一段时间，泥塑生意不好做，收入很低，他心情很沮丧，有时候会喝闷酒。姑娘并不怎么唠叨他，只是把家里的地板、窗玻璃擦得更干净，稀饭煮得更黏，小菜炒得更好吃。他知道她在敦促他上进，他知道她的心思，她不想他再次变得懒散下去。

后来姑娘生了孩子，变成了母亲，更有掌控生活的能力了。为了教育好他们的女儿，姑娘给孩子讲故事，听音乐。姑娘也开始跟着他捏泥人，她是真的喜欢这个事情，她不只是捏小泥人，还会塑一些比例大的人体。她找来画册和书籍，和他一起学习，还拉着他去看画展。他的眼界打开了，他知道了雕塑是造型艺术的一种，根据材料的不同分类，泥塑只是其中一种，还有石雕、铜雕、玉雕、根雕、木雕、牙雕等等。

建平觉得生活过得越来越踏实，他觉得她是老天爷派来度他的，有了她，他变得更好，更自信了。

如今他的泥塑工作室生意很好，经常有人来为生日礼物、结婚礼物、纪念礼物下订单，定做个性化的泥塑。也有人拿来照片，让他照着照片上的人给塑个泥人，还有人请他去艺术院校讲授泥人艺术，他们说他做的是雕塑艺术，他们叫他老师。他自己心里清楚，没有姑娘，就没有他的今天。

女儿长大了，看不上他的手艺了。小时候倒稀罕他给捏个孙悟空白骨精什么的，可是长大了一些，学校的孩子都叫她"小泥人"，她受不了同学们的戏谑，觉得这是一种侮辱，于是不再喜欢泥人，更不要说去学做泥人了。这些虽然让建平有点无奈，但女儿喜欢画画，多少还是受他俩的影响吧。

想起刚开始创业的那些年，他还是会唏嘘不已。他常常心怀感恩：虽然他离开了家乡，虽然那场大火烧掉了他当年的所有希望，还让他破了相，可是老天对他还是很好的，让他遇见她，让她爱上他。

年轻的时候，谁也不会预料到以后的人生会发生什么事情，总是想一些色彩斑斓的好事。到了中年才知道，谁的青春不是在奋斗中度过的，谁都不可能随随便便就成功，都有一些难以忘记的打拼岁月。

建平在昆明生活了近二十年，他已经不再年轻，女儿都快有他当年外出打工那么大了。最近他却常常想起故乡的人和事，不知道若呆子叔知道他最终还是靠了泥塑讨生活，会怎么想？

从一把破旧的卡龙琴开始

当时,我探头一看,透过院子里的葡萄枝和桑树枝叶,只见高处的树杈上站着一个人,手里拿着把斧头,正在修整树枝。他站着的那个姿势,那砍枝条的动作,那娴熟和不在乎的样子,一点也不像六十多岁的老人。

羊圈旁边是柴火堆,柴火一直堆到了羊圈顶部。杨树就生在羊圈围墙边上的柴火堆中。那些杨树,已经很高大了。六十五岁的阿不都卡德尔·木沙站在三四米高的柴火垛上,手持斧头正在砍杨树枝。

那是在修整一下树形,顺便把那些砍下来的枝条抱到羊圈,给羊吃。圈里只有两只小羊,围着他抱来的树枝摇头晃脑地啃起来了。他心满意足地站在羊圈里看了一小会儿,蹲下来顺着羊脊背摸了摸,听见老婆叫他,才站起来,临转身走的时候,又分别抱了抱两只小羊。小羊只顾吃树叶,并不配合他的拥抱。

那是个体格高大健硕的女人,头发却是不相称的淡黄色,稀稀拉拉地绾在脑后,一脖子赘肉,两只水汪汪的大眼睛盯着人看。我在她的注视下莫名其妙地有些不自在。她向我们抱怨,说阿不都卡德尔今年年初去县上参加木卡姆的弹唱活动,回来的时候已经天黑了,进屋时不小心闪了一下,他伸手扶墙,没有扶好,把右手无名指弄断了,在家里休养了三个月,还没有好。

在家坐不住的他,听到哪里有麦西来甫,还是跑去参加,手指不利索,不能弹乐器,他就跪在乐队前(民间刀郎乐队有跪着弹唱的习俗),喊刀郎木卡姆——在村里,人们习惯叫"喊木卡姆",而不称"唱木卡姆"。

这个女人是在抱怨,可听着那语气里分明还有一种赞许。听着她并不是很真心的抱怨,我们在院子里闲逛。院子不是很大,收拾得很干净,门前有三棵杏树和一棵桑树,都挂果了,长势喜人,郁郁葱葱的。她伸手摘了些杏子,在衣角擦擦就递给我们,示意可以吃了。树下种着一小片韭菜和小白菜,绿油油的。

看着我羡慕她家的院子,她接着抱怨:这些果树、花草都拴不住阿不都卡德尔的心,他就对木卡姆、乐器,还有那几只小羊喜欢得不行。不是自弹自唱,就是捯饬木头做乐器,要不就是爬高上低地给小羊找草吃!

阿不都卡德尔是县文化馆退休的老干部,说起木卡姆艺术,他滔滔不绝,显得有点激动。用他自己的话说:手鼓很简单!我十二岁之前就会打手鼓了。十二岁的时候就可以完整地唱下来所有木卡姆。1960年4月14日被县文工团招去当演员,就是因为我会唱阿瓦提县的所有木卡姆!

不知道为什么,他说得越是自信肯定,我越是怀疑其真实性,这也许是我的毛病。那毕竟是五六十年前的事情了,他还能记得具体的年月日?而且一个十二岁的乡村少年怎么可能会唱所有的木卡姆还会打手鼓呢?

同来的干部小李告诉我,阿不都卡德尔是县里文工团的干部,已经退休几年了。可他闲不住,常常会跑去原来工作的地方,看见年轻人在练功,他都要上去指点一下。他告诉人家卡龙琴要这样弹,要那样拨弦。一开始还是有年轻人愿意和他学习的,可他太爱表现自己,总是说自己当年怎样学艺,他一辈子都献给了刀郎木卡姆了。说得多了,年轻人难免会心情烦躁,没有人爱听他唠叨,有时候还会揶揄他一两句:你一辈子都献给了刀郎木卡姆,你的卡龙琴弹得最好,你去把身份证上的名字改成阿不都卡德尔·木卡姆或者阿不都卡德尔·卡龙吧!他找不到爱听他讲话的人,就很郁闷。所以有时候见人家愿意听他讲话,他就会拉着人热情地讲个不停,人家已经听腻了,面露厌色,他还在滔滔不绝……

他很肯定地告诉我们:"阿瓦提县的木卡姆是我一个人收集整理的。我这一辈子献身木卡姆,就是现在年龄大了也还是想尽可能为木卡姆做一点事情。"他说这话的时候神情是毋庸置疑的肯定,但据我推测和观察一起来的县干部听他讲话的表情,这个说法的可靠程度有待考证。

也许是我脸上的表情影响了他,他极力要向我证明什么,接着说道："我有一把历史悠久的卡龙琴，距今有一百五十年了。"当我表示要看看时，他却支支吾吾说不在家里，被阿克苏地区博物馆收藏了。看到我有点怀疑的眼神，他继续说："我会做卡龙琴、手鼓、艾捷克，我们刀郎人的乐器就没有我不会做的。"说着，他揭开板床上的毯子，板床下堆着很多木料，有些已经是乐器共鸣箱的雏形，可以看出来那些木料真是用来做乐器的。

我问起他是怎么学乐器的，他说小时候家里穷，养了些鸡，每天给鸡饲料的时候，麻雀也来吃。于是父亲将一把破旧的卡龙琴挂在院子里的树上，上面系着铃铛，风一吹过来，卡龙琴就响。这个声响用来赶麻雀很管用。阿不都卡德尔听着那声音很好听，父亲去世后他就把卡龙琴解下来，放在家里。几年后，邻村有个上过大学的人到家里做客，无意中看到了那把破旧的卡龙琴，很喜欢，想要拿走。阿不都卡德尔对客人说这是父亲留给他的遗物，要留着做纪念，不能给他。

阿不都卡德尔想：这么破旧的东西，既然别人都想要，一定是个好东西，那我为什么不留着自己学习弹弹呢？于是他自己摸索着装上琴弦，练习弹奏。县里会弹卡龙琴的人不多，弹得好的就更少了，为了学习卡龙琴的弹奏方法，阿不都卡德尔还去巴楚找了热合曼·艾力。热合曼是喀什有名的卡龙琴师，人称热合曼·卡龙琴。

但卡龙琴非常难学，他在巴楚待了十三天，也没有学会多少，因为家里有事情，只得先回家了。后来，阿不都卡德尔把热合曼请到自己家里，好吃好喝地招待着，悉心学习和求教。这样又跟着老师学了一个月。

家里只有那一把破旧的卡龙琴,弦还是阿不都卡德尔自己装上去的。他喜欢鲜艳、亮闪闪、新的东西,就自己着手研究卡龙琴的制作,拿块桑木挖、雕、推、刨,经过几次试验,居然真的做了一把卡龙琴,装饰得很好看,弹起来音色还是很美好、清越的。

不能否认他真的是心灵手巧,他后来又自己摸索着做了七八把卡龙琴和一些手鼓、艾捷克等,同来的县上干部也说,县文工团还在他这里买过乐器。

阿不都卡德尔大约是说得有点累了,于是进屋把家里的卡龙琴、手鼓、热瓦普拿出来,一一摆在廊前的板床上,一样一样弹给我们听。不大的板床就是他的舞台,他弹得投入,唱得忘我,好像下面有几百个观众在聆听。我和县上来的干部对视一眼,他在告诉我阿不都卡德尔就是这样自我。不过阿不都卡德尔在弹奏卡龙琴的时候,我还是感到震撼。卡龙琴发出的那种清越的声音,像是空中裂帛的声响,一下子就抓住了我的心,那么多宛转的心事和缱绻的心绪都被琴声勾出来了,让人不由惆怅起来。

传说卡龙琴是希腊文化中的竖琴的变种,又传说史籍中称"七十二弦琵琶"的就是现在的卡龙琴。到底哪种说法是真的,没有人考证过。卡龙琴的弦的数量也有多种,比如有的是十九对,有的则更多。面前的卡龙琴形状酷似扬琴,琴身用桑木制成,共鸣箱呈中空的扁梯形,左曲右直。卡龙琴有点梯形的样子,一头宽,一头窄,长长短短三十二根弦,一副其貌不扬的样

从一把破旧的卡龙琴开始　堆雪/绘

　　阿不都卡德尔在弹奏卡龙琴的时候，我还是感到震撼。卡龙琴发出的那种清越的声音，像是空中裂帛的声响，一下子就抓住了我的心，那么多宛转的心事和缱绻的心绪都被琴声勾出来了，让人不由惆怅起来。

子，却能发出那么干净、明亮的声音，真是教人难忘！

不知不觉一个多小时过去了，他也已经唱累了。但他依然抱着热瓦普说，他小时候就喜欢音乐，一听到琴声手指就抖，就想弹奏。如今他把自己的四个儿子、两个女儿都培养得会弹奏刀郎乐器，尤其是有三个儿子都会弹奏卡龙琴，这在县城是非常难得的。现在县上除了他和他的儿子会弹卡龙琴，几乎没有人会弹了。这让他很自豪和得意，这也是他说把毕生精力都献给了木卡姆的原因。

但县上同来的干部听他说到这里，忍不住说："你为什么不把曲目全部教给你儿子，为什么不愿意多带几个徒弟呢？"

卡龙琴不好学，他们没有天赋，笨得很！他脸上露出狡黠而快乐的神色，好像刚刚以牺牲别人为代价搞了个恶作剧，眼下正洋洋得意。

你都没有教，怎么知道人家没有天赋？县上请外地的卡龙琴师来教，你又为什么罢工，不同意呢？

面对这样的诘问，阿不都卡德尔并不感到难堪和羞愧，他笑嘻嘻地说，县上有我会弹卡龙，为什么又要请别人来教呢？这样不是显得我们县太差了吗？那些年轻人自己不用功，又没有天赋，请别人来教，会让人家认为我们县的人都很笨。

县上的干部小李偷偷对我说，他很自私，不教别人，就是对自己的儿子，他也是有保留的。县上会弹卡龙琴的老艺人不多了，他很有点要拿捏人的意思，在新的卡龙琴师培训好之前，还不能惹恼了他。他不知道县上已经办了好几期卡龙琴培训班，从外地请的卡龙琴师来教，学员有民间老艺人，也有以前文工团的演员。

可以想见，等到培训班的学员学好了，可以熟练弹奏卡龙琴的时候，就没有人请他去弹了。

他显然不知道这些。他神情自得地招呼着我们，给我们讲现在的年轻人是多么不爱学习，是多么笨。他一边说，一边招呼我们吃杏子和桑葚。

我和小李要走的时候，他一个人站在院门前的葡萄架下，还在对着我们念叨："整个阿瓦提县城没有人弹卡龙琴比我好！"

私房菜：慢生活

彭敏是一个厨子。她的私房菜馆名字叫"慢生活"，在她这里吃饭，需要预订。每天她只做三桌餐，订满三桌，当日就不再接单。

彭敏又不单单是个厨子。在彭敏的内心，自有一个小世界，从每一道她做出的菜品中，都可以窥见她内心那个精彩的小世界。她对生活的热爱，对食物的思考和坚持，最后都通过她做的食物传达出来了。只要你见过，吃过，就不会忘记，或者只要你握过她消瘦的手，就能感受到温暖而久违的力量。

彭敏说她的成长是从理解厨房、食物开始的。记忆中，小时候母亲好像经常在厨房里忙碌，她总能变出好吃的来，小甜饼子啦，烤蛋糕啦，笋子炒肉片啦。然而青春期的很长一段时间里，她都和母亲关系紧张，总想着外面的世界，不再留心母亲那个小小的厨房。后来母亲去世了，她自己也成了母亲，从烹饪这个小小的入口,渐渐领悟到海阔天空,才觉得实在没有必要去做更多的行当,去更多的地方。

生活的忙碌,使人很少有时间静下来为自己及家人做一顿饭。这其实是个极大的损失,外食的社会,不缺吃,缺乏的是慢生活的品质。要把菜做好,不能不重视工序,该足的火候,不能操之过急,否则就要重来。需要精细的刀工,不能急就章。做菜的过程就是一种慢生活的修为,让人培养出节奏与韵律。在追求效率、急功近利的当下社会,厨房就是一个很好的修行场所。

如今的彭敏,遵从自己的内心,将无形的心念不断转化为有形的食物,在食物与自己之间建立情感的连接,一直保有充沛细致的感受,她说这样才能做好一个厨子。

某一个下雨的午后,我们有过深入的交流。一个女人向另一个女人毫无保留地敞开心扉,说出自己的过去,说出自己的成长,这需要机缘和一种神秘的力量。好在那个懵懂稚嫩的少女如今成了睿智的母亲,我想,彭敏女儿的成长应该不会有她当初那么多的困惑和无助,因为这条路她自己走过。但是好像有谁说过,青春就是要不断犯错,不断受伤,才能成长,要不怎么叫青春呢?

母亲走了,彭敏这才害怕起来。

二十几岁的时候,彭敏大学一毕业就到祖国的角角落落浪荡,那时候她只想离开母亲,她心里有恨,她向往内心世界的自给自足。有时她也有点紧绷,也曾经身处让人提心吊胆的地方和处境,但是从来不像此时这样害怕。她知道她是没有母亲的人了,母亲是她在这个世界上的最后一道屏障,自此以后,她就只能一个人面对这个世界了。明白了这一点后,她害怕极了。

母亲是上星期四去世的。彭敏从云南赶回乌鲁木齐的时候,母亲已经不行了。彭敏跪坐在床前,抓着她的手,心里懊悔自己怎么没有早一点回来。母亲躺在被子里,小小的一团,这一场病痛折磨得她瘦小了很多,那一刻她直直地看着彭敏,已经什么也说不出来了。彭敏眼见着这个世界上最疼她的人慢慢没有了呼吸。她再也听不到母亲的唠叨,再也吃不到母亲做的饭了。

葬礼过去了好多天,彭敏都不能接受母亲已经去了这个事实。走在街上,她会在大庭广众之下流眼泪,那是想到母亲不在了;朋友来看她,说着闲话,她会毫无征兆地流下泪来……

爱终究是比恨长。母亲去世了,彭敏这才意识到,她们的和解对自己比母亲更重要。

待在母亲的房子里,她好几天没有下楼。直到那天清晨,阳光透过窗户,在厨房门口形成一道斜斜的光柱,牵引着她走进厨房。那一刹那,她看见干净的餐台上是洗得发亮的刀具,大大小小的锅挂在墙上,装白糖的瓷罐在厨房的窗台上闪亮,装着各种调味品的小瓷瓶,在早晨的阳光中闪出细腻的密纹瓷光。她仿佛又看到灶上扑闪的火苗,又闻到炖肉的香气,又听到汤汁扑溢到铁炉架上——"哧啦"一声,醇厚香气升腾满屋,眼前一片朦胧。恍惚中,好像母亲还在厨房里烹煮着好吃的……

厨房里的一切,无不在悄然记述着母亲的一生。彭敏年轻的时候,从来没有想到过自己会在厨房里有什么作为。命运却是乖张、轮回的,经过了光怪陆离的青春时光,渐渐年长的她,自然就理解了母亲。

那一刻,彭敏知道有一个办法可以找回母亲。走进厨房,按照母亲的菜谱做东西,小排骨、红烧鱼……它们会成为门径,让她走进她已几乎忘记的过去、她曾经强迫自己忘掉的过去。食物最能唤起记忆——想起某些滋味,在厨房里,结合某些味道,也许能一下子把她带回她还是个小孩子的时候。

母亲不在了这件事情彻底改变了彭敏。她留长了头发,处理了在大理的酒吧,搬回到母亲生前住过的屋子。

"慢生活"是彭敏为了更靠近母亲,也为了和母亲一样才做起来的。母亲是个厨子,自己最后也成了厨子,她觉得这就是一种宿命。曾经她以为自己和母亲是不一样的人,会走不同的路,但其实并没有,命运这种东西,有着神秘的力量。彭敏觉得自己和母亲之间,更多的是一种生命的轮回。

父亲去世得早,彭敏从小和母亲相依为命。母亲没有固定的工作,在工厂打工的日子很窘迫。她知道自己做饭好吃,一开始她在家里做盒饭送到附近的小工厂,挣些辛苦钱。后来攒了点钱,她就租了个门面,开小吃部。店子虽然小,但什么都做,面条、包子、小炒、鸭血粉丝汤等等,母亲心灵手巧,很多东西是边学边卖的。

顾客多是附近的居民和工厂里的工人,开始的半个月,生意时好时坏，收入不是很稳定。母亲却一直坚持着，她能言善辩，生得也端庄娴静，每天又都拾掇得干净利索。来店里的回头客大多是男人，母亲是深谙此种玄妙的，她既然做的是男人的生意，就必得凸显女性的特征，就见她整天笑得咯咯的，汤汤水水做得也干净，店里窗明几净的，哄得男人们高高兴兴地掏钱。彭敏去店里帮忙时，她就把彭敏往前台推，让彭敏招呼顾客，帮忙端个茶，干点女招待的活儿。饭馆的生意渐渐好起来了。说白了，母亲是利用了两性的微妙，她深谙此中的关窍，分寸一向把握得很好，她利用了这个东西，自己好像又没有湿鞋。这里面的玄妙之处，母亲没有说，彭敏更不想说。她知道母亲的心思。那时候她同情着母亲又厌恶着母亲，她对母亲的感情是矛盾的。

只有晚上打烊时，母亲才显露出疲惫之色，她白天的鲜活好看都不见了，显出老态来。第二天天一亮，母亲又是鲜活好看的，那个饭馆像个舞台，又像面魔镜。白天的母亲和夜晚的母亲像是两个人。

在彭敏的记忆里，母亲以前也是喜欢做饭的，喜欢在厨房花时间。有时候她会花一天的时间研究食谱，买特别的食材，在菜垫上切切弄弄，做出好吃的饭菜。她原本也许没有想到会以此为生，其实仔细想想，这种生活比其他生活更让她如鱼得水。母亲经常唠叨一句：民以食为天。她认为吃是最重要的事情。

年轻的彭敏对母亲的话不以为然，她觉得做菜的人，从女人到厨子，地位从来没有提升过。她对母亲说，所谓君子远庖厨，厨房早已被贬抑成卑微低下的空间，现代的女人更是以离开厨房为毕生最大志向。

母亲没有读过多少书，说不过彭敏。母亲要教她做饭，这让她很反感，她不想像母亲那样过一生。可是母亲说，我不是要你学会伺候男人，是要你一个人在外地、想家的时候，也可以给自己做顿好吃的。但那时候彭敏觉得自己想要的生活更高远，不会为这些婆婆妈妈的情绪伤神。彭敏从小就不喜欢进厨房，也不喜欢厨房里的母亲。她觉得母亲琐碎、絮叨，觉得母亲是旧式的女性，而她是"八〇后"，是新女性。

彭敏是从什么时候开始讨厌母亲的？是母亲开饭馆的时候，母亲要她学做菜的时候，还是更早一些？应该是那个男人开始出现的时候。她记得那个男人经常来母亲的饭馆。一开始他来吃完饭就走了；渐渐地，他坐下来要两个小菜，喝一瓶二锅头，喝得很慢，过了好久，一瓶见底了，还是不走；后来这个消瘦的、沉默寡言的男人，经常来找母亲，帮母亲买菜，打理后堂，但也总没有见他说什么。

彭敏看得出来，母亲是喜欢他的，要不母亲也不会在彭敏的注视下，突然就举止无措起来，脸上的笑也变得羞涩，还混合着一点讨好的意味。如今想起来，彭敏说不上讨厌他什么，也许是一直没有父亲的缘故，让她不知道和一个成年男性怎么相处。她接受不了她们母女之间，突然多出一个陌生男人。

少女时代的彭敏是敏感的、具有强烈自尊心的，潜意识里渴望父爱，却又抗拒着这种陌生的情感。上高中时，母亲把彭敏送到了收费很高的寄宿学校。母亲总是想把最好的给彭敏，可彭敏那时候不领情。

彭敏觉得母亲是要给自己营造二人世界，她在家里碍事，妨碍了他们的生活，虽然母亲从来没有把他带回家。他在一家工厂搞管理，有房子，经济条件挺好。如今想来母亲一直顾及着彭敏的感受，但正值叛逆期的彭敏不懂，和母亲越来越疏离。

彭敏十七岁那年夏天，他因为肝病住院，彭敏看见母亲在厨房里为他煲汤，再送到医院。母亲给他端茶倒水、做饭、洗衣，伺候了他三个月，饭馆也因此关门了三个月，这让彭敏不满，她觉得母亲更在乎的是他。

后来，彭敏在张爱玲的小说《色·戒》里看到过一句话，抵达一个男人的心是先经过胃的。那意思是要掌握男人，先掌握他的胃。那时候她不能理解，聪明如张爱玲，怎么会和母亲一样理解男女关系？

彭敏大学学了珠宝设计，这个专业是她自己心血来潮报的。学完四年的课程，她从没有要设计一款首饰的冲动，也没有想要在珠宝领域里工作的愿望。

毕业后彭敏回家待了三个月，母亲要她去店里帮忙，她坚决不去，天天躺床上用耳机听音乐，要不就是在电脑上看电影。母亲曾经尝试着和她聊聊，想知道她心里在想什么。她却总是很忙的样子，被逼急了，她说，没有什么好说的，她自己也不知道她到底想干什么。

她走的那天下午，母亲在家陪着她。彭敏收拾着行李，动作越来越慢，她知道母亲在看她，可是她不看母亲，她要让母亲感觉到她的决绝。最后母亲说，年轻的时候出去闯闯也好，只是你要懂得保护自己，不要太任性，要吃好……彭敏听着心里就很烦，吃好就那么重要？世界大着呢，有意义的、重要的事情多着呢，怎么也轮不到吃的问题上。

小鸟刚出笼，叽叽喳喳叫个不停，外面的世界果真很大！彭敏感叹着、惊讶着。她先到北京，去了798工厂和帽儿胡同，三里屯的酒吧让她流连忘返，兜里的钱不多了，这才想起找工作。彭敏没有去找大学学的珠宝设计方面的相关工作，她这学历在北京也不招人稀罕，这个地方大学毕业生满大街都是。商场里的促销员，街上发传单的，酒吧的服务生，最好的工作也不过是在公司当文员，彭敏做过很多工作，每份工作都做不长，也没有挣到钱。她住在地下室，房间里没有洗手间，解手要去走廊那一头的公共卫生间。刚来的兴奋劲儿也就持续了小半年，北京的阔大和疏离让彭敏很快就感到空茫起来，打工的日子不好过，她体会到了歌里唱的："工作是容易的／赚钱是困难的／恋爱是容易的／成家是困难的……"

那天是彭敏从北京来到上海的第十一个月，上海下过三十七场雨，她胃痛了八次，交了六个朋友，换过三份工作，失恋了一回。下班前突然变天了，工作使疲惫的彭敏满眼木然，她望着窗外发呆。天空迅速亮起的闪电把她从恍惚中拉回，低头一看，华灯初上，夜幕开始低垂。楼下人行道旁的法国梧桐被风刮得枝摇叶颤，玻璃上滚过阵阵沉闷的声音。

彭敏拖着沉重的身躯离开公司。都说饥饿与缺眠是最大的魔鬼，一点没错。顶着巨大黑眼圈的彭敏坐着哐啷哐啷的地铁，在一片黑暗中前行。车厢里，打电话、聊天、责骂孩子的声音嗡嗡嗡地连成一片，用力地撕扯着她的神经。彭敏累了，她的身体和大脑都在卑微地乞求一桌热腾腾的饭菜和一场漫长香甜的睡眠。困顿和无聊中，她想到了母亲说的那些话，好像也没有那么不能接受，毕竟吃好才会心情好吧！不知道母亲现在怎么样了。

回到家，彭敏瘫倒在沙发上，用力按压抽痛的胃部。起身找药片时，她瞥了一眼镜子里的自己——吃了将近一年的快餐，不知何时开始她已长出油光满面、毛孔粗大、贫血黄气的"外卖脸"了。

有一段日子，每天的饭点是她最难熬的时间。吃来吃去就那几家店，觉得腻得慌，犹豫了好久最终还是跳不出习惯的选择。尽管公司离家不远，但因为懒得做饭，每天匆匆地扒几口盒饭就算了事。她在心里说了一千遍"明天开始自己做饭"，第二天还是继续着恶性循环。

生活常常因为一个小举动开始摧枯拉朽地崩坏。当然，我们深陷其中时，常常看不到突破口。

国庆放假回家的时候，母亲看着彭敏瘦削的样子，很是心疼，不断用手掌摩挲着她的后背，轻轻地叮嘱道："一个人，也要吃好饭，别把肠胃搞坏了。身体是革命的本钱，有什么能比好好吃饭更重要呢？"

母亲年龄大了，不像前几年那么灵活便利了，可是她整天还是在家里研究食谱，只不过是做给自己和他吃。母亲老了，她不再那样光鲜好看，倒是平添了一种家常的温暖。母亲和他相携着去公园散步，在门厅处，他细心地给她围围巾、戴手套。母亲和他一起去跳广场舞，他给她拿着手包。彭敏看着他照顾母亲的样子，心里也不是那么讨厌他了。

那几天，彭敏跟着母亲到集市上买菜，五颜六色的蔬果映入眼帘，居然治愈了她灰暗的心情。也是在那段时间，她迟钝的味蕾慢慢地被唤醒。她开始明白，花钱吃的菜和花时间烹饪的菜，真的完全不一样。

只是那时候年轻的心还是安定不下来。去一座小城，找一个人温暖地过一生，这是很多文艺青年的梦想。假期过后，彭敏要去云南，母亲倒是没有怎么阻拦，她知道阻拦也没有用。母亲说年轻的时候都是这样，等你累了，就会回来了。虽然彭敏心里还是不那么认可母亲的话，但她已经不和母亲顶嘴了。

在大理晃荡了半个月，彭敏又到了丽江。在丽江，她和新认识的朋友合租了一间小房子，厨房里除了她带来的一个电饭锅，什么用具也没有。电饭锅是她四月份在大理的时候买的，用来熬粥养胃，偶尔也会用来煮面条，做拌饭什么的。房子租了一两周，他们的厨房里还是只有一个电饭锅。不过，为了给新认识的男友庆祝生日，彭敏按照网上的教程，尝试着用这个电饭锅做出了一个红糖蛋糕。尽管看起来和吃起来都很像发糕，但味道还不错。彭敏拍了照，发了朋友圈，母亲给她点了赞。母亲一直关注着她的动向，经常给她留言让她好好吃饭。

彭敏那时候爱着的是一个长头发的歌手，因为歌手喜欢吃甜食，喜欢吃家里煮的饭，她厨艺大涨。红糖蛋糕被夸赞之后，彭敏就被大大地激励了，用半个多小时打奶泡，打得手臂发酸，心情也是甜蜜的，于是乎，电饭锅就不能满足彭敏了。她买了德国产的炒锅和平底煎锅，随后每日上网浏览的就从时装网站变成了美食菜谱网站，每天下班前必定从上面搜索一样家常菜，然后乐颠颠地往菜市场去。

那一段时间她经常给母亲打电话，主要是询问一些菜式的做法，煎排骨要不要先过一下水，爆炒猪肝时要不要先放盐……虽然她和母亲的交流主要是有关做饭的，可母亲还是很高兴地给她讲这讲那，最后都是她说，妈，我要去做饭了，时间来不及了。母亲这才怏怏地挂掉电话，她可以感觉到母亲想和她再多说一会儿，可是她总觉得还有时间听母亲唠叨，而她的男朋友要回来吃饭了，那时候她的世界里歌手男朋友排第一，母亲自然是靠后的。

歌手爱吃饼，彭敏就从南瓜饼、鸡蛋饼、土豆鸡蛋饼做起，刚开始还没到很美味的地步，有时候土豆鸡蛋饼面粉放多了，胡椒粉放少了，但长头发歌手还是一个不剩地全吃光了。吃饱了的歌手舔舔手指说，唯有爱与美食不可辜负。

就在彭敏和长头发歌手恋爱得火热时，母亲的那个他意外去世了。突发心脏病去的，事先没有一点征兆，母亲给她打电话时是带着哭腔说的。热恋中的年轻人，是很难体会到别人丧偶的痛苦的，彭敏让母亲关掉饭馆，来云南找自己，看看美景，散散心。彭敏也说了很多宽慰的话,只是那些话,就连彭敏自己听来都觉得隔靴搔痒,谁又可以代替谁承受失去爱人的痛苦呢?

有些事情只有自己经历了才会有切肤之痛。彭敏是在长头发歌手爱上了别人,离开丽江之后才渐渐体会母亲当年失去爱人的痛苦。歌手终究是要去流浪的,即使彭敏已经知道他喜欢吃什么,不喜欢吃什么,管住了他的胃,可又怎么样呢?我需要精神上的理解,而不是一个厨娘,长头发歌手走的时候这样对她讲。

短短一个月,彭敏就瘦了六公斤,原本就不大的脸,只剩下一双无神的大眼睛,看着让人心痛。母亲打了很多电话叫她回家,她都没有回去,情急之下母亲就来到了丽江她租住的小房子。母亲看着不言不语、消瘦的她,流着泪说不出话来。彭敏看着母亲给她收拾房间,打扫卫生,煮粥,忙得热火朝天,她的心不为所动,她不想说话。

母亲把厨房收拾利索,搬了一把椅子让彭敏坐着,看她做饭。你实在不想说话就不说,无论是谁都不值你虐待自己,要动手给自己做饭吃,不能总饿着肚子,吃饱了心情就好了,与物交往会比与人交往更加自在自如,在厨房里,各种食材都会说话,在自己的厨房世界里和自己玩,你看和它们交流要简单得多,能让你感到更安全,这也算是爱生活的一种方式吧,也会因此更加爱自己……母亲边干活,边和彭敏说话,更多像是在自言自语。

倾诉是痊愈的开始。即使是一个人,也要把每顿饭吃好,也要在饭前把餐桌擦干净,摆上设计简单的花瓶,往里面插上一朵新鲜的玫瑰,自己才是最重要的,你不对自己好,还有谁会对你好呢……母亲絮絮叨叨的时候，彭敏的眼角湿了。

母亲硬拉着她去菜市场，早市直到午饭前，午后三到五点，总是市场上最喧腾的时候。那时人人三头六臂，七手八脚，吆五喝六。年轻的摊主焦躁，左手给第一位找钱，右手给第二位拣菜，嘴里招呼着第三位，粗声大气，好像吵架，一急就拍脑门：又他妈算错钱了！

年长一点的店家就从容得多，他们眼皮低垂，并不看面前的顾客，可是听一算二接待三，眼观六路耳听八方，手持秤砣颤悠悠一瞄，嘴里已经在和熟人聊天，还不忘耍个俏皮。都说南方人精打细算，算盘打得响，至少在小贩们身上是如此。账都在老先生脑子里，一笔不乱，最多略一凝思，吐起数字来流利得大珠小珠落玉盘。

卖西瓜的开半边或切些三角片，红沙瓤的，诱人；卖葡萄的挑色艳饱满的搁着，还往上洒些水，好比美女浓妆，色相诱人。只是菜市场上可没有王孙公子，净是些"我先尝尝"之徒。菜市场试吃党都是大嘴快手：买杨梅，先拣大个的吃；啃玉米，不小心就半边没了。

入夜之后的菜市场人去摊空，就摇身一变成了夜市小吃街。以前炒饭面菜全方位无敌大排档还不兴盛时，夜市小吃基本还是豆花、馄饨这些即下即熟的汤食，加一些萝卜丝饼、油馓子之类的小食。家远的小贩经常就地解决饮食，卖馓子的和卖豆腐花的大叔经常能并肩一坐，你递包馓子我拿碗豆花，边吃边聊天……

有时候不买菜，母亲也把彭敏拉去逛逛菜市场，闻到鱼腥味、菜叶味、生鲜肉味、烧饼味、萝卜丝饼味、臭豆腐味、廉价香水味，听到吆喝声、剁肉声、鱼贩子在水槽抓鱼的哗啦声、运货小车司机大吼的"让一让让一让"声、小孩子的哭闹声，望着满菜市场涌动的人流和上浮的白气——呼吸呵出来的，蒸包子氤出来的——彭敏觉得自己回到了妥帖安稳的地方。

古龙写过，一个人如果走投无路，心一窄想寻短见，就放他去菜市场。那意思，一进菜市，此人定然厄念全消，重新萌发对生活的热爱——这话夸张些，但意思是对的。

如此这般，天天去菜市场走一圈，彭敏再回到家里进厨房时，心情都变得不一样了。她在水池边上清洗食材的时候，心情也仿佛被冲刷涤荡，变得舒畅爽快。细致地切菜、做菜，专注的时候，她心里好像空了，什么也不想，又好像是满满的，什么都在。

母女两人在厨房昏黄的灯光下，用心做着晚饭。汤汤水水端上桌，彭敏慢慢咀嚼每一口饭菜，感受食物与味蕾的交流，也感受母亲的良苦用心。

母亲对彭敏说，无论你有多忙多累，每天都要腾出一段时间给自己做点好吃的，就是清水下个面条，也要用西红柿和绿叶子菜搭配一下，这样你才不会觉得重复与乏味。

母亲带着彭敏去超市，挑选了精致漂亮的餐具，母亲说好的器皿会让人有做饭的冲动，每天看着它们也会觉得赏心悦目。母亲说，不适合你的男人，走了就走了吧，关键是你还有你自己。你要知道什么才是你想要的，以后你会遇见适合你的男人，在这之前，你要好好吃饭。

她是过了三十岁之后才一点一点地清楚了自己想要的究竟是什么。在此之前，她混乱了很多年，在混乱中与一个又一个男人擦肩而过，有钱的，没钱的，俗气的，装腔作势的，没特点的，有怪癖的，喝茶时翘兰花指的。

后来，她对于丈夫的选择，可以说是受到了母亲的影响。他们不咸不淡地交往了一段时间，他第一次到她住的地方，就在她的厨房里准备做饭给她吃。洗着菜的时候，他说，你这个厨房有点小，如果我们结婚了，我想要一个更大一点、器具更全一点的厨房。她知道他对生活是认真的，那么就会对她认真。一个热爱厨房的男人，对自己的妻子也不会太差。因为做菜这件小事，彭敏收获了一个男人。自此，她的每一个日子都变得井井有条，充满生活的美感与小情趣。

美学大师蒋勋说，"吃到饱"绝对不合乎生活美学，应该是有所品味地去吃，很精致地去吃，不要把"吃到饱"作为食物的唯一目的。匆匆忙忙吃一顿饭的你，不会去爱你的生活；可是如果这样去准备、去享用一顿饭，你会爱你的生活，因为你觉得你为生活花过时间、花过心血，你为它准备过。

彭敏给我推荐了《厨师》这部电影。她说这是一部关于美食的电影，记得电影中马拉凡的旁白缓缓地念出：烹饪其实是一种改变，可以将软的改变为硬的，冷的改变为热的，无法改变的却是从恨到爱。

这部电影她看得泪流满面，虽然她的心里并没有恨，但还是有强烈的情感共鸣。她爱母亲，她是在母亲去世了以后才强烈感觉到的,她想通过母亲的烹饪方法,找到母亲的味道。

聊着天说着话,时间过得很快,彭敏的女儿回来了。这是个大眼睛的小姑娘,安静又有点机灵,和彭敏有点神似。看见我们在说话,她就在厨房里的大餐桌前坐下,摆弄着她的书包和一些小东西。

彭敏在水池边清洗着蔬菜,锅里炖着肉汤,和我说着那些过去的事情。小女孩此刻在餐桌前坐着看漫画,厨房里氤氲着白色的水汽,飘着肉的香味、葱姜蒜的香味……这一幕好熟悉啊。三十多年前,彭敏还是个小女孩时,母亲就是这样给她做好吃的,厨房里充满了各种食物的香气,切菜、下油锅、炒菜的声音,母亲忙碌的身影……

桂子和梅梅的简单梦想：美美美甲

桂子开的美甲店在莞城路上，是个窄长的房间，店不大，不到二十平方米，里面收拾得干干净净，一面墙上都是展示柜，一面墙上贴着两张招贴画，靠门口的一张是一双漂亮的手，另外一张是电影明星李冰冰。

桂子没有雇人，老板、店员都是她。生意好的时候，小店里坐满了女人，一个个叽叽喳喳，都是等着桂子给她们做指甲、化妆或是弄头发。桂子在这些女人的指甲上画花、贴水晶片，在她们的脸上涂涂抹抹，把她们的头发摆弄成或招摇，或内敛，或风情的样子。桂子靠着她的一双巧手挣钱，也算是个手艺人吧。

这几天太阳发威，刚过十点，就像悬在头顶上，烤得人两眼发花，晕晕乎乎。那些爱美的女人都躲在家里，能不出门就不出门了，桂子的生意清淡了许多。吃过午饭，桂子有点犯困。她斜靠在沙发上，望着墙上的招贴画，李冰冰一双深情的大眼睛正看着她。桂子有点犯迷糊，恍惚觉得墙上的是梅梅，梅梅在问她，你幸福吗，还好吗？

她有多少年没有见到梅梅了？仔细算起来，十三个年头了。如今桂子已经是两个孩子的母亲，她开美甲美容店，丈夫有自己的事情做，生活稳定，可以说是幸福的吧。她最近却常常想起那些年和梅梅一起闯荡的日子。也许是人老了就爱回忆，那些青春的年月，现在想来也是最慌张、最窘迫的一段时光，但居然是桂子心中最值得回忆的一段。

桂子和梅梅都是新疆人，两人是闺蜜，自小在村里一起长大，她俩都是长发，一个烫了卷，一个没有烫。初中毕业后，两人一起到广西上的中专学校，都学了文秘专业。

在学校里，她们同住一个宿舍，一块学习，一块玩耍，好得像一个人一样。毕业的时候，老师分批带学生去实习，有些去了温州，有些去了深圳。桂子和梅梅都要求去深圳，在她们的心里，深圳就是天堂，有无数的淘金者，她们也要去淘金。

第一次见海，第一次坐地铁，第一次看见那么高的楼，第一次……到深圳的第一个夜晚，两个小姑娘激动得睡不着觉。如果以后能在这里生活，该有多好啊，两人心里想的是一样的。

看什么都新奇，街上匆匆走过的时髦女郎，总是吸引着她俩回头看，再看看自己的衣衫，不免有点小失落。实习的日子总是好过的，在宝安区制衣厂里，她们也不过是实习生，家里也是给了钱的，看着别人干活，自己不觉得累。三十天的实习期，掐头去尾也就二十几天，很快就过去了。两人回到学校，拿上毕业证，收拾好行李，就买了去深圳的火车票。

她们怀揣着梦想和希望来到深圳，现实却是骨瘦如柴。文秘专业不好找工作，待遇更是比想象中差了好大一截，还没有双休日，一周只休息一天，并且工厂的办公室工作需要有经验的人，就是车间工人也是需要熟练工。

桂子和梅梅实习的时间很短，算不上有工作经验，别人对她俩说东莞的工厂多，那里就业的机会也多。时间一天天过去，合适的工作还是没有着落，她俩就去了东莞。东莞很大，有二十八个镇和四个城区街道，东莞城区的工厂并不多，她俩坐着大巴车看见有个站名叫"厚街"，以为是一条繁华的街道，就在那里下了车，这才知道厚街不是一条街，而是一个镇。

两人住在小宾馆里，每天大清早出门见工，晚上疲惫不堪地回来。好几天了，她们还是没有找到合适的工作。宾馆住不起了，租房子住吧，可两人找不到既便宜又可以做饭的房子。宾馆的小保安见她俩早出晚归，总爱搭话，知道她俩想租房子，说是有个叫张清清的女人，一个人住在宾馆后面的小区里，房子是两居室的，可以帮忙问问是不是可以租给她们一间。

隔了一天，小保安就回话了，张清清同意她俩搬过去同住，房租两百元，水电费免了。桂子和梅梅高兴坏了，这房租便宜得出乎她俩的想象。当天下午，在小保安的帮助下，俩人就搬进去了。

房子不大，六十多平方米的样子，两间卧室，张清清住了大的一间，桂子和梅梅住小的那间。

张清清是四川妹子，身材修长，皮肤白皙，她说她来东莞已经七年了。那天的晚饭是梅梅做的，她说要庆祝一下她俩找到了住处，也有感谢张清清收留的意思。桂子买了鱼和蔬菜，梅梅做饭是一把好手，清蒸的鱼很好吃，一点都没有剩下，两个素菜也都吃完了，张清清还拿出了一瓶红酒佐餐，说是原装进口的。看着张清清很享受地喝着红酒，桂子和梅梅实在没喝出有什么好，酸兮兮的，像放馊了的果汁。

酒喝到微醺，张清清说自己从四川的农村出来，以前也在工厂流水线上工作，每天工作十个小时，站得腿疼，实在是太辛苦，就辞职去饭店当了服务员，每天端盘子、洗碗，干些杂活，干了半年，也还是坚持不下来。现在在酒店工作，比起以前清闲了很多，收入也高了好多倍。

在酒店做什么，张清清没有说，桂子和梅梅也不好问，只知道她现在不用早起，每天睡到自然醒，然后洗脸化妆。她的脸色很白，是像石膏那种不见天日的瘆白。她化好妆，穿上紧巴巴的露肩露背露肚脐的衣裳，就出门了，经常是半夜还没有回来。

她不做饭，买着吃，花钱像流水。厨房就桂子和梅梅在用。她俩舍不得在外面吃饭，早上在家里煮面，吃饱了才出门，中午买一份盒饭，两人分着吃，晚上买菜回家做饭。张清清回来得早时，就邀她一起吃，她也随和，会买些卤菜或是水果什么的，也邀请她俩。有时候张清清好几天不出门，在家里窝着，这样的日子里，偶尔她也会买菜做饭，她做的红烧肉和笋干烧腊猪脸都是桂子和梅梅爱吃的。

张清清的手指修长，指甲饱满，尤其是上面还画了花，弄了造型。小姑娘天生爱美，桂子和梅梅很羡慕张清清的漂亮指甲，问她是怎么做的。张清清说是美容院的美甲师给做的，可以带她们一起去体验一下。

美容院离她们住的小区不远，出了大门，到对面往前走四百多米就到了。店里装修得富丽堂皇，到处都是亮晶晶的，不但可以做指甲，还能做脸部和身体的保养。两人听着美容师介绍，看着美甲师给张清清修指甲，先洗掉原来画上去的花，再用锉刀修形状、去死皮，抹上按摩膏按摩一会儿，涂指甲油，最后在上面画花或者做造型。这些步骤做完，张清清的一双玉手就变得华丽多彩，更好看起来。两人不住啧啧赞叹。

美甲师问她俩，做吗？两人说做啊。店里顾客多，美甲师忙不过来，只能一个一个地做，梅梅就让桂子先做，她自己等一会儿也没有关系。美甲师已经开始给桂子修指甲了，梅梅才想起来问多少钱。美甲师说，你做的这个画花的项目最简单了，一百八十元。桂子听完，一下缩回了手，两人对视了一下，吐吐舌头，我们不做了。美甲师不愿意了，这都做到一半了，怎么就不做了？老板娘听到吵闹声，也过来了。张清清赶紧给解释了一下，老板娘看她是办了卡的贵宾，也就是嘟嘟囔囔了几句，没有抓着不放。

小保安有事没事就来转转，还说过两天休息，要带她俩去大梅沙海边玩。桂子和梅梅觉得他好像看上了谁，可她俩谁也没有看上小保安。但毕竟房子是人家介绍的，还帮忙搬了家，她俩就想请小保安吃饭，还了人情。小保安下班时都已经是晚上十点了，三个人只好去夜市吃消夜。小保安没有吃多少东西，倒是给她俩讲了自己的身世。他也是一个苦命人，自小是个留守儿童，爹娘出去打工，一次回家过年没有买上火车票，坐了大巴车返乡，路上遇到车祸，两人都死了。爷爷奶奶把他带大，去年相继去世了，他没念过多少书，一时找不到工作，就被人家推荐来了这里做保安。

桂子和梅梅的生活好像安顿下来了，可是工作的事情却没有着落。她俩不想去流水线上当工人，总想着自己上过学，可以找一份体面、收入又高的工作。那天两人又是垂头丧气地回来，张清清问，又没有找上？桂子没说话，进了洗手间，半天没有出来。梅梅和张清清抱怨，都说东莞经济发达，工作好找，可是我们怎么这么难找呢？张清清笑着看看梅梅，你就想找个高工资的工作啊，那还不容易，跟我去，我保证你们收入高。那天张清清带她俩去外面吃火锅，说是庆祝她俩想开了。张清清说人生苦短，干吗让自己活得那么累啊，干什么不好挣钱，没有钱才会被人看不起……桂子和梅梅心里有事，没有说太多，都是张清清在说。她说着，喝着啤酒，没过多久，就把自己喝高了，是桂子和梅梅把她拖回家的。

第二天早上，桂子和梅梅早早起床，准备和张清清去见工，可是她却没起床。桂子和梅梅轮番去张清清的卧室门口张望，见她还在睡，压根没有起床的意思，也不像要带她俩去见工的样子。桂子性子急，要去叫张清清起来，却被梅梅拉住了，说再等等。

都已经下午一点了,张清清才磨磨蹭蹭地起来,她去冲了澡,就进了卧室,坐在梳妆台前化妆。一会儿是粉底液,一会儿是睫毛膏,涂涂抹抹地又弄了好些时候,这才对她俩说,你们也收拾一下呀,去见工总要穿得漂漂亮亮才好,老板才会喜欢,才能有钱赚。桂子和梅梅毕竟年轻,洗完脸,擦了油,穿条连衣裙就很好看了,她俩没有涂脂抹粉,也没有画啊描的。就这样了?张清清不屑地问了一句,但也没再多说什么,带着她俩出门了。

张清清带她们一起去了一家名叫东方王朝的高档KTV,一进去桂子和梅梅就觉得不对劲,这哪里是去见工,分明是来做小姐嘛。张清清和一个叫红姐的打扮妖冶的中年妇女说笑了几句,就把她俩拉到旁边一间小屋里。什么小姐不小姐的,只是陪客人唱唱歌,最多喝喝酒,就可以拿到钱,不比你们去工厂打工强多了?你俩不是想挣高工资吗,这里工资最高了,张清清说。桂子和梅梅对视一下,两人都明白,张清清想说服她俩,为的是等会儿把她俩卖个好价钱呢!张清清好像猜透了她俩的心思,我这都是对你俩好,你们想想干什么能挣钱还不累,别不知好歹啊!女人嘛,早晚有这一天,还不如趁早多挣点钱。这里生意不错,我在这两年了,也有一些老客户,介绍给你们,你俩红了,可别忘恩负义不念我的情。离上班时间还有一会儿,你俩也化个精致的妆吧,别哭丧着一张脸,不招财!张清清絮絮叨叨了一会儿,转身出去了。

桂子拉着梅梅想要跟着出去,梅梅示意等等,她想等张清清走了再出门,可是等她拉开房门,两个保安一样的高个子男人一左一右地站在房门两侧,面无表情地问她们要干什么,没有事情不要乱走,说着把门给关上了。她俩这才明白已经没有了人身自由,被看住了。桂子害怕起来,嘤嘤地有了哭腔,我们怎么办啊,她说。梅梅安慰她不怕,先化妆,一会儿张清清来了,先假装答应了在这里工作,再伺机逃走。

梅梅的镇定自若让桂子安静下来,她拿出眉笔给梅梅画眉毛,又用粉扑往梅梅脸上抹粉,正抹着,张清清一推门,进来了。哎,这就对了嘛,我们是好姐妹,以后一起在这里发财、享福……她自己说着,点了支烟,抽了两口,就坐在旁边的椅子上打瞌睡。桂子给自己和梅梅都化了很浓的妆。张清清的头垂了下去,像是要睡着了,梅梅过去对她轻轻地说,清清姐,我们尿憋了,去一下卫生间。张清清含糊地咕哝了一句,梅梅就去把门打开了。两个保安询问她们要干吗,梅梅说上钟前要去一下厕所,张清清抬头告诉保安,让她们去吧。桂子和梅梅故作镇定地走了出来,走了几步,这才心慌起来,她俩快速地出了大门,一路跑起来,跑了好远,喘不过气来才停下回头张望,并没有人追出来,两人这才松了一口气。

房子是住不成了,两人商量了一下,决定赶在张清清回家之前,把东西拿出来。她俩回到住处,因为害怕张清清带着保安追来,慌慌张张收拾了几件衣物就出来了。

到哪里去呢,快要天黑了,今晚难道又要住酒店吗?她们摸摸兜里剩下的不多的几张零钱,得赶紧找工作,现实容不得她俩挑三拣四。

两人在街上闲逛，看见一个厂房门前贴着招工启事，梅梅打了咨询电话，对方说人没有招满，明天一早来吧。桂子和梅梅都很高兴，觉得天无绝人之路，就在街上找了个二十元钱一晚的小宾馆睡下。第二天一早，两人来到电子厂办入职手续，才知道工资只有五百元，还要压一个月，第三个月一号才发上个月的工资，这些苛刻的条件桂子和梅梅都接受了，好在工厂管吃住。

她们在电子厂上班，旁边还有模具厂、糖酒厂，周边几个厂子的湖南工友加在一起有一百来号人，且年龄上至四五十岁，下至十三四岁，他们或经同乡介绍，或是自己出来独闯。就这样，很多湖南的小男孩小女孩又聚集在一起，形成了所谓的"湖南帮"。新疆人出来打工的不多，没有新疆帮，可是梅梅的妈妈是湘妹子，当年是支边到新疆去的。梅梅虽然在新疆出生长大，妈妈的一口湖南话和一手湖南菜，她还是很受影响的，就凭着这一点渊源，她和湖南帮的一些小姐妹混熟了。

工厂里两班倒，中午吃饭时间只有半个小时，吃完就要去流水线上工作，白班下来，已经是晚上八点了，吃个晚饭，就要洗洗睡了，第二天还要早早去上班。两个人忙得都没有时间讲话，每天都感觉没有睡够，下了班，吃完饭就想睡觉。

电子厂的日子枯燥且重复，车间里，每天都是咔嗒、咔嗒声，如钟表的齿轮自动运转，一件产品经过流水化作业，每个人只是流水线上的一个点，机械地干好自己的那一部分。正常上班时间是九小时，但加班到凌晨也是时有的事。遇上赶货期，熬通宵也不敢有任何怨言。

休假日，男孩女孩们通常会邀约一起去KTV。东莞作为娱乐之都，随便一间KTV的消费都高达上千，但他们似乎极为需要在里面放松，以及享受瞬间的刺激和欢愉。有时桂子和梅梅也会跟着厂里人一起去玩，被胡乱摸了几把后，她们便不再去了。听湖南帮的女工们议论，这有什么啊，在这个开放的环境里，没有出去做小姐已经是对自己最大的保护了。

那天晚上已经是连续第三天加班了，桂子实在熬不住，睡着了，导致有一百多个次品，工长和主管生产的经理狠狠训斥了桂子一顿，还要罚款八百元。梅梅去替桂子说情，也被臭骂了一顿。几个女工也来说情，大家七嘴八舌地说也不能全怪桂子，最近加班太多，睡不够觉，再说罚得太多了，都超过一个月的工资了。梅梅嗓门大，质问工长，安排那么多加班，为什么没有加班费？大家越说越激动，局面乱了起来。最后这次事情被厂里认为是聚众闹事，不仅要罚桂子的钱，梅梅也要被罚四百元钱。一个月的工资才五百元，桂子白干一个月，还要倒给厂家钱，这份工作是没有办法再干了。

赌气出了电子厂，两个人很快就在旁边的模具厂找到了工作，还是在流水线上当工人，工作却辛苦得多，一天工作八个小时，机器不休息，人员分三个班次，四组人倒着运转。

这样的上班方式，把人的作息时间完全打乱了，有时候是白天在上班，有时候是黑夜或者凌晨在上班，人成了工厂这个大机器的一个小零件，算好自己的班次，按部就班地把自己镶嵌进去。每次听到上工的铃声，就要即刻奔向车间，不管是在吃饭、睡觉或者发愣闲待，已经形成了条件反射。

她们这一干就是大半年，一直到春节放假回家。这一年工资没有挣多少，女孩子总要买点零零碎碎的东西，桂子喜欢去美甲，还买了好些指甲油，今天涂成蓝颜色的，明天涂成玫瑰红的；梅梅爱买新衣服，每月还不到发工资就没有钱了。春节要回家了，这才发现辛辛苦苦了一年，手里攒下的钱也就够来回的火车票。

回家的火车上，人挨着人，她们没有座位只好站着，就是站着也没有个好位置，被过来过去的人推搡着。火车一过兰州，窗外的视野一下开阔起来。茫茫戈壁，铺天盖地的雪，起起伏伏的山丘，让人不由生出一点别样的情绪。好久没有讲话的桂子跟梅梅说，我们不能这样下去，还是要存点钱，然后辞职，出去找个收入高一点的工作，或者学个手艺，开个店什么的。我不想这样过一辈子。梅梅很支持桂子的想法，只是学什么，两人说了一路也没有个主意。最后，梅梅看着桂子新涂的指甲说，你那么爱臭美，干脆咱们学美容，以后开个美容院好了，一边挣钱，一边还可以让自己更漂亮。桂子觉得梅梅说得有道理。

回家的日子过得好快，没有出去打工的同龄人大多结婚了，没有结婚的也正在准备着结婚的事宜，生活就是这样定型了，好像再也没有了其他的可能。桂子和梅梅不想像她们那样生活一辈子，等踏上去东莞的火车时，两人已经信心满满地要去学美甲了。找店当学徒，租房子，算着钱度日，两人的生活好像一直都窘迫着。

维瑞纳美容店很大，光是美甲师就有八人，美容师有二十三人，老板让她俩学美容，说是学好了可以留在店里当美容师。当学徒是没有工资的，老板管着吃住，学徒就跟着师傅干活和学习。桂子和梅梅跟的不是一个师傅。桂子跟的师傅是美容组最年轻的老师，比桂子也就大了两岁，可是已经在美容院干了四五年，是老美容师了。客人来做美容时，桂子就在旁边给师傅打下手，打水、拧毛巾、拿产品什么的；没有客人的时候，师傅就给她讲美容常识，有时候师傅也叫桂子在自己的脸上按摩，感觉手法和力道。梅梅跟的是个中年美容师，干起活儿来不苟言笑，但也算是个尽心的师傅，梅梅跟着她学会了按摩的手法还学了好些皮肤护理的知识。不到三个月，桂子和梅梅就出师了，可以独立服务顾客了。

桂子性格开朗，喜欢笑，尤其她的手胖，肉乎乎的，顾客觉得按摩得特舒服，老板想让她留在店里当美容师。那时候桂子已经明白了，她们的技术虽好，但开美容院需要好多钱，她俩到哪儿去弄钱？就目前的经济状况，她们是开不起美容院的，只能给别人打工。

如果开个美甲店，成本倒是不大，攒点钱还是可以实现的。因此，两人不要工钱，又开始学习美甲。

美甲技艺看着简单，其实是个技术活，想学好不容易，要根据客人的手形、甲形、肤质、服装的色彩和要求选择美甲，对指甲进行消毒、清洁、护理、保养、修饰美化，要懂配色，要懂绘画，要有耐心。就在指甲盖的方寸之间，弄出造型，做出花样，难度可想而知。

生活中最常用的甲形有方形、方圆形、椭圆形、尖形、圆形等，美甲师要根据顾客的手形和喜好，选择与之最相配的甲形。一般来说，方形指甲个性化，带领潮流，不易断裂，比较受职业女性和白领阶层喜欢；方圆形的指甲前端和侧面都是直的，棱角的地方呈圆弧形轮廓，这种看上去很结实的形状会给人以柔和的感觉，对于骨节明显、手指瘦长的顾客，方圆形指甲可以弥补其不足之处；椭圆形的指甲，从游离缘开始，到指甲前端的轮廓呈椭圆形，属于传统的东方甲形；尖形指甲接触面积小，易断裂，而大多数人的指甲较薄，不适合修成尖形；圆形指甲适合于手指修长、手形长得好的人。

师傅先教最简单的涂指甲油。她一边给顾客做，一边讲给她俩听。先让顾客洗净手，再用酒精喷雾喷一下，这是在消毒，接着用磨砂条修正指甲形状，然后在指甲表面涂一层加钙底油，最后才是最重要的涂指甲油。这时要先蘸少许指甲油涂在指甲尖端，再涂指甲尖的反面，然后涂擦指甲的正中，刷子稍平些，刷头稍压开一些，先涂指甲左侧，再涂指甲右侧，之后按照这个步骤再薄薄地涂第二遍指甲油。这时如果有多余甲油溢出，用棉签沾上洗甲水，将多余甲油擦去，最后涂上一层亮油就算大功告成了。

师傅说从色系上来说，肤色偏黑的女性选择暗红、豆沙等深色系较为合适，而皮肤白皙的女性使用亮色系或无色透明指甲油会很漂亮；浅色系的指甲油会使手指显得纤细修长，粉红色和灰棕色会柔和手部轮廓。

两个人学了两个多月,不仅知道了怎么修指甲、涂指甲油,还学会了在指甲上画花,做指甲喷绘、贴片甲、水晶甲、光疗树脂甲等等。桂子心细,手巧,画的花好看,还不溢出来;梅梅性格急躁一些,做指甲的细处时,不及桂子那么平滑和圆润,她也不像桂子那么能坐得住。

技术学好了,她俩还是没钱开店。在美甲店打工挣的钱少,不如在工厂的流水线上挣的多点,而且在工厂工作不用交房租,吃饭有食堂。两人想好了,还是去了一家鞋厂打工。

工厂的生活还是单调、枯燥,没完没了地加班,但因为心里有了盼头,为了将来的好日子,现在就是再难,两人也只有相互鼓劲,忍了下来。她们省吃俭用,不买化妆品,只用大宝,不买新衣服,几件衬衣和裤子,洗洗换换。

那时候,最开心的就是发了工资去存钱的时候,梅梅会问,桂子,我们有多少钱了?

桂子依旧盘算一下,然后说,啊,我们有三千八了!

梅梅照例会说,我们有这么多钱了,快可以开个美甲店了哦!

桂子说,嗯,快了。

这样的对话是每个月都会有一次的,然后两人就高兴地笑起来。回来的路上,她们会去兴润甜食店吃一碗双皮奶,加红豆沙的。两人往常偶尔也会吃双皮奶,但为了省钱,是不加红豆沙的,每个月去银行存工资时,就会大方一下。

这样紧巴巴的日子过了大半年,两人存了有两万多。桂子和梅梅的美甲店终于开起来了,位置在博物馆侧面的巷子里。店不大,十五平方米左右,前面是两张小台,上面放了做指甲的工具箱,台前摆放了两张皮转椅,是为顾客准备的,桂子和梅梅坐在台后的板凳上给顾客服务,再后面,相邻着摆了两张窄窄的按摩床,除了顾客做脸时要躺在上面,这个床还是桂子和梅梅晚上的栖身处。

店里收拾得干净利索,摆着的不只有美甲的工具,还有一些面贴膜和手霜什么的,总有顾客会顺带买一些小零碎回家。

房租交了三个月,连装修带提货,两万多块钱所剩寥寥无几,连吃饭都成了问题,就等着来顾客,做项目挣钱了。刚开业的那个月,生意不是很好,问的人多,进来的人少,一天只有两三个人来做美甲,而且都是小项目,不怎么挣钱。眼看着一个半月过去了,很快又要交房租了,桂子有些焦虑。梅梅倒是大大咧咧地说,别担心,车到山前必有路。

有一个做医疗器材销售的小伙子,一米八五的个头,长得英俊,经常来店里坐着聊天,有事没事就爱找桂子说话,还约桂子吃饭、看电影。可是梅梅说他不可靠。梅梅说他看着就不实诚,眉眼之间透着轻浮之气,而且你才一米五八,他那么高,你们站在一起也不般配啊,何况他还很英俊,他不是真心的,只是想玩玩你。桂子当时正在恋爱中,心里不以为然,但也没有反驳梅梅。

桂子去约会,梅梅就跟在后面,不让桂子和那个男孩单独在一起,害怕他欺负桂子,害怕桂子吃亏。

两人去吃饭,梅梅要跟着一起去;两人去看电影,梅梅还跟着同去;两人去逛街,自然也少不了梅梅。梅梅像个影子一样跟着桂子，桂子觉得梅梅比她妈妈管得还严。她知道梅梅对她的好，可是正在热恋的两个人中间，夹着个梅梅，难免有些意见。

那天晚上十点了，店里早已经打烊，桂子和梅梅都准备洗洗睡了，推销员来敲门，要桂子和他一起去朋友家吃烧烤。桂子想去，但梅梅说太晚了，不让她去。桂子虽然听了梅梅的话没有去，可是一肚子怨气。两人躺在床上说着话，梅梅说桂子没心眼，这么晚了还跟着男人跑出去，要是发生什么不测，后悔都来不及。桂子觉得梅梅不该把人想得这么坏，她觉得梅梅心里太阴暗了。她一股脑儿把这段时间以来对梅梅的不满都说了出来，平时能言善辩的梅梅开始还辩解几句，可是后来看桂子越说越激动，梅梅就什么话也没有说，一直沉默着。

第二天房东太太来做指甲，顺便催了一下房租，她说如果一次交半年，每个月可以再便宜一百。店里生意时好时坏，哪里一下拿得出那么多钱来交房租，可是每个月便宜一百元，是个很大的诱惑。

中午梅梅说要回新疆一趟，看能不能问家里要一点钱来交房租，过些天再回来。桂子因为昨晚的事情，心里不自在，也没有多说什么，就随她去了。

梅梅走了，桂子一个人在店里待着无聊。男朋友又去广州总部培训了，没有顾客的时候桂子就跑去隔壁花店玩。隔壁花店里的河南女孩，对着桂子嘀嘀咕咕，你男朋友那么帅，个子又高，他花不花心？我帮你考验一下他吧？虚荣心作祟，也想证明给梅梅看这是一个好男人，桂子就把他的电话给了河南女孩。

不到两天，桂子感觉焦躁不安，心里不踏实，又没有人可以说说话。梅梅走了一个星期了，也没有电话，晚上桂子一个人睡在小床上胡思乱想。打工这几年，她们东跑西颠的，也没有过上安生日子，现在好不容易开店了，可是两人又别别扭扭的。唉，也不知道梅梅什么时候回来，我再也不和她生气了，桂子心里盘算着。

即使时间过去了好久，桂子有时早上五点醒来，还是满心恐惧，怕自己睡过了头，觉得耳边好像刚响起上工的铃声，觉得要迟到了，要挨组长训了，怎么又留了长指甲！有时候，桂子从被窝里探出身来，遍寻不到袜子，话也说不清，突然意识到自己只是孤单着，并没有在工厂上班了，梅梅不在身边，自己是一个人在这个屋里。

这种时候，桂子会想起小时候和梅梅在胡杨林里拾柴火、放羊的日子。春天梅梅带着桂子和一群小男孩在叶尔羌河抓鱼，在岸边弄些柴火，点燃了烤鱼，把从家里带来的盐巴撒上去，那个香的滋味没法说，长大以后，再也没有吃过那么香的烤鱼了。梅梅身材瘦小，爬树灵活，桑葚熟了的五月，梅梅刺溜几下就上到了桑葚树上，她把枝丫压弯，让站在地上的桂子可以伸手够到桑葚。她自己呢，就倚在树干上，就着树枝上的桑葚，伸长脖子，用嘴直接够着吃，像只长颈鹿。那时候的梅梅啊，天不怕，地不怕，哪里知道长大了会离开家那么远，会经历工厂的打工生活。

桂子一人寂寞无聊地过了十多天，梅梅和男友都没有回来。隔壁的河南女孩倒是跑来给桂子看她的手机短信，原来河南女孩发短信给桂子的男友，说自己是东莞本地人，就在桂子的店隔壁开花店，已经暗恋他好久了，每次看见他和桂子一起出门，都替他不值，桂子那么矮，又是外地人，怎么能配得上英俊又有型的他呢？希望可以见面聊聊。桂子看到自己的男友很快回复了，贱兮兮地说，能得到女孩的青睐很荣幸，但现在广州培训，暂时不能见面。两人聊了很多，短信有七八十条。直到桂子看见男友说，桂子家远在新疆，又没有受过高等教育，土得很，因为桂子缠着他，只能先敷衍着……

桂子既羞愤又懊恼，既失落又委屈，她恨不得立刻见到他，叫他把话说清楚，为什么这么口是心非，为什么骗她？桂子无心干活，她关了店门，在路上瞎逛，一条街一条街地走着。此时已是初冬，可是东莞并不冷，三角梅开了一墙，固执而且热烈，还有一些不知名的树，满枝头开着粉色的花，阳光照着，花瓣像是透明的。桂子走着走着心情好了点，幸好当初有梅梅跟着她，不然她现在处境更糟糕。梅梅呢，什么时候才能回来呀？想到梅梅，桂子觉得自己上次不该说那么多伤人的话。桂子去了她俩最爱去的弗优卡餐吧，大吃了一顿牛排后，她感觉自己好多了。

没过几天，桂子的男朋友回来了，约她看电影吃消夜，桂子很冷淡地拒绝了，并且很决绝地说了要分手的话。男朋友自知理亏，也没有再纠缠，就这样分了。

第二天，桂子给梅梅打电话，问她什么时候回来，还轻描淡写地说了自己和男朋友分手的事情。梅梅安慰了桂子一番，说她还要过一段时间才能回去，要桂子振作起来，好好开店，好好挣钱。

年底了，街上的人们都忙着过圣诞节，可梅梅还是没有回来。桂子忍不住给梅梅家打了电话，才知道梅梅回家只待了两天，就出门了。梅梅去哪里了？她早就回到了东莞，只是不想回来？她终究还是生气了？她不会出什么事情了吧？她不来这里，还能去哪里呢？桂子心里七上八下的，没有头绪。

梅梅的电话是半个月后才打通的。她说自己没有要到钱交房租，也不想再回来做指甲了，现在在一家化妆品公司做导购，她让桂子好好干，不要在冲动下做决定，遇事要多想想，还说过一段时间再来看桂子。

后来梅梅来了，还带着她的男朋友小勇，他们是同事，都在化妆品公司做事。梅梅胖了，也白了许多。桂子看着梅梅，才大半年没有见，但好像分开了很久一样，看着有点陌生。小勇不怎么说话，安静地看着她俩笑闹，一看就是个老实人。那天桂子喝多了，她叫小勇好好对梅梅，如果小勇对不起梅梅，她饶不了他。小勇知道她们过去一直在一起，他说他懂桂子对梅梅的那份心。桂子要给梅梅一些钱，毕竟这个店当初是用两个人的积蓄开起来的。梅梅说分得那么清干吗，我和小勇快结婚了，你来喝喜酒，包个大红包不就行了。桂子想起当初在一起的日子，都是梅梅在照顾她，说着说着伤感起来，她知道那样的日子是再也回不去了。

后来，桂子也交了男朋友；后来，桂子和梅梅一样结婚了；后来，梅梅跟着丈夫去了山西老家定居；再后来，桂子很久都没有见过梅梅了。

桂子一直开着这个美甲店,虽然换了好几个地方了,但名字一直叫美美美甲店。美美即是梅梅,这是桂子当初起的名字,一直用到现在。桂子心里清楚,这个名字会一直用下去,只要她还在开美甲店。

出逃的鞋匠

张桂梅是个修鞋的女鞋匠。

市场西北角一个不起眼的角落里,有个很小的门脸,是张桂梅的修鞋铺。修鞋铺的门头上有块很精致的木招牌,漆成黑色,"修鞋"两字是金色的隶书,金色有些脱落,木招牌的黑色经了时间和风雨的侵蚀也变得有些暗淡了,这倒更显出一种古旧和阅历来。

修鞋铺是罗师傅留给她的。罗师傅是她师父。那时候,她刚和彭明军离婚,电子厂不景气,挣的工资入不敷出。一次她去罗师傅的修鞋铺修鞋,和罗师傅闲话些家常,一来二去就和罗师傅熟悉了。她没事时就来罗师傅的修鞋铺坐坐,帮罗师傅干些零碎活,打扫打扫铺面,收拾一下七零八落的工具和补鞋的材料,把乱糟糟的铺面归置得有条不紊。修鞋的工具都放在罗师傅手边的工具箱里。工具箱是个屉形木盒,有两层,一层有六个小格,里

出逃的鞋匠　堆雪/绘

修鞋时,她的眼神不离开手里的鞋,神情专注得像是在做一件精致的工艺品。鞋子修好,她会认真地检查一遍,看看鞋里鞋外,探摸各处是否有影响穿的缺陷。

面是各种型号的钉子、胶水、扣眼什么的，另一层有三个格子，锤子、钳子还有割刀之类的都放在里面。

罗师傅原本是上海一家鞋厂的工人，退休后跟着在东莞工作的儿子定居这里。在这个人生地不熟的地方，连个说话的人都没有，再说，罗师傅又是个闲不住的人，就开了这家修鞋铺。

修鞋铺的招牌是离此不远的张师傅替他做的。张师傅的脚上有个大脚拐，买的鞋子穿上磨脚，罗师傅替张师傅做了一双鞋，张师傅穿上直说舒服。张师傅是搞雕刻的，做了个修鞋铺的招牌送给罗师傅，以示感谢。

有时候，罗师傅忙不过来，张桂梅就来帮他干些简单的活计，擦个皮鞋，扎个鞋帮什么的。罗师傅见她心灵手巧，也不嫌弃修鞋是个脏活，就教她起针、穿线、上胶这些修鞋子的基础手艺。罗师傅知道她离婚了，有时候说起话来，也会开导开导她，你年纪轻轻的，长得又漂亮，跟个仙女似的，以后的日子还长着呢，打起精神来，没有过不去的坎。有时候也会调侃一下，你天天来帮我这个糟老头修鞋，会嫁不出去的。张桂梅说她想辞职不干了，也来摆摊修鞋。罗师傅说那你可得想好了，一个女孩子摆摊修鞋，天天和臭鞋子打交道，将来咋嫁人？

这件事她其实想过好多遍了，修鞋子的活儿是脏了点，可是比在工厂打工舒心，不用看谁的脸色，也不用三班倒，还可以睡到自然醒。至于嫁人的事情，她已经心灰意冷了，再说要是真有喜欢我的男人，那也不能嫌弃我干的工作吧。

后来，罗师傅不干了，把修鞋铺半卖半送地转给了张桂梅。

张桂梅就开始了她女鞋匠的修鞋生涯。

修鞋铺前面是个很大的农贸市场。天天熙熙攘攘，人来人往。卖菜的、卖肉的、卖水产的、卖鸡鸭的，还有卖各类熟食的、卖馒头的、卖烤串的，杂七杂八，应有尽有。来这里的人都是一些外来打工的人，收入都不高，再者，南方的天气，雨水多不说还潮湿，一双鞋子穿不烂也沤烂了。

来找张桂梅修鞋补鞋的人多，她的生意也就红红火火的。天气晴好的时候，她就坐在修鞋铺门口，右手边是打开的木屉工具箱，左手边的一个大铁盒里是修鞋的皮子、鞋跟、鞋底之类的材料，正面是一个手摇的缝纫车。

有生意时，她一边和顾客拉着家常，一边修理鞋子。修鞋时，她的眼神不离开手里的鞋，神情专注得像是在做一件精致的工艺品。鞋子修好，她会认真地检查一遍，看看鞋里鞋外，探摸各处是否有影响穿用的缺陷，比如鞋垫是否一直垫到鞋头，不长也不短，再比如鞋里是否平整，是否有钉尖，然后她会用绒布仔细擦拭一遍，打上鞋油，擦得锃亮，递给客人的时候宛如新的一样。

没生意时，她就静静地坐着，看着无数双脚像潮水一般在眼前流动穿梭。偶尔她的眼神会跳一下，眼皮微微撩起，看一眼那双鞋子的主人，嘴角微微一漾，那是她曾经修过的鞋子。她总能清晰分辨出自己曾经修理过的鞋子。它们没有特别的印记，可是，经她手修理过的鞋，她就能分辨出来。那扎过的针线，换过的鞋跟，经她的手抚摸过的地方，就像她生命中所经历的人和事一样，总有一种特别的信息传出来，像一根针在她的记忆深处刺一下，让她的眼睛一跳，心里一动。

也许是在南方生活得久了，张桂梅的脸上已经脱去了北方女子的粗糙，坚韧的眼神里更多一些如水般的柔润和沉静。她说不上漂亮，可五官端正匀称，看着恬淡，不像是三十大几的人，更看不出是一个历经磨难的女人。

张桂梅的老家在太行山深处。那里山大沟深，从她的村子到乡里要翻过一座山，要走一天的时间。路途本身不远，只是没有一条正经的路。所谓的路只是走得久了，草啊树的被踩踏得不再生长，山石被踩磨得光滑一些而已。她的父母都是老实本分的庄户人家，她是家里的老大，她还有两个弟弟。在这山野之间，吃的米、面、油，用的家具、洗头的胰子、布，大多是自己做的，只有盐巴、酱油什么的是要去乡里买，她对钱没有太深的体会。山里时间过得慢，她是不经意间长大了，而她猛然间意识到自己已经长大，是因为她父亲身体的忽然变故。

村人认为山里的女娃娃不需要读多少书，父母能让她读到初中毕业已经是一件了不起的事情。在山里，她已经是一个很有学问的人了。她知道父母是开明的，希望他们姐弟靠着读书走出这山大沟深的闭塞之地。可她再也不忍心看着父母为了供他们读书起早摸黑地劳作，她心疼父母，便回到父母身边干活，帮着供养她的弟弟们继续把书读下去。原本，她的生活就这样走下去了，帮着父母劳作，静静地等着嫁人，然后，像她的父母一样，在这山大沟深的闭塞之地劳作一生。可是，生活总是在不经意的地方，出现岔路。

父亲在地里锄草时，忽然心口疼，大颗大颗的汗滴从额头上滚落。村里的人帮忙把她父亲抬到乡里的卫生院，又送到县医院。医生说，父亲的胆里长了块石头，要做手术，做手术要几千块。对他们家来说，几千块是个天文数字，就是几百块也拿不出来。她和母亲四处借钱，跑遍了村里村外的邻里亲朋，却一无所获。没办法，大家都穷，谁都眼巴巴地盯着山上的几亩地，眼巴巴地盼着老天爷能多落几场雨，能有一个好年景，日子过得松快一些。

夜里，邻村李家托人捎话来说，他们家愿意出钱医治她的父亲，条件是她要嫁给李家的那个傻儿子。李家的傻儿子五六岁时感冒发烧吃错了药，吃傻了。三十好几了，疯疯癫癫不说，连吃饭穿衣都要人照顾。李家是个大户，靠着两个丫头在南方打工挣钱，没两年就盖起了一院子的大瓦房，招引得附近村里好几个女子都跟着他家的丫头去了南方，再也不回来。

张桂梅傻了，盯着捎话人上下翻飞的两片嘴唇，再没听清一句。她愣怔地看着捎话人走出屋门，才醒悟似的扑在母亲的怀里泪雨滂沱。母亲也无奈，什么话也不说，只是轻轻拍着她的背，和她一起落泪。

那天夜里，星星疏朗，月亮勾着树梢。张桂梅一动不动跟泥塑似的坐在炕上。她望着窗外，星星升起来了，月亮也升起来了，幽幽的月光洒在地上，映出一地碎花。

隐约间，她看到父亲越来越佝偻的背，还有母亲越来越粗糙的面颊。她的眼泪咋也抹不干，一串串地落下来，沾在衣襟上。

那一夜，她一眼不眨地坐到天光大亮。母亲不放心她，进来看过她两次,看她一言不发地坐着,又小心翼翼地退出去。临近中午的时候,她走出屋子,走出院子。她听到母亲在身后无力的喊声。她头也不回地去找捎话人。她告诉捎话人,她愿意嫁给李家的傻儿子。

李家倒是痛快,提出她和傻儿子把结婚证办了就拿钱。那两天,张桂梅像木偶似的任人摆布,她的脑子里一片空白。直到父亲出院了,李家的人来接她回去,她这才真正意识到自己已嫁为人妇,她已经是李家傻儿子的老婆了。

张桂梅到李家后,除了打理李家一家的饭食,没有其他的活计要干。山坡上的几亩山地早租给别人去种了。家里吃喝用度自有李家在外打工的两个丫头寄回钱来。她一天到晚只要照料好她的傻丈夫,不用再操心其他。日子原本也就这么过下去了。虽说日子各家有各家的过法,可谁家也不过就是下地干活,吃饭睡觉,也不见有谁把日子过出个新花样来。

李家的傻儿子是真傻,不只吃饭穿衣要人照顾,还一天到晚弄得院子里鸡飞狗跳的,不得安宁。张桂梅整天跟在他身后拾掇也弄不及。更糟糕的是他会动手打人,不论遇到谁,只要落在他手里,都难逃他一顿打,除非你比他厉害,能唬住他。

张桂梅进门的第二天就挨了他一顿打。他忽然站在张桂梅的面前,冷不丁抡起手给了她一耳刮子,打得她眼冒金星,半天缓不过神来。自那以后,他还常会把被打得愣怔的张桂梅摔倒在地,骑上去,屁股一蹾一蹾地当马骑。张桂梅自从进了李家门,身上的伤疤就没断过,旧伤没好又摞新伤是常有的事。

春节的时候，李家外出打工的两个丫头拎着大包小包地回来了。头天晚上，公公就喊张桂梅烧了热水，烫澡洗头还刮了胡子。天蒙蒙亮，公公就起身穿上新衣裳去乡里接丫头。整个春节，李家院子都洋溢着热热闹闹的喜庆之气。傻丈夫有两个小姑子照应着，张桂梅春节期间只挨了一次打。那天夜里，张桂梅在饭桌上嗫嚅着说想跟两个小姑子去南方打工，话还没全说出口，就被公公冷冰冰的一句话给挡了回去。

按照乡里习俗，大年初二，她回了娘家。她说想去南方打工，父亲虎着脸靠在炕头，母亲长吁短叹，说："娃，人家捏着咱们的短呢。"

送小姑子走的那天，张桂梅刚端了菜盘子从厨房出来，傻丈夫不知又从哪里忽然闪到她的身后，一巴掌呼在她的头上，她还没反应过来，头发已被牵在傻丈夫的手里。傻丈夫揪着她的头发像拎小鸡一般，拖着她在地上甩，把她的头往地上撞，要不是婆婆听到她在院子里的惊叫，及时出来拉开傻丈夫，她被傻丈夫撞死在地上也说不定。那天，她挣脱傻丈夫的手，冲出院子，头也不回地跑回了娘家。

第二天下午，公公来接她回去。张桂梅扑通一下跪在公公面前，我出去挣钱还你，我给你写字据，你让我走吧！公公瞟一眼呆立在屋门口的她的父母，昂了昂头，走也行，你现在拿钱来还，我就让你走。张桂梅回头看一眼憋得两眼通红的父亲，再不说话，起身跟在公公身后，回去了。

随后的日子，张桂梅可以明显地感觉到，李家对她多了份警惕，无论她走到哪里，去干啥，她都能感到背后有一双眼睛在盯着她。公公的话里话外也透着威胁，若是她跑了，他就去拆了她娘家的房子。她知道，他们怕她跑了，再也不回来了。

可她还是跑了。那种无望的、没有尽头的日子她一天也过不下去了。秋后，地里的庄稼收了，山上沟里光秃秃的，秋阳也透着冷清清的慵懒。公婆走亲戚去了。一整天，张桂梅都提心吊胆地提防着不让傻丈夫靠近她，可她还是没有躲过去。傻丈夫掐着她脖子的一瞬间，她脑子里嗡嗡嗡一片响，有一刻，她一动不动地任由傻丈夫的巴掌抡在头上脸上，她能感到热乎乎的血从鼻子嘴里流出来，糊得满脸都是，她想就此死了也算解脱。她看到傻丈夫两眼呆滞地盯着别的地方，双手机械地在她脸上、头上抡来抡去，忽然就生出一股力量。她猛地探出手，一把抓在傻丈夫的脸上，傻丈夫冷不防被她抓一把，抬手想护住自己的脸，她趁傻丈夫松手的当儿一脚踹出去，傻丈夫闷叫着捂着肚子滚到一边去。她爬起身，跑出院子。没有方向，她只是闷头跑，跌跌撞撞，等她醒过神的时候，她已经跑到村后的山顶上。她一屁股跌坐在路边的石头上，望着山下的村子，放声大哭，她觉得她把心都哭出来了，末了，她抹一把脸，头也不回地走了。

她没钱，先搭着顺风车到了邻县。她在那里的一家饭馆洗碗端盘子，干了几个月，攒够了去南方的路费。她听说深圳好挣钱，就去了深圳，在那里碰到东莞的一家电子厂招工，她又到了东莞。

最初两年她不敢跟家里联系，直到她攒够了钱，才回了一趟家。她还了李家的钱，和傻丈夫办了离婚手续。

还完钱，办完离婚手续那天，她沿着山道回家，在即将进村的山顶上，她长长地吁出口气。山下村里只剩下寥寥的几个人，青壮年都出外打工去了，留在家里的除了老人就是小孩。

太阳从西边的山梁顶上斜射过来，将村子染成耀眼的橙色。炊烟袅袅，村子一片静谧，偶尔有两声狗吠鸡鸣。这里是生她养她的地方，也是给她苦难的地方。现在，她自由了，她不知道未来的生活会咋样，但她会好好珍惜，好好生活。

说心里话，到现在她也说不清楚怎么就鬼使神差地嫁给了彭明军。

那年春节她没有回家，只想多挣些加班费。除夕夜，宿舍楼空荡荡的，大部分工人已经回家了，只有少数几个和她一样没有回去的，还在宿舍住着。她去街上买了方便面还特意买了几个苹果犒劳自己。回来的路上，她碰到了彭明军。

彭明军准备出去吃饭。原本遇见，她和他都是打个招呼就各自走了，鬼使神差地，那天她就和他多说了几句。

彭明军和她在一个小组，比她小一岁，人长得帅，白白净净的脸，高高的鼻子，棱角分明的嘴，像个韩国明星。他们日常也没有什么特别的交往，可那天，她就想和他说话。后来，也不知谁先提出来一起吃饭，他们就一起吃了饭。结果，一顿年夜饭，把他们吃到一起了。

饭食很简单，是从外面叫来的四川小炒，三荤一素，就用塑料袋盛着，摆在长条桌子上，人坐在床沿上吃。大过年的，别人都是一家人聚在一起，团团圆圆、热热闹闹地吃年夜饭。只有他俩，孤零零地在异地他乡，不免有些伤感。那天彭明军喝了酒，说起家乡的过年风俗，这让她想起小时候过年，天天掰着指头数着过年的日子，可时间像停住了，好不容易盼到除夕，穿上新衣服，嘴里噙着糖，小伙伴三五成群地聚在一堆，一家一家挨个去拜年。如今，这些都成了遥远的回忆，她叹口气，也不知道母亲怎么吃的年夜饭。

那天，彭明军喝多了，拽着她的胳膊，趴在桌子上，睡着了。她那天只抿了一口，她没喝过酒，也不知咋了就想尝一口，结果呛得她咳了好一阵，还被彭明军笑。她把彭明军扶到床上躺下，把桌子上的垃圾收拾干净，才回了自己的宿舍。那晚她却睡不着，眼前老是闪着彭明军的影子，她摸摸自己的脸，心里痒痒的，一种说不清的东西，像小虫子一样，在她心里拱。

吃了别人的，总要回请一下。第二天，她叫了彭明军去厂门口吃火锅。这次彭明军倒是没喝酒，话也少了很多，两个人都有点不好意思。就这么过了几天，等这个短短的假期过去，他们也好上了。这是她第一次谈恋爱，第一次那么渴望和一个男人在一起。一根五毛钱的冰棒两个人吃，她都觉得那么甜，连晚上睡觉都会甜醒过来。

工厂三班倒，他们很少有自己的时间，而且男工女工分住集体宿舍，只有夫妻才可以分到一小间房子，见面约会就更难了。越见不到就越想见，越想见就越着急，偶尔和工友换一下班，有七八个小时能在一起，他们会在一起待到最后一秒，每次约会都像在打仗，争分夺秒的。那时候她的脑子只有彭明军，再也装不下别的人和事。彭明军说我们结婚吧，她都没过脑子想一下就同意了。其实那时候他们才交往三个月。

他们没钱，没房子，结婚也就是把各自的铺盖搬到一起，住进工厂提供的夫妻房。房子很小，摆上一张双人床就不剩多大地方了，不能做饭，一日三餐还是去食堂吃，房间里空空荡荡，除了床，就只有他俩，但她觉得幸福，幸福填满了她的全部身心，连呼出的气味都是幸福的。她终于有了属于自己的家。

彭明军对她很好，知冷知热，发了工资会把大部分钱交给她，说存起来买房子。

他们有一段很美好的日子，春天工休的时候，她和彭明军去有"律宗第一名山"之称的宝华山隆昌寺玩。晚上，他们在戏台那里听了段黄梅戏，再由醉巷上去，那里拍夜景的角度最好。晚上人不是很多，大多是过来纳凉的当地人。出了千叶古村，往山上再走一段，人声少了，萤火虫就多了起来，可惜手机拍不到。

她不知道彭明军从什么时候开始变了，或者是早就发现彭明军变了，只是不愿意承认。工厂里女工多男工少，男工就成了稀罕物。彭明军人长得帅，又好打扮，那些女孩子整天像苍蝇似的围着他转。

结婚前她就知道彭明军很招女孩子喜欢。可她想不到现在他们结婚了，还有女孩子围着他转，给他买零食，请他看电影，甚至给他买手机。她不知道现在的女孩子都怎么了，怎么这么主动地往一个男人身上贴。工厂里女性多，男性少，男女比例失调，致使她们根本不在乎他是一个已婚的男人？

一开始彭明军还掩饰一下那些女孩子送给他的东西，有女孩子约他，他还遮掩一下，后来他不再避讳，坦然地当着张桂梅的面接女孩子的电话，那些女孩子嗲声嗲气的声音直往她脑仁里钻。她受不了了。彭明军倒涎着脸来安慰："又不是我去招惹她们，是她们自己来找我的，她们要送我东西，我为什么不要呢？不要白不要，你说是不是？"渐渐地，彭明军开始夜不归宿了，每次都说和朋友在一起。这样的日子过久了，免不了争争吵吵，彭明军就更不爱回家了，下了班和那些年轻女孩子看电影、打游戏，混在一起。

她管不了他，日子也越过越没有意思，摆在她眼前的除了睁一眼闭一眼，就只有离婚一条路了。

平静、安宁、幸福的生活没了，可日子总要过下去。电子厂里有着太多熟悉的东西，让她无法面对，她总是睹物生情，看到太多生活的影子。和彭明军在一个厂子上班，抬头不见低头见更让她受不了，简直就是折磨。就是这时候，她认识了修鞋的罗师傅，于是，她辞了职，成了女鞋匠。

没有人来修鞋的时候，她常常眯着眼睛靠在椅子上。夏天的下午闷热，漫长，发呆也是消磨时间的一种方式。她脸色白净，头发在脑后绾成个髻，穿着深蓝色的衣服，围着皮围裙，胳膊上戴个深蓝色的袖套，总让人觉得穿得很厚实。她安静地坐着，看着形形色色的人，形形色色的鞋，从她面前像流水一样，来回穿梭，来回涌动。

修鞋铺左边是家杂货铺。开杂货铺的张阿婆是本地人，就住在市场后面。早前，张阿婆就听罗师傅说过一些张桂梅的事。张阿婆热心，人缘也好，市场里谁家有个小灾小难的，张阿婆只要能搭上手的，总会帮一把。无事时，张阿婆就来坐在修鞋铺门前，和张桂梅说些闲话，拉拉家常，也会拿些旧鞋子来缝缝补补。时日久了，人也熟络了，张阿婆就想给她撮合一门亲事。

张阿婆说自己有个本家的侄子，人很好，年龄和她相仿，也是个苦命人，快三十了才找上老婆，好不容易结婚了，老婆却出车祸死了。老婆死的时候，正怀着身孕，都五六个月了，已经显怀了，却遭了这样的横祸。张继军心里老惦着死去的老婆，这都好几年过去了，他再也没有娶，日子就这么混着过。

张桂梅在东莞漂泊这些年，除了彭明军和一些工友，再也没什么亲友，一个女人，还是独身，身在异乡总有很多艰苦和说不出口的不便，不企望找个相亲相爱的人，但能有一个互相取暖、互相照应的，总比一个人独守煎熬要好。可她想想自己前后两次婚姻，都是如此不堪，又怕再经历一次伤害，所以对张阿婆的热心，她也就是笑笑。

张继军来的那天下着雨，一直到中午也没什么人来修鞋。她把寄存在这里的那两双凉鞋修好了，就没事情可干了，正坐着发呆，一个人掀开门帘，径直走到她面前，把鞋连同后跟一起摆到她的面前，然后搬过身边的一张椅子，坐下了。

张桂梅利索地拿起皮鞋放在膝头的围裙上看了看，马上就看出皮鞋哪里破了，然后，放在手摇缝纫机上用线缝了一圈。皮鞋很厚,她摇动机子显得有点吃力,她的身子微微地向前倾着,一下一下费力地摇着缝纫机。她缝鞋子的时候,眼睛是清亮的,他能感受到她的专注与安宁。

她把鞋从针上退下来,倒扣在一块铁垫上,放上鞋跟,用几根鞋钉钉上,然后用手扭一扭,确定是缝结实了,才用一块绒布把鞋擦干净,又打了鞋油,刷得光光亮亮,才递给眼前的男人,一抬眼,忽然发现他正怔怔地盯着自己看。刚才她的注意力都在鞋子上,没注意到他一直盯着自己,倏地脸一红,别扭起来……

他第一次见她印象很好,她也不讨厌他。一来二去,两个人就好上了。他们都是过来人,少了很多羞涩和掩饰,再说,二人都是奔着过日子去的,虽少了花前月下,反而让张桂梅感到踏实。

结婚前他带她回了他的老家芳村,去拜见了双亲和一些亲戚。他带她去菜市场上买鱼买虾,回家下厨为她做了一桌菜,她也下厨帮忙,请了亲戚来,吃了顿饭。张继军的双亲看张桂梅勤快、实在,为儿子找到这样一个老婆感到高兴。

张桂梅和张继军在芳村住了几天,没事时,两人就在附近转悠。张继军好像和这里所有的人都很熟,他每天跑来跑去,见到每个人都打招呼。这里和她的老家不一样,到处都是水,满眼都是绿,一年四季,都是郁郁葱葱的绿,她老家太行山,四季分明,冬天一下雪,到处都白茫茫的,夏天来了,遇到雨水丰沛的年节,庄稼好了,草也茂盛,若是遇到荒年,满眼看到的都是黄土山梁。

他们回到东莞就结婚了。他俩在张阿婆家跟前租了一套两室一厅的二手房，没钱装修，就自己动手。再说，张继军就是做这个的。他们铲墙皮，粉墙刷墙，去市场上买来瓷砖和水泥砂浆，铺上地板。看着收拾一新的房子，她心里透着欢喜。

婚后，张桂梅还是摆摊修鞋，她说她喜欢修鞋子的那种踏实的感觉，一针一线都落在实处，鞋子修好了，又可以穿了，帮别人解决了难题，自己也挣了钱。张继军还是给人家安装纱窗、焊不锈钢护栏，但日子过得不一样了，有人知冷知热了，有人嘘寒问暖了，虽然依然清贫，但心里安宁了、踏实了。

张桂梅在市场上修鞋，有时候可以看见很多热闹的场面。有人偷东西，"抓小偷！"的声音喊得震天响，只是丢东西的人干着急，常常没有人去帮忙；有时候卖水果的会和卖菜的因为摊位被占了地方吵起来；还有正室捉"小三"捉到菜市场来的，那个一顿闹啊，免不了的撕扯和打骂，看着就惊心动魄……

更多的日子是风平浪静、无波无澜的，有人来扎个开线的边，有人来修一下鞋底，有人就是来坐着闲聊几句，不一会儿天就黑了。她收拾东西，回家做饭，一天又过去了。

眼看着又要过年了，她却没有回老家的打算。她说，在南方待习惯了，老家冬天太冷。可张继军知道，她的心里惦着她的父母，虽说那里给了她太多苦难的记忆，但终归是生她养她的地方，她的双亲在那里。临近年节的时候，张继军偷偷给张桂梅的父母寄了五百块钱，他没告诉张桂梅。她其实什么都知道，她知道他的好。

她对现在的日子很满意。

她说，修鞋子这个工作虽然不能给我很好的收入，但可以让我自食其力，不用在流水线上工作，不担心失业。不管社会发展到哪一步，人总要穿鞋子，总会有需要修补一下的时候，我就有了存在的必要。至于别人怎么看我，有什么关系呢？我靠手艺挣钱吃饭，我过我的日子，和别人有什么相干呢？

秘密酿造——沉默的穆塞莱斯

说来也奇怪，县里、村里那么多人会做穆塞莱斯，可都没有阿布都热西提做得好。他做的穆塞莱斯喝多少也不会头疼，不会吐。

很多人认识他不是因为他原来是阿瓦提县里的教育局局长，而是因为他做的穆塞莱斯好。

每年的夏天，葡萄还没有熟，他家的穆塞莱斯就已经被预订完了。再说他一年也就做那么一点，不到两千公斤，这对于喜欢喝着穆塞莱斯度过冬天的本地人怎么能够呢？

阿布都热西提退休后，在县城边上买了个大大的院子，专门收拾了房间，作为做穆塞莱斯的场地和储藏的地方。院子里种满了葡萄，他大部分时间在侍弄院子里的葡萄和蔬菜。

初夏的一天，我去他家的院子找他说说穆塞莱斯的事情，看见果真是一院子的葡萄。

这么多葡萄，能用完吗？

我还嫌少呢，这才有几米长，要是有一百米的葡萄架，大约就够做穆塞莱斯了。阿布都热西提一边修剪葡萄枝，一边和我闲聊，两不耽误。

其实阿布都热西提家的院子比起别人家的还是要大一些，里面种满了木纳格葡萄、红葡萄，院子里搭满了葡萄架，藤上长满了一串串青色的小果。看这个样子，秋天的时候可以收获很多葡萄，光吃自然是绰绰有余，可是他要做穆塞莱斯就不够了，何况他做的穆塞莱斯供不应求。

说起来，阿布都热西提做穆塞莱斯的方法和别人也是一样的，以前村里有人来观看过他做的全过程，据说和别人也没有啥区别，一样是葡萄，一样的烧煮，一样的封存，可口感和色泽就是比别人的好。再不懂喝酒的人，也可以喝出阿布都热西提酿的穆塞莱斯，那种醇厚、干爽的独特口味，别人家的没有办法达到，这真是令人百思不得其解的事。

我问他酿造的秘方，他笑说，没有啥秘密、秘方，只是在做的过程中要严把质量关。

怎么严把质量关？

首先在选料的时候要注意一定选百分之百成熟的葡萄，有人在选料的时候不认真，把没有成熟的、坏的葡萄也选进去了，这样做出来的穆塞莱斯口感会酸涩，成分也不会好。至于那种用萎蔫了的葡萄酿造的穆塞莱斯，口感就更不好了。选料是不好偷懒的事情，虽然没有人监督你，但如果你不尽心，做出来的穆塞莱斯一定不好喝。

院子里好像有几株木纳格啊，也可以酿造穆塞莱斯吧？

可以啊，只是我不用。我喜欢用我们本地产的一种红葡萄，颗粒不大，口感不涩，味道酸甜，做穆塞莱斯刚刚好。这是老品种，产量不大，经济价值不高，没有人大面积种植，有人在庭院里种几棵，只是为了自己吃，不作为商品卖的。如果没有这种，还有一种叫和田红的葡萄，也勉强可以酿造穆塞莱斯。这两种葡萄酿出的穆塞莱斯，呈琥珀色，口感也好。

除了选料和品种的关系，烧煮的时候有没有讲究呢？

有啊，但也不是什么秘密。不能偷懒，一定要煮十八到二十个小时，火要适中，火太大，蒸发量大，穆塞莱斯过于黏稠；火太小，蒸发量不够，穆塞莱斯浓度不够。那些口感不好的穆塞莱斯有些就是因为在烧煮的时候没有煮到时间，或者火候掌握得不好。

那你是怎么恰到好处地掌握火候呢？

我用柴火烧，不用煤，更不用天然气。

烧柴多麻烦啊，而且到哪儿找那么多柴火，为什么不用煤或者天然气呢？

那些燃料烧出来的火和柴火烧的火不一样，柴火烧的火软。

柴火烧的火软？难道煤烧的火硬，火还有软硬之分？

那是当然了，柴火烧的火，绵软，但有柔韧的力道。不像煤和天然气烧出的火，干燥、暴虐，力道也是有的，但是刚硬了些，不适合烧煮穆塞莱斯这样的有后味、有浓度的液体。他看我一眼，接着说道，再说了，烧柴好掌握火候，火大了，就抽掉一些柴，火小了，便给炉膛里多放一点柴。地里那么多棉花秆，还有院子里春天剪下来的葡萄枝，都是柴火。我的穆塞莱斯就是靠烧柴火烧煮出来的。

煤和天然气烧的火跟柴火烧的火咋就不一样啦？不都是火吗？

那能一样吗？你们不是都知道用柴火蒸的馒头更好吃吗，就像我们用梭梭火烤的肉比城里无烟煤烤的好吃，是一样的呀！

见我说不过他，他有点得意地笑了笑。

人世间总有我们弄不明白的事情，柴火、煤和天然气烧出来的火到底有没有区别？如果有，那又是怎样的一种区别？这可能是一个玄妙的哲学问题，是我无法洞悉的秘密。但阿布都热西提固执地用柴火烧煮穆塞莱斯一定是有他的道理，别人家的穆塞莱斯到了夏天还有，他家的穆塞莱斯不预订就没有，预订晚了也没有，这些很能说明他坚持的意义所在。

他曾经因为工作的关系，去过国内很多地方。除了想了解他制作穆塞莱斯的秘诀，我还想了解他的生活，想知道他对一些事情的看法。可是他除了对穆塞莱斯津津乐道，其他话题都不怎么积极。

他就在我身边微笑着侍弄葡萄架，可我还是无法接近他，无法进入他的精神世界，我们仿佛是两个完全绝缘的物种，没有一丝相似性和共同的东西。

这是个方正的院子，廊前有葡萄架搭起的长廊，往前走可以看见院子前面还有一块很大的地，地里除了葡萄还种了苹果树、梨树、杏树，树和树之间的空地也被利用起来，见缝插针地种了些西红柿、茄子、辣子等蔬菜，挨着树根的地方长着绿油油的小白菜和韭菜，埂子上培着一溜大葱和几棵鹰嘴豆。

我说，你的院子收拾得好啊，一寸地也没有浪费。小时候我家在兵团连队，住的房子都是兵营一样的一排一排的平房，一户紧挨着一户，很少有人家有一个院子。后来家搬到了团部，才有独门独院的房子，屋前屋后也被我妈收拾出来一小片地，种上了菠菜和韭菜，她上班之余就是拔草、浇水、施肥，结果菜长得太好了，吃不及，韭菜就长苔了，继而开花，及至小白花萎蔫了，就结出小小的一粒一粒黑色的种子。

现在呢，你妈妈还在种菜吗？

院子早没有了。那都是三十几年前的事了，现在我妈都已经七十多岁了，虽然身体还不错，但即使有院子、有地，她应该也种不动了。

沉默了一会儿，他把剪刀放在一边，抬头看着一院子的郁郁葱葱，有点伤感。这个院子曾经是我的家，也是我去年花了三十五万又买回来的。

看我不解的表情，他接着说，1998年时，我和老婆卖掉了家里的七头牛和一小群羊，倾尽所有买了木料、砖、水泥和沙子，盖了这个房子和院子。我们在院子里栽种了葡萄，还有孩子们喜欢吃的杏子和苹果，树苗都是我们问邻居要的好品种。那些年我们的一个儿子和两个女儿，每到果树成熟的季节，一放学就跑回来上树摘果子吃。他们三个的童年都是在这里度过的。

2007年夏天,从小一起长大的玉苏甫家里出了点事情急需钱周转,我给他做了担保,用这个房子抵押贷款。后来玉苏甫走了,他家剩下的不是老人就是孩子,还不了贷款。法院就来评估这一院房子,以十五万卖掉了。我和妻子带着孩子住到了亲戚家,又东挪西借了些钱,在另一处买了个小院子安置下来。后来玉苏甫情况好了些,就回到了村里,也还了些钱给我们,但不到十五万。虽然房子旧了,可是院子地方大,地价在涨,房子价格总体比几年前高了好几万,我们还是买不起这个院子。

我退休后,烧煮穆塞莱斯赚了些钱,再加上这几年的积蓄,还有朋友给还的那些钱,凑了三十五万,又和房主说了许多好话,人家也是知道当年的原委,这才买回了这个院子。整整过去了十一年,我又住到了这里。

说到最后一句的时候,他笑了笑,是有点自得又有点矜持的那种表情。

想想也是,一个人经过十几年的时间,又回到了自己日思夜想的家,那要经历了多少外人不知道的事呢!

那你后悔不,给朋友做担保?

也没有啥后悔的,当时我也只能那么做。他是我从小一起长大的朋友,他妈妈病了,需要钱医治。我也帮不上什么忙,那时候我能做的也只有担保了。是我自己喜欢这个院子,一直都想回来住,孩子们都工作了,也不经常回来,平时只有我和老伴在这里,人老了,就愿意待在老地方吧。

他跑了的那两年,法院来卖你房子的时候,你恨他吗?

唉，说不清楚吧，花了那么多钱，他妈妈还是不在了，并且自己的小家也不稳固了，老婆经常和他吵架，他没有多少文化，又不爱说话，有事闷在心里，就那样一走了之也是没有办法的一种解脱吧。后来他在外面做点小生意，挣了一些钱，想通了，就回来收拾残局了。现在我们住得也不远，间或也有来往。但或许是人老了，有些生疏和冷硬了。

不过，他喜欢我烧煮的穆塞莱斯，我每年做好了，会让孩子给他拎去一些。说完他又补充道。

其实县里、村里喜欢阿布都热西提做的穆塞莱斯的人很多，但他一直没有扩大生产量，他说自己只是喜欢烧煮，并没有想过要把小作坊发展成大工厂。儿子和女儿都已经成家立业，离开了村子，也没有要继承他手艺的打算。用他自己的话说，人家都是在县上上班，吃公家饭的人，也就是秋天他忙的那些天，回来帮着摘葡萄，洗葡萄，顺便做做饭，打扫一下院子啥的。

阿布都热西提说自己家族里的人，没有扎巴依（酒鬼），大家不过是在各种麦西来甫喜宴上喝一点助助兴。

你喝自己做的穆塞莱斯会喝多吗？

不会，我只喜欢烧煮的过程，喜欢酿造的过程，不能像阿吾提一样享受喝穆塞莱斯的乐趣，说着他笑了起来。

你觉着阿吾提是扎巴依吗？

扎巴依有扎巴依的法则，做个扎巴依也是需要有天赋的，那是另一种境界。我每年都会留一点穆塞莱斯给阿吾提，不多，也就是一小罐子，但年年都会留着送他。

县上有个穆塞莱斯协会，阿布都热西提是会长，大家现在都叫他阿会长，他听了很高兴，好像这个头衔比他上班时的县教育局局长大多了。阿会长也是有具体工作要干的，每年秋季他要带领着会员和协会其他领导，一家一家去现场观摩穆塞莱斯作坊的工艺和卫生是否达标。

县上除了有许多像阿会长这样的家庭作坊在做穆塞莱斯，还有三家企业在生产穆塞莱斯。这三家企业都是穆塞莱斯协会的会员。县上每年秋天举办穆塞莱斯狂欢节的时候，大家会把自己做的穆塞莱斯拿出来，让更多的人品尝，选出口味最好的，给评个奖，奖金不高，但荣誉大，一旦评上，会被全县人知道，主家非常有面子。而后整个冬天，村民们举办的各种麦西来甫上都会议论这个穆塞莱斯冠军的口感、色泽、醇度等等，主家的穆塞莱斯会特别好卖。

阿布都热西提是最权威的评委，但他从来不把自己做的穆塞莱斯送来评奖。他不在意别人怎么品评他的穆塞莱斯，这也已经无须用获奖来证明了。

县上领导把穆塞莱斯狂欢节当个大事来办，认为是宣传阿瓦提的好机会。但其实那些烧煮穆塞莱斯的人家，大多还是延续着很多年前的风俗习惯，每到秋末冬初的时候，农闲了，穆塞莱斯发酵好了，大家轮流坐庄，煮好羊肉，拿出穆塞莱斯畅饮，看谁家的穆塞莱斯烧煮得好。一个冬天，大家都是在晕晕乎乎中度过的。

在阿瓦提的那些天，我一直在想这个问题：天下已经有这么多葡萄酒了，这个新疆南部小县城阿瓦提县的人们为何还要这么费力地酿造葡萄酒呢？他们是什么时候开始种植葡萄的，又是在什么时候掌握葡萄酒酿造的秘密的？他们在酿造的过程中耗费了多少热情和光阴？……

五月的阿瓦提就开始期待着九月的那一场秘密酿造。村子周围能看见的地方，都是葡萄树，都是等待酿造的青青葡萄。

每一个装着穆塞莱斯的大缸都相约守密，在五月的阳光下沉默不语。

业余的专业银匠

街边一家家的店铺,就数丁彦的银匠坊来的客人颜值高,不是美女就是帅哥。银匠坊左边是一家卖皮包皮箱的小店,右边是一家理发店,生意不好的时候,两家店的老板常常跑到丁彦的银匠坊里坐坐。两人都羡慕丁彦每天都可以看美女。但丁彦整天都在忙碌,叮叮当当,敲敲打打,摆弄他的银饰品,哪里顾得上看什么美女呢,他的心思不在美女身上。

丁彦是个银匠。银匠坊是他和父亲合开的,已经有七个年头了。银匠坊开业不到一年,父亲就不做银匠了。跟别的行当不同,银匠越老越不值钱。原因很简单,眼睛花了。无论是焊枪还是吹管,都要长期盯着看,很多银匠因此不到四十岁便开始戴老花镜。丁彦父亲的眼睛也早早花了,再难焊出复杂精致的作品,而简单的东西没人要,还费银子。如今父亲回家了,银匠坊只有丁彦一个银匠。丁彦还年轻,如今他的眼睛明亮,正是一个银匠最好的时候，可是他知道父亲的命运也是他未来的命运，每个银匠都逃不过这个劫数，再过几年他的眼睛也会花掉，这是早晚的事情。

丁彦是贵州土生土长的苗家青年，身体结实，脸上白白净净，不爱说话，眼睛澄澈，看着稚气，街坊邻居都叫他小银匠，乡下人结婚早，其实他已经是两个孩子的父亲了。来买银饰的大多是女人，和小银匠很熟稔的样子，有的来了还说几句露骨的轻薄话。此刻他并不言语，他的眼睛盯着手里的银饰，脸上微微一红，头低得更下了。

在城里，小银匠的生意很好。慕名来找他做银饰的女人很多，小银匠不只会做苗族的传统首饰，银角、银冠、银花、银簪、银梳、插针、耳环、耳柱、耳坠、项圈等，也会做现在城里女人喜欢的那些时尚的样式。尤其小银匠做的蝴蝶胸饰，两扇薄如蝉翼的翅，头上两根细银丝做的须，颤悠悠的，像随时要飞出去的样子。

小银匠的手艺是跟父亲学的，苗族男孩子十四五岁的时候就开始学习做银饰，一般是跟着父亲或者哥哥学。小银匠的爷爷是银匠，爷爷的爷爷也是银匠。只是那时候的银匠，打银不是主业，过去苗寨的男人插完秧苗，便把女人小孩留在家里，自己外出打银饰。男人做银饰，挣来的钱补贴家用，一年的收入仅够当年的生活支出。火炉、风箱、银窝、铁锤、拉丝眼板、铜锅、钳子、镊子、油灯吹管等工具，装入木箱，挑上，沿着土路走村串寨为别人打银，一直打到快要收谷子，才慢慢转回乡。小银匠的爷爷、太爷爷都是这样，以农活为主，但个个都有做银饰的好手艺。

他继承了家传的手艺，也继承了父辈那种四处漂泊的习惯，他也是挑个担子，到处去接活儿，只是他走得远，走出了家乡，来到更大的城市。

他的店在街上占着不大的门脸，走进来看却是亮亮堂堂的。进门左手边的窗户下，是小银匠的工作台，他经常坐在桌前，伏案敲敲打打地做银饰。两组柜台靠着另一面墙，里面摆的都是已经打制好的银饰，有时下流行的耳环、耳钉、戒指、手链等，也有苗家首饰中特有的衣饰和头饰，是小银匠女儿的嫁妆，那只是用来展示小银匠的手艺，不卖的。女儿还小，和妈妈在老家跟着爷爷奶奶生活，小银匠就已经早早打好了她的嫁妆。店正中摆着一张小茶几，配了四把小竹椅，茶几上是一套黛青色的汝窑茶具，竹椅上常常坐着两三个穿着入时的女人，喝着茶，一边和小银匠闲聊着，一边试戴着柜台里的银饰，又或者边喝茶，边等着小银匠手里的活计。

小银匠租住在江边自建房片区的一间阁楼上，房主是客家人，为人和善，原本是城郊的农民，有两栋自建楼，这些房子大多都租出去了，房东的地早就被征购了，如今不种田，就靠收房租过活。房间不大，有十几个平方大小，只搁下一张大床，一张条桌，一个柜子。当初他和父亲一起住在里面，有点挤，现在一个人住倒也宽敞。

这里房租便宜，一个月六百元，只是离店很远，虽然有直达

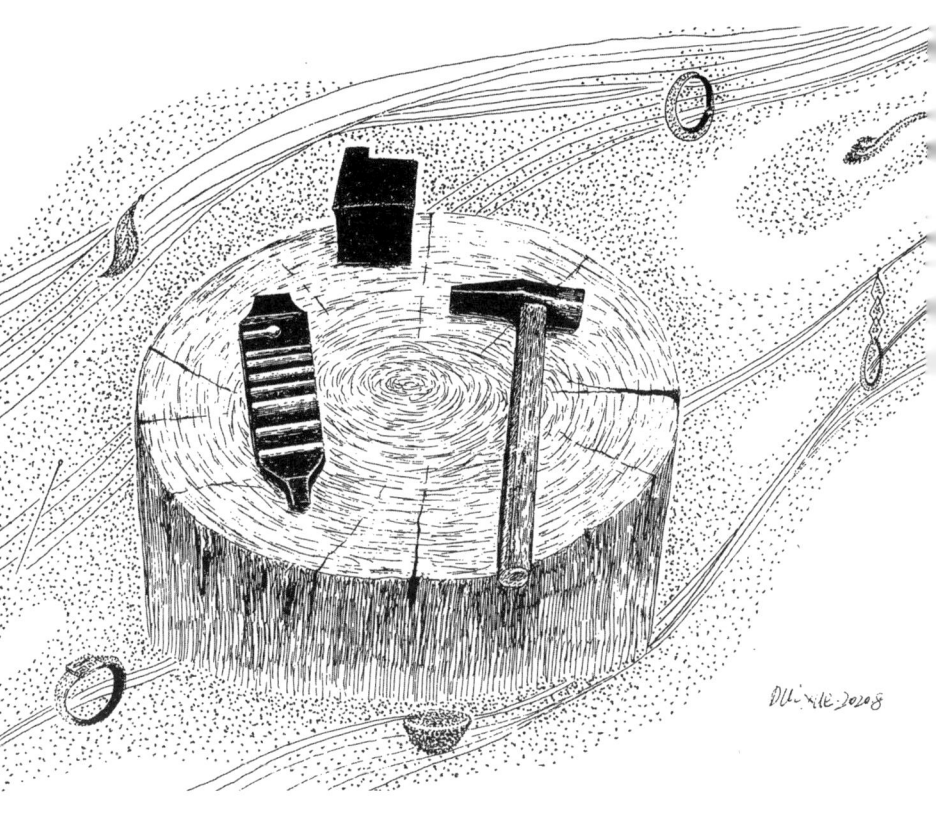

业余的专业银匠　堆雪/绘

　　进门左手边的窗户下,是小银匠的工作台,他经常坐在桌前,伏案敲敲打打地做银饰。两组柜台靠着另一面墙,里面摆的都是已经打制好的银饰,有时下流行的耳环、耳钉、戒指、手链等。

的公交车，但要一个半个小时才能到。早上来店里的路上，小银匠总是东张西望。那些穿戴了首饰的妇女行色匆匆，却逃不过他的眼睛。他不会画图，也没有范本，做首饰所需要的素材，手机能拍的就拍，拍不了的就记在心里。回到店里，泡上一壶茶，慢慢喝着，脑子里回想一下看见的样式，在工作台前，他才心中有图，手中有数。他得来的灵感并不仅是式样，还有功能。胸针、吊坠都是传统苗族银饰里没有的东西，路上戴的人多，他看了，便记在心里，做银饰时就有了灵感。

小银匠更多的灵感来自童年的记忆。他的家在寨子深处，后面是层层梯田，梯田后是茂密的杉树林。记忆中的家乡，空气中依稀有杉木的香味、牛粪的气味。牛是苗族始祖姜央的兄弟，是稻作农耕的主力，是祭祀祖先的牺牲。过去，寨子里家家都有牛，路上到处是牛粪，而现在寨子里只剩两三头牛了。牛不能乱放，吃到别人稻田里的秧苗是要赔钱的，劳力们都进了城，老人们没力气割草喂牛，也就不养了。想起烈日下，母亲戴着草帽在山坡上干活，他就用银丝编了草帽的小吊坠。小时候和妹妹在木楼里午睡，蜻蜓从窗口飞进来，他把它捉来放进玻璃瓶里给妹妹玩。妹妹长大了，带着爸爸给她打制的银饰嫁妆，嫁到离家很远的寨子。这两年他离开家远了，见面的机会少了很多，倒是经常想起小时候的事情，他就照着记忆中蜻蜓的样子做了银的胸针。

小银匠的业务范围扩大了许多，修首饰、来样定做等等。至于银匠的本业——打银首饰，也面临着许多新课题，经常有女人拿了首饰来，请小银匠给照着做个银的，只要有样子，小银匠琢磨几天，总不会让来人失望。他也自己设计款式，城市里流行的银饰远比传统银饰复杂，越复杂的东西越难做，而越难做的东西才越好卖。小银匠心里清楚城里客人的眼光挑剔，有瑕疵的银饰没人买，那是废品，只能熔了重做。

　　下午阳光好的时候，小银匠也会抬起头，望着窗外发一会儿呆。对面沿街一排时装店，总有来来去去的女子，说说笑笑地进去了，又出来了，再过去是几间发廊，却不见有什么生意。远远地看过去，透过玻璃，能看见遮面的长发，裸着的细瘦胳膊和腿……小银匠想起在家乡的妻子，有着宽宽的额头，浓眉，桃红色的脸颊，眼睛清亮而单纯，这时候她是在院子里喂鸡呢，还是在灶前做饭呢？他快有五个月没有回家了，上一次见面还是春节时他回了几天老家。杂七杂八地想了一些琐事，不由有些出神，直到王梅来给他送水果，他才回过神来。

　　王梅的水果摊摆在他店前的一块空地上，别人都嫌她的推车挡道，挡住了进店的生意，不愿意让她在店门口摆摊，小银匠看她可怜，一个女人做点小买卖不容易，经常要躲城管，还要被店家撵来撵去的，就让她在自家的店面前摆。这样就方便了王梅，她把水果拉来，把车放在一边锁着，在小银匠的店面前摆着卖水果，城管来了，就把水果搬进店里，晚上卖剩下的水果也就放在店里。就这样，一到下午，王梅经常把那些卖不掉又放不住的水果拿来给他吃。他推辞过，可王梅说扔了可惜，将就着吃吧。他倒不是嫌弃水果是剩下的，只是不想欠王梅人情，可王梅很固执，每次都把水果硬留下，这样推辞了几次，小银匠也就随她了。

快要过节了，你回家吗？王梅洗着苹果，问他。

是想回呢，孩子不好好学习，还老惹他妈生气，他说。可这一阵活儿特别多，做不完怎么走呢？

王梅洗完苹果，给他端到跟前，斜倚着墙，看他干活。

你这打的是啥啊？王梅问。

前两天，隔壁李老板家亲戚订的几个银茶盘，当作会议纪念品。小银匠说着话，眼睛并没有离开手里的活计。

王梅坐了一会儿，帮小银匠收拾了客人喝剩下的茶水，洗完茶碗，抹了抹茶台，就又去卖她的水果了。

如果日子就是这样一天一天过着，前一天和这一天也没有什么差别，那么小银匠也还是原来那个小银匠。可是生活总是有一些意外。

那天也是下午，王梅来送水果的时候，店里有两个女人在挑首饰，王梅就洗了些樱桃，端到茶几前给她们吃。两个女人都是三十岁上下，高一点的那个以前经常来店里转转，这会儿解下耳朵上莲花造型的银耳钉，跷着二郎腿坐在竹椅上，吃着樱桃，斜睨了一眼小银匠，这是你媳妇啊，很漂亮嘛。小银匠抬头看向门外，王梅已经走出去了，她好像没有听见顾客的问话。小银匠赶紧解释，不是媳妇。

矮一点的那个女人要小银匠用纯银做个小铃铛给孩子戴，她一直在强调要用纯银，不能掺杂别的金属。小银匠解释说自己用的是湖南永兴产的银，银的纯度是两个九，做银饰要根据所做的饰品来决定用银的纯度，并不是纯度越高越好。他拿出柜台里的一个铃铛说,银铃铛的用银就不能太纯,因为纯银的硬度低,做成铃铛在佩戴的时候容易变形,声音也没那么好听,所以做银饰要考虑用途,在哪一种情况下用哪种银,不能为了纯银而纯银。小银匠说完,用手抹了一下额头,好像有汗渗出来。

是你女朋友啊,小银匠?高个子女人还没有忘记调侃小银匠,说完自己先笑了。

那个矮一点的女人又在镜子前试戴一个蝴蝶形的胸针,此刻转过头来,小银匠,是你的情人吧?

小银匠被她们说得有点脸红,只好不言语了,转头看手里的活计。

长得还行,还给你送水果吃,每天都送啊,你看你,女朋友就女朋友呗,还脸红了。高个子女人吃着樱桃,嘴也没有闲着。两个女人叽叽喳喳地在讲话,又是笑,又是嘀咕着什么,小银匠没有听清,他的脑子里乱糟糟的。两个女人又坐了好一会儿,这才订了一副铃铛、一对耳钉和一个吊坠。她们付完账走了好一会儿,小银匠才缓过心神来。他看着窗外,对着王梅的背影发了一会儿呆,就又开始干活了。

就是那天下班,要关店门时,王梅说她出租屋里的灯坏了,问他可不可以帮忙修一下。小银匠爽快地答应了。

锁好店门,小银匠跟着王梅一起往她的出租屋走。她住在这条街的后面,离店不远,不用坐车,走着就到了。王梅在前面走,小银匠跟在后面,他看着她的背影,有一种说不清楚的不自在,他又四下里看看,想知道有没有人在注意他。此刻正是下班时间，路上来来往往的人多，都是匆匆忙忙的样子，没有谁在意他的小心思。他长长地吐了一口气，好像他不是去修灯，而是去偷情。他暗自笑自己神经。

走了一会儿就到了王梅的住处，王梅和别人合租在一套两居室里，她住的是小的那间卧室。灯修好了，小银匠看着逼仄的小屋，收拾得倒是干净整洁，一张单人床上被子叠得方正，床单平整，一张小饭桌和一把椅子，一个皮箱横放在床头边当桌子用了，上面放了些女人用的瓶瓶罐罐。屋子小得站两个人就拥挤，小银匠一下感觉到了不自在。他走到门口，向王梅告辞，说要回家去了。你回家也是一个人吃饭，不如我请你去夜市吃点东西吧，我们房子后面的夜市很出名的，王梅说。

小银匠和王梅在夜市上吃了烤串，喝了啤酒，还说了好多话。

小银匠这才知道，王梅是湘潭人，丈夫在深圳的工厂里打工，离得远，工厂一星期通常只休息一天，两人见面的机会不多。王梅坐动车去深圳看他，路上就要花掉几百块。去了还没有地方住，他住在集体宿舍里，两个人也没有地方待。他们也有两个孩子，都在老家，婆婆给带着，大的上小学二年级了，小的才三岁。小银匠也说了好多家乡的事情，他觉得好久都没有说这么多的话了，好像把一年的话都讲完了。结账时，小银匠没有让王梅付钱，王梅坚持要付，两个人争了一会儿，最后还是小银匠买了单。他回家的时候，已经是半夜，没有公交车了。他是打的走的，这是他在长沙市里第一次坐出租车，以往他都舍不得。

从那开始，两人每天上午做生意，下午快下班的时间王梅来送水果，就会说说话，回到家晚上也会发微信聊天。那段时间，小银匠每天都想着快点到下班时间，不为别的，就为可以和王梅聊聊天，说说话。

小银匠以往中午都是叫个盒饭，有时候店里有人，就过了饭点才吃。那一段日子，一到午饭时间，王梅就去买饭回来，和小银匠一起坐在茶几前吃，老是她买饭，小银匠过意不去，就给她钱，可王梅不要。小银匠悄悄打了一副银耳环和一条手链，那天吃午饭时，拿出来送给王梅。手链是用一颗"狮子头"和若干"玫瑰"串成的，他说，这可不是一出汗就发黑的白铜，而是能帮助诊断身体状况的纯银，身体好就越戴越亮。王梅很开心，拿着耳环当即就戴上了。她把手链戴在腕上，转动着手腕，问小银匠，好看吗？小银匠看着她白皙的手腕，有点发呆，过了一会儿才说，好看。

有一阵，小银匠感觉自己谈恋爱了，可是又不敢往那方面想。

有时候下了班，两人也会一起出去逛逛。两个人在一起走着，一开始都不敢走得太近。小银匠的心里是既开心又有点紧张，生怕遇见熟人，逛一会儿街，再一起吃个饭，说会儿话，然后各回各家。这种说不清楚的距离，让小银匠和王梅都很满足，毕竟不用再一个人待在房间里发呆了。

那天小银匠早上来店里开了门，打扫了地面，抹了茶几和工作台，还没有见王梅来，也许她今天起晚了？他坐在工作台前，却无心干活，给她打电话没人接，发微信也没有回复。他心里慌慌的，就锁了店门，走到她住的地方。她得了重感冒，人烧得昏昏沉沉，身体在被子里蜷着。他拉她起来，打车送到医院，挂号，看医生，打点滴……他陪了她整整一天。挂完点滴时天色已黑，小银匠又打车送她回家。

这一送，小银匠直到第二天早上才从那里出来。天亮的时候，小银匠慌乱地穿好衣服跑了出去，然后去店里干活。这一天王梅没有来店里，小银匠一上午都心神不宁的。

中午吃饭时，他给家里打了电话，父亲接的，说他媳妇去地里干活还没有回来，大的那个孩子去上学了，小的在院子里玩呢，父亲问他有什么事情吗。他说没事，就是好几天没有打电话了，问问情况。

下午干活时，他的心思老是集中不起来，搓银丝时，松紧不匀，银丝断掉了。这种情况，在他这里是少有的。看着断了的银丝，他发了好久的呆。既然干不了活儿，那就早点下班回家吧，坐上公交车，他还是恍恍惚惚的，眼前都是昨晚的情景。快到家时，电话响了，王梅问他在哪里，要他去找她。他不知道见到她要说什么，他觉得不应该再去找她，可是鬼使神差地还是下了车，到对面坐了去她那里的公交车。

从那以后，每个礼拜他都会去王梅那里三四次，有时候她也会到他住的地方来。她给他收拾房子，洗衣服，做饭，他的房子渐渐有了女人的痕迹，像个家了。

夜里小银匠一个人醒来的时候，就再难睡着，心里一直自责，心想：这样做能对得起谁？对得起自己的家人、自己的老婆吗？他心里特别矛盾，想离开她，但又有些舍不得。小银匠心里的那份愧疚，只有他自己知道，只有每个月往家里寄钱的时候，他的心里才好受一些。

有个周末，王梅没有来出摊，小银匠知道她是去深圳看她丈夫了。小银匠自己在店里干活，心里好像空空荡荡的，又仿佛整个世界都在手里正在做的银饰上，回去也是一个人，索性今天多做一些。快天黑的时候，王梅却进了门，闷闷不乐地坐在小茶几前，也不说话。小银匠觉得蹊跷，放下手里的活儿，坐下来想陪她说说话，可是她只是流眼泪，什么也没有说。

晚上王梅和他一起来到他住的地方，小银匠买了青菜和鱼，他让王梅去躺着休息，他蒸了米饭，红烧了鱼，炒了青菜，这才叫她起来吃饭。

王梅问他有没有酒，她想喝点酒。他出去买了一小瓶牛栏山二锅头，王梅不怎么吃菜，只顾闷着头喝酒，一心要把自己喝醉的架势。她说今天去深圳没有提前跟丈夫说，去了才知道他在深圳的工厂有一个临时的妻子，已经好了两年多了，说着说着，王梅失声痛哭……小银匠不知道怎么劝她，就搂着她，让她靠在他的怀里。

她说丈夫没有打算离婚，可是也解决不了现在的问题，他说自己一个大男人，老婆常年不在身边，他受不了那种煎熬……

喝了酒的王梅，话多了起来，絮絮叨叨他们从前在老家的日子，说这几年在深圳长沙两地跑来跑去的不易，说她一个人的寂寞，说找了小银匠以后的挣扎和愧疚……

小银匠听着王梅的话，想到自己目前的处境，不由感叹现在这个社会如此发达，可为了生活，多少人还是要漂泊他乡挣钱吃饭，过一种正常的家庭生活都是奢望。话说到这里，一时两个人都不说话了。生活不易，人也孤独，两人都感觉到彼此心里的那种失落。

那天深夜，小银匠睡不着，又不敢起来，害怕吵醒了王梅。月光透进来，四下里影影绰绰。王梅的脸隐在朦胧的月光里，平静安然。小银匠恍惚看到自己女人的脸，心里像被什么东西戳了一下，突然就很想家了。有多久没有回去了？他在心里责备着自己。

第二天，他给家里打了电话。儿子在电话那头的一声"爸爸"差一点把他的泪叫下来，儿子说想他了，问他啥时候回家。小银匠忍住哽咽，答应儿子尽快回家看他。

宿醉一夜的王梅，早上醒来憔悴了许多，可她还是正常出摊。后来的日子，她还是经常下班后来到他住的地方，也还是隔段时间就去深圳看她的丈夫。她不再说什么，小银匠也不问。日子就这么往下过。生命中遇到的问题，好像都是为小银匠量身定做的。他有时候会恍惚起来，好像王梅就是他的妻子，他的日子一直就是这样过着。

可小银匠的心里终究隐隐有些不安，他说不清楚这种感受，眼前看似幸福的生活让他不踏实。临近中秋的时候，家里电话多了起来，有时候女儿和儿子轮番和他讲话，一说就是好一会儿。他尽量出去接电话，免得王梅难受，自己也别扭。接完电话回来，坐下接着吃饭，他有点不自在，总要偷偷瞄一眼王梅。王梅好像没有觉察他的小心思，吃饭就是吃饭，一副心无旁骛的样子。

孩子像一根线，牵扯着他这只风筝。他想回家了，他想孩子了，他想着一家人能团聚在一起该有多好！

小银匠说要回家看看，王梅不置可否。自从她知道了丈夫的事情后，她就变了，但小银匠又说不出到底哪些地方变了。总体说来她还是和从前一样，天天出摊。她说挣钱是第一要义，毕竟两个孩子要吃饭上学，家里老人也要赡养，能多挣一点就多挣一点。但她和以前有些不一样了，不纠结了，更明确了一些，也更自如和自知了。但究竟明确了些什么，小银匠又说不清楚。

小银匠收拾衣物，好像不准备回来了似的处理掉了一些不要的东西。王梅看着他，不说话，看他把衣服一件一件放进箱子。小银匠觉得应该说点什么，可他最后还是什么也没有对王梅说，只是把店里和住处的钥匙都给了王梅。他说，我不在，你一个人照顾好自己，小银匠说得自己有点伤感。

王梅接过钥匙，脸上平静，小银匠看不出她是不想让他走呢，还是不在乎。你又不是不回来了，她说。小银匠也不知道自己还回不回来，他是那么想家，想儿子和女儿想到心疼。他第一次知道太想一个人，心真的会疼。他不想和孩子们再分开了。

小银匠的家乡就是著名的银匠之村，家家户户的木楼都是靠打银饰挣出来的。但现在，这里快成"空心寨"了，原本一千多人的寨子只剩不到二百人，有劳力的人，几乎都去城里打工了，无论是不是银匠。大量银匠外出，留在村里的大多是老人和妇女儿童，以及极少数在家加工银子的银匠。从古至今，这里的银匠就不是在家待着的。

这里的银匠做银饰有多少年历史？谁也说不清。没有文字记载，无从考证，有的说祖传了六代，也有的说祖传了九代。小银匠只记得老人们说过，祖先从江西来，先迁到贵州榕江，又在四百年前从榕江迁徙至此。

常年迁徙，漂泊不定，苗人的祖先习惯把财富戴在身上，人走家随。贵州不产银，过去没银料，打银饰的银子用的都是银锭和银圆。祖先们相信银饰能驱鬼辟邪、解毒祛病、定神止惊，于是，把经年累月积攒下的银圆、银锭都投入熔炉，打成银项圈、银手镯、银耳环等银饰佩戴在身上。

走过那个小广场，就是小银匠的家了。女儿远远就跑过来，扑进他的怀里，儿子扯着他的衣角。这些都让小银匠心里热乎乎的，他抬眼看见妻子正站在自家院子里，望着自己这边。

回家的第一个晚上，小银匠睡得不踏实。他的眼前，一会儿是王梅在拉车卖水果，一会儿是妻子一手牵着一个孩子的场景，一晚上浑浑噩噩地做了好多稀奇古怪的梦。

他想帮妻子把地里的庄稼收回来，可真正干起活儿来，却还不如妻子利索。他已经好久没有干过农活了，不适应庄稼地里劳作的生活了。他只能陪父亲母亲坐坐，聊聊天，下午辅导一下儿子的作业，吃过晚饭，带着女儿去小广场和邻居说说话，就这样，日子过得也很快，不知不觉十几天就过去了。

小银匠每天在鸟鸣中醒来，站在院子里呼吸一口清冽的空气，看着村子里家家户户屋顶上冒着的炊烟，看着妻子在灶前煮饭，看着儿子女儿乖巧的模样，心里踏实、安静。妻子不想让他再出去了，想让他留在家里，孩子越来越大了，需要管教，老人也需要照顾，还要种地，她一个人忙不过来。小银匠也很犹豫，要不要再去长沙？

在家里又能干什么呢？家乡这几年变化不是很大，也没有什么挣钱的门路，村里已经有好几个银匠了，他若是回来继续做银匠，是没有出路的。家里的地不多，全种上粮食，也没有多少收入。他想着要不要在家门口谋个其他事情。两个人商量了几天，也还是没有结果。他想来想去，在家里实在没有什么能挣钱的营生。

父亲的眼睛不行了，年龄也大了，只能在家里做些简单的农活，母亲一辈子没有离开过家乡，现在年岁大了，更不想离开家了。他就是想带着妻儿去守着店，算算收入，也负担不起。儿子要上小学，女儿要进幼儿园，家里的老人没有人照顾，盘算一下还是算了，只能先这样了。

妻子心思单纯，虽然又要分开，但明白都是生活所迫，并不知道他在城里的事情。她给他做了衣裳，收拾了行李，一直把他送到村寨口，看着他上了中巴车才转身回家。

中巴车打着喇叭，慢腾腾地转过山去。已经看不见家里的木楼了，他这才抬眼看着一车的族人，车里大多是些单身男人，也有带着孩子和老婆一起的。他们大多是去城市打工挣钱的吧，稚气的眼睛还没有被城市的光怪陆离迷乱，眼神还是清亮清亮的。

小银匠想起当年自己何尝不是这样，满怀着希望出门打工，钱没有挣到多少，如今却是这样迷茫，不由长叹一口气。

回到长沙，一下车扑面而来是湿热的空气，看看高悬的太阳，强烈的阳光照得人睁不开眼睛。路上多是行色匆匆的人，他看见的是拖着皮箱的异乡人，是捧着白色塑料饭盒吃饭的打工者，对这个地方他有着太多说不出的熟悉和陌生。他爱这里又恨这里，他想离开可是又不得不回来。无论如何，他知道自己还将在这里生活下去。

他回来了，最高兴的是王梅。那天她早早收摊，晚上给他做了一桌子菜，还买了白酒。她好像忘了丈夫带给她的烦恼，只顾过眼前的小日子。而他面对她的柔情，不知道说什么，他的心思更幽微和细密一些。王梅天天来他住的地方，做饭、收拾屋子、洗衣服，像妻子一样照顾他的生活。

两人早上一起出门去店里，晚上一起回到出租屋。王梅做饭，小银匠打个下手，洗个菜，倒个垃圾什么的，吃完饭，王梅在小小的厨房里洗洗涮涮，他靠着沙发看报纸，这样的日子似乎越来越像一家人，日子也越过越密实。

以前老银匠们眼睛花了的时候，信心也就没了，这银匠的活儿也就做到了头，只能回家务农。可是小银匠已经出来得太久了，他见过了很大的海、很高的楼，他见过了比苗寨更广阔的世界。他的心走得太远了。无论如何，家乡他是回不去了。他还年轻，他不愿意像他的父亲和祖辈那样，回家种地过余下的日子。可是这个城市没有真正属于他的居所，没有他的家，他只是个寄居者。等他到了父亲的年龄，眼睛花了，他能去做什么呢？最近，这个问题常常让他迷茫。

小银匠的内心越来越虚空。他不知道长沙和苗寨哪个才是他的家，哪个才是他最终落脚的地方。

已经是深秋了，可天气还是很热，叶子也还是一如既往地绿着。那天王梅感冒了，没有去出摊。小银匠回来得晚，一进门就看见王梅的脸色不好看，他以为是她病了，就上去嘘寒问暖。王梅不理他，转身去了厨房，端出早已经做好的饭菜，坐下来就盛饭，递了一碗米饭给小银匠，摆好筷子，就独自吃了起来，她不看小银匠，也不说话。闷声不语地吃完饭，小银匠问王梅，你到底怎么了？王梅还是没有说话，用眼睛示意床头柜，要小银匠自己看。他这才看到摆在床头柜上的一封信。信是小银匠妻子写来的，信封已经被撕开了，显然王梅已经看过了内容。

你怎么能拆我的信呢？这是我家里的来信啊！

我在你心里算什么？为什么我就不能看你家里的来信？王梅的声音有点高，可以听出她这些天的委屈和压抑。

小银匠不再讲话，拿着信出去了。他是站在楼下看的信，妻子在信中回忆当初他俩定情时的歌会，一群男男女女在歌场，跳起竹竿舞，吹响金芦笙，小银匠把一朵大丽花悄悄放在了她的前面，自己躲了起来。她拿起花，心里是喜欢的，就唱了《追花歌》："天上有云才打雷，席上有酒才摆杯，塘中有鱼才下网，阿妹有心花为媒。"小银匠听到歌声才从树丛中走出来，也用歌来回答她："山中锦鸡网不围，梁上燕子人不锥，阿妹啊，你胜似锦鸡巧燕子，你是我心中的一朵梅！"如今歌声犹在耳边，人却分隔两地。信中还说起当初他们恋爱时，小银匠曾经说过要永远和她在一起，可是看看现在的日子，天各一方，一个女人最好的青春年华都耗过去了，她很矛盾，要不要他在外面挣钱讨生活？其他不过就是些家常话，让他注意身体，按时吃饭，等等。小银匠看完信，心里酸酸的，不是滋味。

小银匠抬头看了看自家的窗户，照出一片昏暗的灯光，他的心里有点烦乱，不想就这么回去。他围着小区走了两大圈，天已经完全黑透了，才回到房子。王梅已经睡下了。

第二天他醒来，发现王梅不在房间，以为她买菜去了，但他起来穿上衣服后，就发现不对劲了，她的箱子不在了，再去看衣柜里，她的衣服也都不见了，王梅是走了。小银匠去到店里的时候，门外没有王梅，整条街上都没有王梅。小银匠终于明白王梅真的离开了这个事实。

叶子还是绿的，却掉了一地，长出来的新叶还是绿色的。小银匠想去找她，可是又一直犹豫，下不了最后的决心。时间不紧不慢地走着，好像一眨眼的工夫，王梅已经走了近一个月了。

黄昏，他站在窗前，看着太阳一点一点落下去。他不知道明天会怎么样。要去找王梅吗？要回到苗寨吗？他在心里问自己。他也无法回答自己。

手工调色，不简单的刷

李浩勇在油漆匠里绝对算是个异数。在数字技术发达的今天，乳胶漆调色绝大多数用电脑了，可李浩勇还是坚持手工调色。

临近过年，正是装修的旺季，老板接的业务多，为了出活，给李浩勇配了一个学徒，但李浩勇干活时，不用人帮忙，小学徒只能在一边看着。

小学徒目不转睛地看着李浩勇，神情专注又充满惊奇。那些瓶瓶罐罐里的色精很神秘，好像有种魔法。只见李浩勇在乳胶漆桶中，倒一点这样的，再倒一点那样的，不断地搅拌，如果颜色偏浅或是偏深，可以相应地再加入一些色精或是白色的乳胶漆，直到变成想要的颜色。

小学徒感叹，师傅你太厉害了，你这手艺，真是绝了，你跟谁学的啊？什么时候我也能像你这样就好了！

李浩勇扭头看一眼小学徒，心里忽然恍惚了一下，眼神茫然地盯着一个地方出神。半晌，他叹口气，现在都是电脑调漆了，没有人愿意学这个，你学会也没有太大的用处。

我们家在河南农村，我没读过多少书，我爸在世的时候就希望我将来能有个手艺，也好成家立业，可我出来打工都三年了，什么也没有学会。小学徒怏怏地说起这些烦心事，神情黯然，谁知道将来能咋样呢？

先在这里好好干，挣点钱回家过春节，年后还是去学个啥真正的手艺吧，你还小，以后的路长着呢，李浩勇说。

小学徒轻轻叹口气，我爸不在了，我姐嫁到了外地，我妈在我姐家，我姐夫一家不好相处，老家里也没有啥人了，想回去过年也回不去了，小学徒说。

李浩勇看看小学徒，不过是十七八岁，却一副经历沧桑的样子，想起自己的老父亲，不由也有些意兴阑珊。

这么多年了，每到过年，李浩勇都很纠结。不回去吧，万家团圆的日子，自己在外地过不好，父亲在老家也是过不好。回去吧，想想父亲看自己的眼神，对自己的态度，难免要吵吵嚷嚷，闹得全家不愉快。父亲越来越老了，一家人还能一起过几个春节？李浩勇有些难受，越是临近过年，他越是纠结，心里盘算了好久，还是没有决定春节回不回家。

李浩勇的父亲是个老油漆匠，别人把箱、柜、椅、桌等家私做好了，他就去给人家上漆，是那种靠手艺吃饭的人。油漆匠是木工行业里的一种。过去，手艺人分得细，做大车的叫车匠，做棺材的叫棺材匠，做雕刻的叫雕花匠，还有石匠、铁匠、鞋匠等杂七杂八的以其所从事的行业称之为某匠，那李浩勇的父亲就该是油漆匠了。

油漆匠的工艺最复杂，原料和现在的也不一样，一件家具做好以后，先刮灰，用砂纸磨平后就打底色上漆，然后用金粉或其他颜色描金、彩绘，最后上漆。单说油漆就有好多种，过去油和漆是两种不同的东西，油是指桐油，是从桐树果实里榨出的油，多产于南方，主要用于建筑、兵器、车船的防腐、防水、防锈。漆也有好多种类，自然漆、化学合成漆，主要用于家具。上漆也不是用刷子刷，而是用双手拍打上去。这是上漆的最后一道工序，也是最能显示油漆匠手艺的一道工序。据说，用这种上漆法上的漆一百年后仍然完好如初。现在的人们早就不这样上漆了。李浩勇说起这些，总是如数家珍，口若悬河。

老漆匠没专门教过儿子调漆这门手艺，但他去干活时，会带着李浩勇。那时候，家家粮食少，油漆匠在谁家干活就在谁家吃饭。

农村人做家具多在冬季。冬天的早上，太阳还没有升起来，刮着西北风，父亲在前面走着，李浩勇跟在父亲身后，去赵庄给一户人家的家具上油漆。这家的儿子要赶在春节前结婚，离过年还有不到两个月了。主家催得紧，一大早，李浩勇母亲起来烧了面糊糊，父子俩就着咸菜疙瘩，一人喝了两大碗，吃了一个玉米面窝头。临出门，李浩勇母亲又往李浩勇的兜里塞了俩窝头，怕他们走在路上饿，面糊糊清汤寡水的，喝到肚里都能听到咣当咣当的响声，不经饿，两泡尿一尿，肚皮又贴在后脊梁上了。

赵庄也在一个山弯里，离李浩勇家的村子不远，也就十多二十里路，可路不好走，都是山道，曲里拐弯的，沿着山势走，要翻过两座山。正是农闲季节，农村人都赶着在这段时间嫁女儿娶媳妇。夏季里，人都忙着地里的农活，要在地里刨回一家人一年的口粮，虽说嫁女儿娶媳妇也是大事，总比不过一家人的饥寒温饱重要。

老漆匠背着个木箱子，走在前头。李浩勇两只手缩在袖筒里，头上戴着棉帽子，两个耳扇拉下来系在颌下，鼻头冻得红红的，他不时抬手抹一把快要流到嘴边的清鼻涕，在后面紧紧跟着。木箱子里装着大大小小的油漆刷子、刮腻子的灰板、调油漆的小铁罐。山道两边积着一层薄薄的雪，老漆匠走几步便回头看看儿子。天气很冷，一老一少嘴里哈出的寒气，转瞬即逝。

方圆几十里数老漆匠的手艺最好，谁家打好了家具，都来上门请他去上漆。来人布兜里装两包饼干，外加两包香烟，家境好些的，烟就好些，"三门峡""芒果"或是"金丝猴"算是好的，最不济也要拿两把自家栽种的烟叶。来人和老漆匠说好了日子，讲了价钱，就回家等着，等到了说好的日子，老漆匠准时上门。

油漆匠在农村是个颇为受人敬慕的行当。上门干活，都要管饭，一碗肉必定是不能少的，家境好的人家还有酒。老漆匠出门干活时，只要李浩勇在家，都会带着他。李浩勇是家里老小，也是唯一的儿子，他有六个姐姐，老漆匠为了要个儿子，不管不顾地生。第六个生出来又是个丫头，老漆匠愁苦地倚着门框一声声叹息。恰好，村子里有户人家嫁到四川达州的女儿回娘家来，听说老漆匠家又生出个女儿,不想要,可又没办法,老漆匠正愁得很呢,那家人的女儿就想要这娃,她嫁出去好多年了,始终没个一儿半女的。老漆匠想了两天,就点了头。两家人说好了,就当个亲戚走动。若是那女儿日后生出个一儿半女,不想要这娃了,就送回来,不要虐待了女娃。女娃送出去后,老漆匠继续在女人的肚皮上磨工夫,直到李浩勇出生,老漆匠才算罢手。家口大,日子自然过得清贫,老漆匠把宝贝儿子带在身边,到谁家总也少不了几口肉吃。每到吃饭,老漆匠都把主家让在他碗里的肉拣给儿子,自己就着汤汁菜叶,大口刨着白饭,笑眯眯地看着儿子鼓着嘴,吃得满口流油。

老漆匠干活时,没有人管李浩勇。小孩子无聊就东逛逛,西看看,他对什么都好奇,对什么都想探个究竟,燕子筑巢啦,蚂蚁搬家啦,蜘蛛结个网他都会凑近墙角,眼不错珠地看半天,不动窝。有一次,他又跟着父亲去雇主家里干活。吃过午饭,老漆匠去西厢房里给家具刮腻子了,李浩勇就坐在屋檐下晒太阳,无聊中看见一对燕子在屋檐下进进出出,好像是在筑巢。他搬个木梯子爬上去看,不小心从木梯子上摔下来,结果,皮肤擦伤了一大块,右手臂也摔脱臼,老漆匠心疼得眼泪都快掉出来了。老漆匠把他背到邻村的一个土郎中家,土郎中拉着他的小胳膊又搓又揉,又拉又拽,他硬是咬着牙,没哭一声。第二天,老漆匠让他在家里好生待着,可是他哭着喊着要跟上一起去,母亲就让老漆匠带着他去了。那天父亲干活时,李浩勇吊着一条胳膊又爬上木梯子去看燕子筑巢了,那次留下的疤痕到现在还有印迹。

李浩勇经常看着父亲做活儿，看得多了，自然就会了。他大了一点后，能干活了，就经常帮老漆匠刮腻子、打砂纸什么的，他都干得得心应手。

老漆匠希望儿子读书，将来能有个好前程。他虽然是一位出色的油漆匠，但不希望子承父业。他想让李浩勇好好读书，将来能考个大学，在城里找一份很好的工作，不用像自己一样，风里来雨里去，走乡串户的，在油漆刺鼻的气味里熏一辈子。再说，现在农村人家的孩子结婚，都不太兴请人去家里做家具了，都去城里买成套的组合家具。那些买来的组合家具光鲜好看，虽说不怎么耐用，可年轻人喜欢，看起来洋气，又有面子，他们这些老匠人越来越不好找到活计了。

老漆匠上学时，他爹就想他能好好上个学，奔个好前程，不要再在这个山洼里，地里刨食，望天吃饭。老漆匠的爹起早贪黑，弓着老腰在地里刨，觍着脸，东借西凑，供着老漆匠念书，可是"文化大革命"来了，全国上下都在搞串联闹革命，等到国家恢复高考，老漆匠已经是两个娃的父亲了，一家四口人，加上他的爹，五张嘴等着粮食往里填呢，他也就绝了当个文化人的念头。队上有个"右派"，听说是大城市里一个木器厂的油漆师傅，漆的家具澄明瓦亮，摸在手里，锦缎似的细腻柔润。附近人家有油漆活儿都来请他。老漆匠回乡的第二天，老漆匠他爹就带着老漆匠，手巾里包了几个鸡蛋，去拜"右派"为师。"右派"的调漆是手绝活，看着老漆匠为人厚道正直，一股脑倾囊相传。老漆匠依着这个手艺，好歹养活了一家人。现在，轮到李浩勇了，老漆匠自然希望他能学业有成，将来也好出人头地。

李浩勇调皮也聪明，学习成绩一直中不溜，有时候可以排到年级前三名，有时候却在四五十名以后，老漆匠心里七上八下，操碎了心。也许是一直喜欢摆弄油漆的缘故，李浩勇喜欢画画，高二那年还获得过全国中学生美术展油画铜奖。老漆匠以为儿子以后能成个画家，画画也算一门手艺，能给人家描个金画个凤，最不济也能给人家画个中堂，画个门神啥的，家里能出个有文化的手艺人也算是祖坟上冒青烟了，想想也不错。可是谁知李浩勇干什么都没有恒心，好奇心虽然重，可是对什么事情只要知道一点，就失去兴趣了，从没有对什么事情持之以恒，弄清弄透。

李浩勇在高三时报考了长沙理工大学的工艺美术专业，最终他凭着小聪明以高出分数线三分的成绩被录取。那年九月，老漆匠把儿子送到学校，安顿下来，终于舒了一口气。他以为儿子从此就脱开了农村，离开了那个山窝窝，大学毕业了，就在城里找个工作再娶个媳妇，成为真正的城里人，未来一片光明，再也不用风里雨里，在土里刨食了，老漆匠想想都觉得美滋滋的。

童年是人格的印痕，它左右着人的行为模式。李浩勇虽然出生在农村，可是他完全不自卑，大学生活五颜六色，加入了这个社团，那个乐队。李浩勇重新拾起了画画，也许画画和他早年跟着父亲摆弄油漆有着某种神秘的联系。李浩勇的油画色彩奔放，他曾经画了一张辅导员欧老师的肖像，获得了当年大学生联展的二等奖。这张油画给他带来了荣誉和骄傲，也让他没有毕业就离开了学校。

大学跟高中有很多不同，大学的班主任不会面面俱到，甚至很少能见到班主任的"庐山真面目"，平日里跟同学们接触最多的就是辅导员了。从大一开学新生报到到大四毕业典礼，从班干选举到班会总结，从大一军训到平日上课的突击考勤点名，再到宿舍内务检查，等等，各种大事琐事，一直都是辅导员在负责。

李浩勇初次见到辅导员欧老师，就有一种在哪里见过的感觉，欧老师看起来好年轻，给人的感觉挺亲近的。老师自我介绍说她是四川达州人，李浩勇一下子对她关注起来，因为他有个从小送给四川人养的姐姐，她现在在达州成家了，李浩勇一直想去达州看看她。有了这层关系，李浩勇对欧老师就特别注意起来。

后来申请助学金的时候，欧老师找李浩勇谈心，他聊到家里的事情，说到他的"达州姐姐"。她说如果李浩勇要去见他姐姐，她很乐意给他做向导。终于在大一的暑假，带着对姐姐的亏欠感，李浩勇长途跋涉去了人生地不熟的达州。多亏欧老师帮忙带路，提供了交通住宿上的便利，李浩勇见到了姐姐，见到了姐姐长大的山旮旯村子。听着姐姐喊一声四川话的"弟弟"，李浩勇的泪水再也无法止住，姐弟相拥的那一刻融化了十几年来所有的不幸与怨恨……因为这事，李浩勇对老师更多了一份好感，感激她的善解人意，感谢她帮他完成了一个心愿。他是什么时候喜欢上欧老师的，他自己也说不清楚，等他用课余时间，在画室里偷偷画完一张欧老师的油画肖像时，不用人家说，他自己也知道他是爱上了欧老师。

画面中的欧老师，身着一袭白纱，裸露的身体隐隐约约，仿佛刚刚沐浴完,脸上笼罩着一层光晕,她的眼神深情又有点迷茫……送画去参展的时候,没有几个同学看过,李浩勇也没有想到可以获奖。画送走以后,半年都没有消息,他自己都要忘了这个事情。

因为他总爱逃课去画画,欧老师找他谈话,做他的思想工作。他哪里听得进去,心里藏着秘密,都不敢正视欧老师。欧老师二十八九岁,已经是个孩子的母亲,李浩勇才二十一岁,他不敢告诉任何人他的感情。

暗恋一个人的感觉很奇妙,他不知道她是否喜欢他,他一个人偷偷地喜欢着她。他知道只要他不好好上课,身为辅导员的她就会来找他谈心,所以他从大二开始就没有好好上过课,表现得很喜欢社团活动,仿佛喜欢画画还喜欢音乐,整天和一群志同道合的年轻人在一起,今天在食堂排练,明天在操场表演,今天学打架子鼓,明天又跳上了街舞。眼看要期末考试了,欧老师只能天天找他谈心。

她在给他讲挂科的危害,李浩勇低着头不说话。他会趁她不注意,偷偷看着她,有时候也会忘记自己正在目不转睛地看着她,可是她完全没有注意到他的异样。

有一段时间他觉得自己都要燃烧起来了,可他还是没有勇气表白,他不知道她若知道了他的心思会怎么样。

有时候李浩勇会在欧老师下班后跟在她后面,她走出学校大门,他走也出学校大门,她上了公交车,他也上了公交车,她到站下车了,他跟着也下了车,她这才发现他在跟着她。她笑着问他，你怎么跟着我啊？李浩勇的脸红得像猪肝，支支吾吾一句话也说不清楚。

欧老师看他羞涩的样子才隐约觉察他的心思。那天她把他带到车站旁的一个咖啡馆里，给他和自己要了两杯卡布奇诺。她问他怎么会有这样的想法，这不可能啊，她已经结婚了，她和丈夫过得很好，还有了一个可爱的女儿，再说他和她也不合适，她把他当弟弟看，他还年轻，以后会遇见适合自己的姑娘。她喝着咖啡，和他讲着话。他什么都没有听进去，就看见她的嘴巴一张一合地在动，他的世界在下雨，而她在喝咖啡……

可那几乎是李浩勇的初恋啊，他成熟得晚。母亲身体一直不好，在他上高中那年因心脏病去世了。从小就是几个姐姐照顾着他，给他弄吃食，洗衣服，宠着他。也许是因为这样的经历，他喜欢成熟的女性，在大学里也有女孩子喜欢他，可是他都没有感觉，偏偏对比他大好几岁的女辅导员有了情愫，这也算是他的劫数吧。

等到那幅油画获奖，学校的网站和校报都刊登了消息。对于他喜欢辅导员欧老师这件事，一开始只是有人猜测，后来有人看着油画上那个女人的眼睛和浑身洋溢着的美，以及隐在那份静谧美的背后的幽怨，就笃定了猜测。后来，越来越多的人知道了这件事。欧老师的丈夫找到了学校的领导，学校领导叫来了李浩勇的父亲，最后学校调走了欧老师，重新给他们班配了一位男辅导员。

李浩勇再也没有见过欧老师。那段时间李浩勇完全丧失了理智,他天天去欧老师上班的路上等着,期望可以偶遇欧老师,他甚至还去了欧老师丈夫的单位,他发了疯地寻找她,可是她像是在人间蒸发了一样。直到现在,这么些年过去了,他也还是不知道欧老师到底去了哪里。是她特意躲着他,还是出了什么意外?对此他想过很多遍,设想了种种可能,最终他希望她好,他宁愿是她躲着他,而不是出了什么意外。

因为这件事情,同学们议论纷纷,他也觉得丢脸,再也无心上学,不用学校劝退,他自己就不上了。老漆匠觉得李浩勇太给自己丢人了,对他很失望,原本以为李浩勇考上大学,留在城里,给自己家挣了脸面,在村里讲话都硬气了很多,可是儿子最终没有给自己争光,还弄出这种让他抬不起头说不出口的事来。

失恋的打击对于李浩勇是双重的,没有人理解他,父亲更是对此暴跳如雷,村里人听说了这件事,都以为他疯了,一个年轻后生,怎么会去喜欢一个比自己大好几岁的婆姨,还要死要活的。他走在村里,没有人搭理他,反而有人对着他指指点点,小声议论着。

李浩勇在家里也待不下去了,那一段时间他情绪低落,整天吃了睡,睡了吃,人也没有精神,做什么都无精打采的,像是丢了魂。父亲觉得他丢人,身边也没有一个人能理解他。那天因为一点小事,心里一直藏着怒火的父亲骂了他,让他滚。他倔强地说,滚就滚!他背了个包包就出去闯荡江湖。

心里郁结着太多化不开的情绪,他想到处走走看看。可是他没有什么其他技能,只能操起父亲刷油漆的行当。这些年他漂泊了好些地方，走到一个地方先住下来，找装修公司应聘油漆匠，干上半年，挣上些钱把附近的山山水水转个遍，然后再去另一个城市，接着再找家装公司应聘工作、挣钱。

简单说来，乳胶漆调色分为人工调色与电脑调色两种，两者各有优缺点，人工调色如果是生手就不好把握，但熟手可以调出自己想要的色，而且还可以调整色度；电脑调色就机械简单得多了，只要给一个颜色，电脑就可以自动调出来，但如果需要修改就挺麻烦的。

白色乳胶漆称为基础漆，用专用色浆调制成不同颜色，颜色深浅不同，所选用的基础漆亦不相同，有的产品分三种基漆，有的分五种。李浩勇说乳胶漆本身的颜色是白色，如果想调别的颜色，可以用黑、红、黄、蓝、绿这五种颜色调出想要的各种颜色。在很多欧美发达国家，许多人放弃了电脑调漆，而选择手工，这是那边的一种时尚，可以体验到自己装扮家里的乐趣。

李浩勇的聪明和心思用在了刷油漆上，使得他练得一手好活。油漆匠说来简单，但其实要注意的地方有很多，比如调好的乳胶漆涂刷到墙上，经过一段时间后颜色会变得深一些，这点在调色的时候就需要考虑到了，应该把颜色调得稍浅一些。但到底会深多少，调之前要浅多少，那就全凭感觉了，总之这是个手艺活，一切都是要靠无法言说的感觉。

刷的时候也不简单，什么时候使漆刷垂直，什么时候用刷毛的腹部刷涂，都有讲究。在进行理油修饰操作时，则将漆刷平放，用刷毛前端轻轻地刷涂。还要注意漆刷的走向，刷涂垂直表面时,最后一次刷涂应由上向下地进行;刷涂水平表面时,最后一次刷涂应按光线照射的方向进行;刷涂木材表面时,最后一次刷涂应顺木纹进行。

李浩勇坚持自己动手操作,一开始总有人不是很信任,但也总有老主顾会主动帮他说话。事实也总是证明,他调出来的漆,更亮丽,看着更赏心悦目些。因此,李浩勇在当地装修队里的名气逐渐大了起来。

来找他干活的人多了起来,他挣了钱就存起来,存多了,就出门旅行。

和他一起做家装的工人,也都是些年轻人,大多没有读过什么书,很多人只是初中毕业。李浩勇和他们没有什么话说。不干活的时候,他就在手机上看看书、听听音乐。有时候也查资料,做计划,算好下一步的行程。他手持一把油漆刷,一边刷油漆,一边游览,已经去过很多地方,四川是第六站,也是他在外面的第四年,他计划用十年时间走遍全中国。

这些年,他一直是走走停停。有时候静下心来想想过去的事情,也没有那么怨恨父亲了,想想父亲也没有什么错,不过是希望自己像很多人那样去过一种稳定的生活,自己最终还是教他失望了。有时候也想给父亲打个电话,可是又觉得没有话讲,他害怕听到父亲咆哮的声音,也害怕父亲叫他回家。

也有的时候接不到活儿,他就在宿舍待着,听着音乐,看看书。他喜欢看大冰的书,那本《乖,摸摸头》被他翻看得卷了边。他喜欢"异地""漂泊""偶遇"这样的字眼,他喜欢大冰那种带点调侃、带点小睿智的笔调，这让故事有点小伤感、小忧郁，但又不乏光亮的色彩。

李浩勇还想出国，他计划今年挣些钱去日本看看。看看樱花、富士山，也去长崎，看看原子弹轰炸后这么多年过去了，现在那里的人是怎么生活的，每天的愿望又是什么，这些都让他好奇，他要去看看，看看穿着和服的、貌似谦恭的日本男人当年是怎么发动那样一场骇人的战争的。去完日本，下一个目的地是中国台湾，他要去看看著名的日月潭、阿里山……李浩勇说起这些的时候，你能感觉到他始终有着好奇心。也许就是这个好奇心支撑他现在走走停停的流浪生活，让李浩勇的经历丰富起来，他看问题不再像原来那样简单，他能理解更多以前理解不了的人和事，懂得了父亲对他的担心和责骂，只是他不知道怎么去表达这种感情。

走过那么多路，看过那么多蓝天和白云，他知道他的初恋根本就不能算恋爱，因为欧老师从来没有说过爱他，那只是他一厢情愿的胡搅蛮缠。

他也终于明白了父亲一直想真正接近他，想知道为什么他选择这么辛苦的工作，为什么他的生活是这样的，他完全可以有另外一种好一点的生活方式。曾经两个人都经过种种努力，想要了解、理解对方，但那时候越努力就越是陷于交错复杂的矛盾，真是应了那句话：关心则乱。

人生来就是孤独的，每个人都有自己的命运，谁也不能代替谁去感受。接近任何一个真实的人，其实都不可能。所有力图接近一个人的企望，其实不过是围着这个人的形态转圈，对他的外部不断地进行扫视而已。

外面的雨下得时急时缓，临窗的椰子树叶上，雨水像浇上去似的流泻下来。李浩勇依着窗子，一股潮腻腻的气息氤氲在整个空间。他手里拿着那本《乖，摸摸头》，眼神飘忽地望着雨中的椰子树。夜晚，总是能让人柔软起来，他想起小学徒曾经说起自己的父亲时那种神情，小学徒是那么渴望见到父亲，却已经阴阳两隔。他的老父亲还在，他却一直拒绝回家，拒绝亲情，现在自己这个浪子是不是该回家了？

已是五月末了，北方正是麦子拔节灌浆的时候，望着窗外雨蒙蒙的一片，他仿佛看到了山洼的庄稼地里，父亲俯身的苍老背影，烈日炎炎地烤炙着，父亲头顶一顶破旧的草帽，早已看不出颜色的褂子上一层油腻腻的汗渍。父亲老了。年前，他接到大姐的电话说，他最小的姐姐的孩子今年上学了。父亲老念叨他呢，他还住在老房子里，不肯搬出来，他说要等儿子回来呢。李浩勇看了看自己的手，手指细长。他想起父亲的手，那双粗糙的手，那双沾满油漆的手，散发着刺鼻的气味。李浩勇的鼻子有点发酸。

父亲是靠手艺吃饭的人，靠老手艺养活了他们这么一大家子人。而现在，发达的现代工业让好多老手艺日渐没落了。父亲崇尚身怀一技，遍行天下的古训，李浩勇真不知道自己现在的手艺还能不能让自己遍行天下。他忽然有点想父亲了，想重新闻闻父亲身上那股刺鼻的气味。他知道，他和父亲是不同的两代人，他们在很多问题上的看法都不同,经过这些年的游历,随着年岁的增长,他越来越觉察他和父亲之间于血缘之外的某种神秘的联系,不仅仅是手艺的传承,还是人世间某种神秘基因的延续。

李浩勇返身扫了一眼屋子,屋内凌乱无序,他想,是不是该回家去看看父亲了?

手工皮匠的愿望清单

想要找到谢军和皮皮的手作皮匠工作室并非易事,走进弯弯曲曲的老街低矮的门头房,穿过宽约一米的阴暗走廊,尽头处左拐,在一片豁然开朗的空地旁,就是一处幽静的小院。

一进院子,先入眼帘的是门口的小花池,废旧的木条,高高低低成排围成花池的栅栏,红色的、黄色的花开得正好,花池的另一边是棵高大的凤凰树,中间是砖砌的甬道,木质的扶手通向房间。房间很大,当中放着宽大的原木色工作台,靠墙是两张做工拙朴的原木色椅子和茶几,工作台后面,"黑板"被钉在最显眼的位置,上面挂满近百件从世界各地淘来的工具。

初见谢军,他身穿一件麻本色衬衣,个儿不高,面容清瘦,脸上有与年龄不太相符的沉静与专注。

光从窗户外斜斜地照进来,在宽大的工作台上照出一片光亮,谢军低着头,正在给一个造型优雅的皮质花瓶雕花。他神情专注，屏气凝神的样子，让人不忍打扰。

就见薄薄的皮屑随着手中转动的刻刀翻卷起，他停下手中的动作，伸了伸腰，对着刚雕刻过的地方"噗"地吹了一口，皮屑掉了下去，皮子上显出一道弯曲的刻痕，他的手沿着刻痕抚摸过去，手中的刻刀再次落下。

谢军如今三十五岁，新疆人，骨子里透着随性洒脱的北方气质。谢军的父亲是一名公务员，母亲是中学老师，两个人只有这么一个儿子，供他上完大学又当兵，却完全没有想到儿子最后会娶了一个中山姑娘，成为一名皮匠，并且离开新疆那么远。

我们的话题就从新疆开始。谢军说皮皮第一次去新疆乌鲁木齐是冬天，吃不惯羊肉，受不了户外的寒冷，如今最爱吃的是烤羊肉、大盘鸡这些地道的新疆菜。现在皮皮怀孕了，有一个月都没有来工作室了，在家安胎，怀孕的人嘴馋，前两天谢军的妈妈才寄来风干羊肉。

三十岁之前，谢军没有人生规划，没有做过一份长久的工作，上过大学，当过兵，支过教，当过白领，做过咖啡师、调酒师，也在火车站扛过大包。

他工作的目的很简单，存路费，完成愿望清单上的全部旅行。

其实想要任性地生活是一件很辛苦的事情。值得庆幸的是，二十八岁那年，曾经对未来与情感感到迷茫的他不再孤单。一个偶然的机会，他认识了同样着迷于旅行的皮皮。

皮皮是客家人，普通话和白话（指粤语）可以随意切换，她是个典型的文艺女青年，曾经走过半个中国，还有着让人过目不忘的美貌。

皮皮说,他们的感情一波三折,历尽艰辛。那年五月的一天下午,他们在四川成都的宽窄巷相识。皮皮当时正在流浪的迷茫期,她坐在竹椅上,跷着二郎腿,手里端着一小杯普洱,懒洋洋地晒着太阳。一个背包的男人从身边走过,她看着他的背影,觉得这是个北方人,他身上有着一种流浪的落拓感。如果他回头,就请他喝茶,共度这个悠闲的下午,她这样想。男人没有回头,径直走了过去,她有点小失落,心里也有点嘲笑自己的无聊。来成都一个星期了,大街小巷都走遍了,下一站去哪里呢?普洱凉了,喝起来没有了先前的滋味,她站起来,准备离开。一个男人的身影挡在了她的面前,她不悦地抬头看去,咦,不正是刚才那个背包的男人吗?下面的事情就顺理成章多了,他们一起喝茶聊天,一起吃火锅、泡脚、掏耳朵、看人摆龙门阵……

再美好的相逢也有分开的时刻,谢军要去西藏,皮皮却刚从西藏回来,她想回在南方的家了。两人在火车站分手时,皮皮送了一个手工制作的真皮钥匙扣给谢军,说是自己亲手做的,当个信物,如果还是忘不掉她,就带着它来中山找她。

皮皮走了,剩下谢军一个人去西藏,这多少有点落寞。他天天把玩着皮皮送他的钥匙扣,原本发白的皮面渐渐变了颜色,有了一种陈旧的岁月感,谢军越看越喜欢。这是怎样的一个南方女子,她居然会做手工皮具?谢军的心里有了柔软的牵挂。

皮皮告诉谢军这个钥匙扣是植鞣皮做的,岁月会在皮面上得到很好的见证,植鞣皮随着时间的推移,散发出的魅力更是无比迷人。皮具手艺是当初在北京上学时，跟着一个开店的皮具匠人学的，课程很长，还有雕刻，就是在皮子上雕刻花纹，她就学了一点，只会做简单的东西，复杂一点的就不会了，那需要很专业的工具和技术。皮皮说原本计划毕业后开一家手工作坊，可自己手艺不精，只好作罢。

当一个人有了牵挂时，再美的风景也留不住人心。谢军是在纳木错湖边下定决心去找皮皮的。说走就走，一分钟也待不住了，他雇车到贡嘎机场。

可以想见，皮皮在中山看到谢军时，有多么开心！皮皮带着他去了孙中山故居参观。在黄圃镇皮皮给他介绍，黄圃镇的历史遗存以海蚀遗址为核心，通过古径展开，延伸到宋代码头和古庙、古井、古树、宗祠……在海蚀遗址看曾经沧海桑田，还有红飞翠舞、五彩缤纷的水生花卉展，可以说谢军对岭南生活的认识是从中山开始的。

最后，皮皮把谢军领回了家。谢军在皮皮的家里看到了裁皮刀、打孔用的斩、划线用的边线器、处理皮革毛边的打磨棒……看着这些工具，谢军不由啧啧称道，皮皮说这些工具是她上学时用自己的生活费添置的，但自己现在也就是个"菜鸟"。皮皮见谢军对皮具这么感兴趣，就教他做最简单的卡套。看着一块皮子，经过特制的工具处理皮革边缘，再在皮革上划线，之后，是打眼和穿针引线，最后在皮具上印制自己名字的字母缩写，一个颇具文艺气质的卡套就做好了。

原本就喜欢手工的谢军对皮具的兴趣一发而不可收。谢军在皮皮那个小小的工作台上，花了一天时间，独自制作完成一个精致的钥匙扣，做完后，他拿在手里，左看看右看看，心里有说不出的高兴和自豪，就拍了几张照片挂在网上，结果不到二十四小时就被一个本地姑娘买去了，卖了一百块钱。

这个小物件的成功卖出，让谢军和皮皮很兴奋，萌发了开个工作室的想法。两人知道，要开工作室，他们的技术还差得很远，就在电脑上搜皮匠大师的制作视频，自学制作工艺。

谢军在皮皮家住了一个星期。母亲害怕皮皮远嫁到新疆去，不是很认可这门亲事，倒是皮皮的父亲对这个性格直率的西北小伙十分喜爱。

皮皮的父亲是个警察，每天工作很忙，他约谢军在外面吃饭，问他将来的打算，毕竟他只有这么一个女儿啊，他想知道他们将来要怎么生活，靠什么赚钱。面对皮皮父亲的担心，谢军却心里坦然，他转动着手上的皮卡套，说他要靠手艺养活皮皮。皮皮的父亲不反对他们创业，但希望他俩把技术学精了再开店，建议他系统地学习一下手工皮具的知识。

谢军回到新疆，向父母说了自己想要去北京学习皮匠手艺的打算。听说儿子要当皮匠，还要娶中山的姑娘，在中山开店，他们以为这又是儿子的心血来潮，儿子这几年就没有好好干过一件事。他们本能地反对，希望谢军好好复习，考个公务员，好好过日子。

因此谢军得不到家里的支持。去北京学艺需要钱，开店需要钱，结婚同样需要钱，长这么大，他第一次发现，没有钱寸步难行。

最懂谢军的还是皮皮，最后是她拿出私房钱，给谢军做了去北京的路费和学费。谢军是偷偷离开家的，他给父母留了一封长信，让他们放心，自己已经长大了。他不想按照父母安排好的生活过一生，他觉得这一次他爱对了人，找到了喜欢的事情。

谢军在北京学了八个月的手艺。他总是第一个来到工作坊，最后一个离开，平常话不多，脸上总带着微笑，干活手脚勤快，爱动脑子，属于聪明好学的那种。

师傅从头教起，先是讲皮料的处理知识。师傅说，皮经过清洗，剔除毛发和脂肪，用鞣制剂浸泡后，就具有防腐性和柔软度，不过使用不同的鞣制剂，皮革会呈现出不同的特性。鞣制法主要分为植物鞣法和铬鞣法两种，也有将两种合并运用、各取其优点的鞣制方法。

植物鞣法，行之已久，是使用从植物萃取的鞣质来鞣制。以植物鞣法制成的皮革，一般称为涩皮或是光面皮。这种皮质地比较牢固、坚韧，染色前呈现鞣质本身的浅褐色。这种皮革较容易吸收油分，使用后会因氧化或日照等因素变成黄褐色，即使燃烧也不必担心会释出有毒物质。皮皮送他的那个钥匙扣就是植鞣皮做的。

师傅说，制作一个相对简单的卡包或票夹和制作一个复杂的包，都是从版型开始。选好料子后，根据皮料的部位沿着版型裁切下料，再经过削边、黏合、打孔、缝制、封边等数道工艺后才能做出成品。根据款式的不同，有些还要加入拉链、铜扣等五金件，工艺就更加复杂。即便是一个熟练的匠人，也需要十余个小时才能完成一件作品。在匠人的心里只有工艺的好坏，没有物品的高低，最好的匠人是没有分别心的。

师傅说，好马配好鞍，鉴别皮具的优劣，除了看设计和材质，还要看配件。单说线，就有法国线、日本线，还有制作法拉利内饰专用的德国线。做手工皮具，工具非常重要，种类也繁多，光是不同粗细的线就必须配以对应的针和斩。师傅接二连三拿出烫边的划线规、缝线夹这些大型的工具，让谢军应接不暇。师傅告诉谢军，做皮具的时间越长，工具会越多，很多细节，需要特定的工具才能做得更细致，比如说打孔，一个小小的手表表带，就要进行两百多次打斩，需要双面打斩，不断转弯转角，斜平斩、菱斩、橄榄斩各有各的用途。

除了制作，对原皮的选择也极其讲究。最好的是头层牛皮，进口为佳。但其实头层牛皮的价格也会差之千里，一般的头层牛皮一尺八元，爱马仕用的则是一尺几百元，更何况有些时候，一块皮子中最好的，也就那么一点。师傅多选择意大利、阿根廷、韩国等国的进口原皮，他说每个国家的原料特质不同，必须了解它们的特性才能用对用好。

师傅很喜欢谢军这个学徒，他说守一门技艺，就是守住一种生活方式，守住心中的城池。谢军算是学到了师傅的精髓，他说就连师傅教的缝线也非常有趣。他展示给我看，只见他把正在制作的皮具夹在中间，双针一起穿行，十字交叉灵巧地滑动，就出现了一道很有意思的波浪纹。谢军说自己是一个完美主义者，他做的手工皮具，即使是背面，缝线也要完美细致，力求为客户做一个能用一辈子的包包。

在北京学习了大半年的时间，谢军不仅了解了皮具的制作工艺，自己的手艺也是大有长进，皮带、皮包、皮手套等各种皮具的制作都不在话下。

最后三个月皮皮也来了，他们在同一个工作坊做学徒。皮皮对皮雕技法更感兴趣，专门拜了老师，系统地学习了皮具的雕刻工艺。

谢军很感谢师傅教会他的手艺和道理。如今过去了好几年，他的技艺已经达到很高的水平，也完成了很多难度大的皮具，可一提起师傅，谢军还是很感激。逢年过节他都会给师傅打个问候的电话，寄一些特产和礼品。

谢军拒绝了皮皮的父亲给他们的创业资金，他觉得一个大老爷们，不能拿老婆娘家的钱来做生意。起初没有工作室和店面，他就主动联系一些咖啡馆合作，开设一些体验课程或者沙龙，邀请更多的人一起"玩皮"，挣些小钱，如果有人定制就接下来回家做好，再发给顾客。

最开始，他和皮皮做一些小东西，开了个网店在上面卖，计划攒了钱再开工作室。后来，他们做的东西越来越复杂，除了牛皮还用蛇皮、鳄鱼皮、蜥蜴皮，小到钱包、腰带，大到公文包，卖价也越来越高。开业前半年，谢军和皮皮制作并卖出的皮具大大小小多达几百件。有一次，一位熟客私人定制一款公文包，从选料、打版、制作成型前后花去一个半月。这个公文包，卖到五位数，是开店当年谢军卖出的单价最贵的包。

一个哈萨克斯坦客商在中山进货，无意中在咖啡馆看到了谢军展示的手工皮具，一次性买走了谢军库存的三个包包。他很喜欢硬朗、简洁的皮具风格，还要定制一套茶杯垫，却没有说什么要求和标准，打完押金，他说让谢军自由发挥。谢军第一次接下没有要求的单子。如何才能对得起顾客的这份信任呢？他查阅了很多资料，设计了很多图纸，最后在皮皮的建议下，他把哈萨克族的牛角图案刺绣在黑色的丝绒布料上，再和牛皮接合在一起，做成了由牛皮做底，表面是牛角图案刺绣和皮子接合在一起的圆形茶杯垫。他忐忑不安地把成品图片发给客户看，结果客户非常满意，说出乎意料地好。客户要求在杯垫的下面打上他们企业的标志，一下订了四百套，表示以后还要长期订货。这个单子给他们挣了一笔钱，让谢军和皮皮尝到了自己设计的甜头。

这些卖皮具的钱没有攒下，谢军说当时他甚至连件贵的衣服也没舍得给皮皮买，他把赚的钱全部投入更新工具和购买皮料中。

闲了的时候，他俩在中山的大街小巷转悠，看哪里适合弄个工作室，转来转去，就是老街最合适。谢军说除了房租低，也因为心中总有一种"老城情结"难以割舍。这个房子原来是一家书店，因为看书的人越来越少，不得不关张了。房子从设计展架到购买钢材、上漆、打磨，长达半年之久的装修全靠谢军和皮皮两人完成。很多活儿都是谢军自己动手干的，不只为省钱，也能按自己的想法弄。皮皮给他打下手，参谋一些配色上面的事情，她还把院子种上了花花草草。谢军说这里还没有被过度开发，不那么商业化，在这里能安安静静地做皮具。

谢军这个新疆男人，审美偏向硬朗、简洁的造型，皮皮喜欢柔软、繁复的工艺美，她喜欢染色、皮雕，植鞣革擦色会有许多变化，涂料、酒精等使用顺序不同，出来的颜色效果就不同。皮皮说，美式皮具的皮雕豪迈，日式的则有风情，能中和皮质的硬朗气息，这种复杂一些的技艺很好玩。工作室的这一部分工作都是皮皮在做。两人制作的皮具有各自鲜明的特点，这也使得店里的东西丰富多样。

谢军是因为皮皮才接触到手工制作皮具的，他越来越喜欢安静地坐下来做一件东西，做手工的时候心慢慢静了下来，好像什么也没有想，又好像想了很多，这种感觉很奇妙，也很享受。

工作室慢慢步入正轨，两人的感情也与日俱增。只是，他们虽然已经领了结婚证，却仍然得不到谢军父母的祝福，这让他俩都很在意。他想带皮皮回新疆，可是害怕父母因为那年他的不告而别还在生气，有点害怕回家。想来想去，谢军和皮皮给父母做了一对钱包和一对背包做礼物。有心的他把皮皮做手工的过程拍了下来，也拍下了他俩在一起的工作和生活场景，谢军在视频的最后对父母说，三十而立，我的而立之年没有房、没有车，但我找到了心爱的女人和喜欢的事，这就是最大的幸福。谢军还说自己和皮皮商量，计划将来在乌鲁木齐开个销售皮具的店，找专人管理，自己和皮皮在幕后带徒弟做手工。这样可以半年生活在乌鲁木齐，半年生活在中山，两边的老人都可以照顾到。他把这段视频发给远在新疆的父母看，希望他们可以接受皮皮这个儿媳妇。

又有哪个做父母的不想自己的儿女好呢，谢军的父母看完视频后很欣慰，他们的儿子长大了，懂事了。

当我在乌鲁木齐的幸福路见到谢军的母亲时，没有说几句话，她就向我展示了儿子送给她的钱包，因为使用了一段时间，经历了反复抚摸，皮质呈现出一种独有的细腻光滑之感。她说，你看，这上面的花纹都是我儿子一点点雕刻出来的，从小喜欢画画、制作手工的他终于可以从事自己喜欢的职业了。谢军小时候也是一个调皮的孩子，我从游戏厅把他提出来是常有的事。长大以后过了几年自由散漫的日子，我们真害怕他就这样晃荡下去。他接触了皮具制作之后似乎变了一个人，慢慢变得安静起来，在做手工时一坐就是一天。虽然不能说是皮具制作改变了他，但是他却因为从事了一直以来钟爱的工作而开始成熟起来，这是我和他爸爸最开心的事。

谢军说每一件优秀的手工作品中都藏有大乾坤，细节、美观、个性化、独家工艺。正因为如此，在这个被工业氛围覆盖的现代社会，手工产品市场才能镇定自若地占据一角而毫无颓势。当你看到手工皮革设计师耗费半天时间全心打磨一件皮革表带时，所有对产品价格质疑的声音都可以过滤掉。

定制的魅力在于，每一件皮具都不完全相同，总能在某处细节发现属于自己的标识，而它正向你诉说一个个有趣的故事。这是一个被贴上个性标签的时代，我们越来越追求"特立独行""不拘一格""唯一"。手工的、独一无二的皮具，才是我心中的奢侈品，谢军一边操作皮料削薄机一边向我讲述他的梦想。

工作室里没有机器的轰鸣声,屋子里只是偶尔发出一声闷响,那是榔头敲打在柔软物体上发出的声音。谢军和皮皮就这样,两个人守着他们的手工皮具工作室走过了五个春秋。冬天的时候,屋子里很冷,长时间拿针线,手都生了冻疮,根本握不住工具,但是他们从没想过放弃。

因为对这项技艺的钟情,他才慢慢开始静下心来做一件事,让每天的生活都变得充实起来。现在越来越多的人来找他独家定制皮具。他们带会了一些人玩皮子,还有三个正儿八经拜了师的徒弟。

在工作室里可以看到各种皮具,颜色基调清新自然。而最吸引人的,应当是店内左手边的工作台,一张大桌子足有两米长,上面摆满了不同颜色、不同质地的皮料,还有一些零散的工具和琳琅满目的五金件,桌子旁的墙上则足足挂了有上百把制作工具,裁皮刀、菱斩、锤子……每一类工具都会细分到各种尺寸。

有很多顾客喜欢谢军的皮具,他们总会拿手工制造的皮包和流水线生产的比较,那些牌子虽然很有名,却缺少生命和个性。对于未来,谢军希望可以创立属于自己的皮具品牌。闲暇之时,谢军经常看书,找大师的制作视频来看,了解更多皮革的流行趋势。他觉得时尚就是创新,多出传统一点点,而又不会走得太远,关键是能否把握好尺度。刚好颠覆传统又被接受,它也是时尚;偏离了传统而不被接受,它可能就是怪异。只有通过市场的反应,才能得到相对准确的答案。

谢军认为一针一线缝制出来的物件会更结实,越是结实的皮具，越能经历岁月的冲刷，质感就越丰富。别出心裁的成品，记录了手与皮料之间的感触，让你体会到手艺人用心的沉淀。皮制品都是需要养护的，一个人常年的使用会使它带上主人的气息，成为独一无二拥有灵性的皮具。

在中山，手工皮具的市场才打开。谢军说将来这里会定期邀请花艺、制香、手工扎染等手艺人，举行沙龙或开办免费课程，让更多喜欢手工艺的人有交流学习的场所，希望更多面临消失的手工技艺能在我们这一代甚至后代得以保留和延续。

后　记

在相当长的一段时间里，我都在寻访手艺人。与他们攀谈、聊天，朝夕相处度过一段时间。刚开始，我更关注手艺本身，像是师承、传承、步骤、难度、材料的质地等这些工艺方面的情况。随着采访的深入，我知道了他们的困惑、开心、难过以及种种复杂的人生滋味，在某一个契机下，他或者她向我打开了心扉，说出了他们的人生故事和内心隐秘的情绪，最后是这些触动了我，使我写作的重心发生了偏移。他们都是手艺人，有着手艺人的特性，但他们更体现着普通人的情感共性。

很多器物都是司空见惯的物品，但因为是手工做出来的，里面就有了人的情绪和温度。

赤木明登在《造物有灵且美》一书里说道：每个人心中都有无数确切的东西，累积的回忆，无法言说的经历，实现不了的心愿，看似毫不相干又紧密相连的内心通道。没有人能看清内心的全貌，即使是自己。在人静默如森林、如深海的心中，漂浮着一些细小的东西，它们慢慢壮大成形，从心中奔涌而出。做东西，就是让深藏于内心的看不见的东西显形。

城市里，打铁、补鞋、酿酒、裁缝、绣花、做豆腐……一个个这样的人，恬淡地生活在他们的方寸世界里，愿意把时间花费在手艺活上。手艺是谋生手段，也是一种生活方式。

我走访的这些手艺人都是极普通的人。他们中的大多数都没有很高的学历，有的只是完成了最基本的义务教育。

他们制作的大多是生活中必需的日常用品，而不是工艺品。这些物品中有些正在或已经被现代生活中新出现的东西取代。

在当下这个一切都讲究速度的社会，手艺人也许更敏感，更脆弱，更羞怯，也更清白……这本书所讲述的就是这些手艺人的个人际遇。

赵 勤

2022 年 3 月